让日常阅读成为砍向我们内心冰封大海的斧头。

안녕하세요. 저는 소설 쓰는 최은영입니다. 중국 독자분들과 만나게 되어 더없이 반갑습니다. 긴 팬데믹 시기를 지나 처음으로 맞이한 여름이라는 생각이 듭니다. 그간 많이 지치고 어려웠을 마음에 평화나 기쁨이 깃들 수 있는 계절이었으면 좋겠습니다. 다른 말을 사용하고 먼 곳에 사는 우리가 책을 통해 만나게 된 인연이 저에게는 무엇보다도 귀하고 소중하게 느껴집니다. 이 책을 썼던 제 마음이 중국 독자 여러분께도 깊이 가닿을 수 있기를 바라봅니다. 항상 건강하시고 평안하세요. 이렇게 만나게 되어 반갑다는 말씀을 다시 한 번 전하고 싶습니다.

　　大家好，我是写小说的崔恩荣。能和中国的读者朋友们在此相遇，我非常高兴。漫长的疫情过去以后，这应该是我们迎来的第一个夏天。过去一段时间，所有人都非常辛苦和不易，希望在这个季节，我们的内心都能充满平静与喜悦。我们使用着不同的语言，生活在遥远的异国，但通过书籍相遇、相知，对我来说这是无比珍贵和值得珍惜的缘分。衷心地希望我写作这本书时的心意，也能引发中国读者朋友们的共鸣。最后，祝愿大家都健康、平安。能有此机会在此与大家交流，再次表示感谢！

明亮的夜晚

[韩]崔恩荣 著

/叶蕾 译

台海出版社

目录

123　第三部

193　第四部

241　第五部

001　第一部

279　作家的话

065　第二部

283　因为有光，所以可能

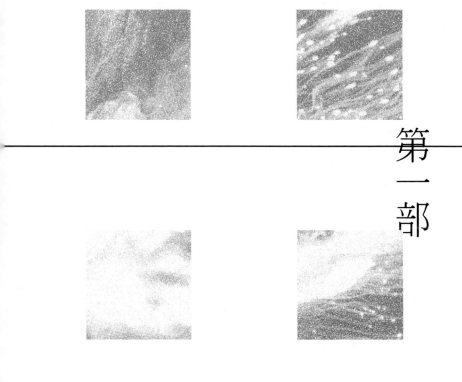

第一部

1

记忆中的熙岭充满了夏日的味道。寺庙里散发出的香火气、溪谷中苔藓和水的气息、树林的气息、行走在港口中嗅到的大海的气息、下雨天空气中弥漫的灰尘的气息、市场胡同里散发的水果腐烂的味道、阵雨过后医院熬药的味道……对我来说，熙岭一直是那个布满夏日气息的城市。

第一次去熙岭是在我十岁的时候。

在祖母[1]家待了十天左右，祖母带我到处逛。我们坐公共汽车去山里的寺庙，还有家附近的海边；一起品尝市场里刚炸出来的红豆甜甜圈和麻花；在家里放音乐，和祖母的朋友们一起跳舞。

1　书中的"祖母""曾祖母"和"曾祖父"等词均指母系亲属，即分别为主人公的"外祖母""曾外祖母"和"曾外祖父"。原著里，"할머니（祖母）""증조모（曾祖母）"和"증조부（曾祖父）"这三个词均去掉了意为"母系血缘关系"的前缀"외（外）"字。——译注（本书中注释除特别说明外均为译注）

在年幼的我眼中，熙岭的天空比首尔的更高、更蓝。至今难忘的是和祖母一起看过的熙岭的夜空。那是我第一次用肉眼看到银河，激动得很久都说不出话来，只觉得心潮澎湃，腹部麻麻的。

来到熙岭还不到一天，我就向祖母敞开了心扉。小孩子都鬼得很，他们一眼就能感觉出，这个人喜不喜欢自己，是会伤害自己，还是会疼爱自己。

在长途汽车站和祖母分别时，我坐到地上哭了起来。这些天和祖母建立了深厚的感情是一方面，再就是我预感到，以后可能就见不到祖母了。

再次去熙岭的那一天，三十二岁的我往汽车后座上塞满了家当，驾车行驶在高速公路上。那是下着暴雪的二○一七年一月的一天。

看到熙岭天文台招聘研究员的公告是在我离婚一个月之后。当时我所属的项目组的工作接近尾声，正好我也无处可去。接到录用通知，我便开始整理在首尔的生活。我把床、衣柜、写字台、洗衣机、餐桌、地毯、他碰过的内衣和餐具都扔掉了。毕竟是生活了六年的房子，各种东西无穷无尽，搬家当天又装满了几个垃圾袋，一切才宣告结束。

动身去往熙岭的前一天我才上网了解到这个地方。熙岭是个小城市，它的西部是海拔超过一千米的山脉，东部靠海，海岸低洼地带坐落着农田和市区，与同道[1]的其他市相比规模较小，人口不到十万人。

大概在经过春川后，雪渐渐小了，但是风很大，小型轿车被吹得

1　道，韩国行政区。——编注

有些重心不稳。到达熙岭之前，为了平复呼吸，每次到了服务区我都会进去休息。平时我不怎么晕车，但当时身心脆弱，很容易感到头晕和恶心。

从首尔出发五个小时后，终于抵达了熙岭的观光酒店。我筋疲力尽地坐到窗边，连行李都没有打开整理。窗外能看到大海，可能因为是冬天，看不到什么人，只有几只水鸟在海面上飞翔。已经记不清上一次这么近地看到大海是什么时候了。不知这样待了多久，夜晚来临了。夜幕中，挂着明亮渔灯的渔船开始结队进行捕鱼作业。我数着渔船上的渔灯盏数。

那段时间的睡眠非常不好。那天也是睡了醒，醒来又睡，如此反复，最后我睡意全消，拉开了窗帘。一轮红日正从地平线上升起，阳光染红整个海面，一直照进客厅。我什么话都说不出，只是注视着太阳的轨迹，直到它升到高空再也看不见为止。

那天我开始找今后在熙岭住的房子。总共看了五处，最满意的是第一次看的那一家。是二十年前竣工的一座双单元走廊式公寓，据说很多新婚夫妇或独居老人住在这里。我看的房子在五楼，屋里非常干净，不需要重新粉刷墙面和铺地板，而且远处还能看到大海，采光也很好。虽然还要等三周左右才能搬进去，但毕竟房子不错，时间问题是完全可以接受的。

就这样，刚到熙岭的前三周，我一直住在酒店里，白天去上班。那段时间雪下得很大，有时下暴雪，附近部队的军人们会用除雪铲四处清理积雪。熙岭的雪不太容易化，毕竟是小城市，很多地方车流和人流罕至，积雪融化的速度非常缓慢。

那时我才第一次知道，白色竟可以压倒一切，让人恐惧。记得有一次暴雪初停，我驾车行驶在白雪皑皑的田边国道上，由于心跳剧烈，呼吸困难，只好在应急车道停下了车。当时的感觉就像是心灵的保护罩裂开了一样，用来缓冲内心感觉的装置似乎都消失了。

去天文台上班的第一天，有人问我结婚了没有。我说以前结过一次，对方露出希望听到进一步解释的眼神，我补充说去年离婚了。本想表现得满不在乎，但当时还是心跳加速，整个人好像都变小了一样。大家尴尬地笑笑，转移了话题。

下班回到酒店就直接躺到床上。打开窗户能听到海浪的声音，有几次身体快要被冻僵了，也那么躺着听海浪声。需要把窗户关起来，可起身很困难，就连往水杯里倒水的念头都没有，直至口干舌燥。

站到镜子面前，我看到驼着背、肩膀前倾、瘦得连一点肌肉都找不到的自己。因为脱发严重，我剪了短发，但这种样子让我觉得更加陌生。和智友打电话成了唯一的安慰。

智友一般在太阳快落山时打来电话。她是替我哭、替我骂、为我担心的为数不多的几个人之一。

"那狗崽子的脸皮可真够厚的。"

智友称我的前夫为"狗崽子"。

"大家为什么都用狗来骂人呢？"

我问智友。

智友回答说"狗崽子"不是狗的崽子的意思。这里所说的狗是"假的"的意思，也就是"正常家庭"之外的"虚假"的家伙。说到这里，智友说了一句"真是很不好的话啊"，然后表示以后不会再用那个词了。她还说，狗崽子、疯子、杂种，没有一个是好词，人类为什么如此拙劣？为什么非要用践踏弱小者的方式来创造骂人的话呢？

"我们需要新颖的脏话，需要解气的脏话。"

这是智友的结论。挂断电话，我用笔在纸上写下了"狗崽子"三个字。狗崽子。不管词源的释义如何，使用这个词的人没有谁是那种意思。我想起了小狗——它们贴在对自己漠不关心的人的裤脚上摇尾巴的样子。

为什么叫狗崽子？是不是因为狗对人太好了？因为无条件地对人好，即使打它也不会躲开，还一直摇着尾巴，服从你、讨好你，所以人反而嘲笑它、鄙视它。人不就是这样的吗？这样想着，我又静静地俯视着"狗崽子"这个词。我自己就像一个狗崽子。

如果心是一个可以从人体中取出的器官，我想把手伸进胸膛，把它取出来。我要用温水将它洗干净，用毛巾擦干水汽，晾到阳光充足、通风良好的地方。这期间我将作为无心之人生活，直到我的心被晾干了，软软的，重新散发出好闻的香气，再把它重新装回胸膛。这样就可以重新开始了吧。偶尔我会这样想象着。

搬家当天我把放在汽车后座的行李搬入新家。说是行李，其实只有衣服、餐具、书、笔记本电脑、天文望远镜、电视，这些便是全部。

公寓坐落在城市西边的高地上，正门附近有农协超市，后门有登山路入口。超市旁边有几家把院子当田种的住户，附近有小溪流过。公寓北面是独栋住宅和公寓楼密集的居民区，以及市场，往东走就到了海边。那里有像乌龟壳一样的圆形黑色岩石，所以被称为"乌龟海岸"。海边有不少为游客开的生鱼片料理店和烤蛤蜊餐厅，但由于是冬天，现在这里非常冷清。

虽然来了没多久，但我总感觉已经在熙岭住了很久很久。熙岭是个安静的小城，对于住惯了首尔的我来说，它的安静有时让我感到害怕。

那时的我，一面讨厌人，一面又非常想见人。我很想像在首尔时那样，和朋友好好聊上一通，也盼望着在触手可及的地方，有愿意站到我这一边的人，哪怕只有一个。但我也希望，我们的关系不要太亲近、太亲密，不要彼此毫无保留、纠缠不休。我曾经期待的婚姻就是如此，但我已经无法相信这种关系是可以维持下去的。

冬天快要结束的时候，我已经学会冷了就关上窗户，渴了就倒水喝。尽管夜晚的时间依旧难熬，却不会像以前那样哭得撕心裂肺了。我可以连续睡上两三个小时了。但是对于"正在好起来吗？"这个问题，我一时还无法做出回答。

移居熙岭两个月后，妈妈过来了。

妈妈翻动了下堆在玄关处的可回收垃圾，脱下鞋子走了进来。然后从带来的箱子里取出甜菜汁和甘蓝汁，整整齐齐地码进冰箱的蔬菜格里。

"这个挂在哪里？"

我从妈妈手里接过外套，把它挂进里屋的衣柜，然后回到客厅。这时妈妈躺在客厅的沙发上，闭着眼睛。我泡了一杯速溶咖啡放到沙发旁边的桌子上。

"你这样年轻的孩子不应该待在这种地方。太偏了。"

妈妈闭着眼睛说。

"这里不偏。工作也不错。"

说完这些，我犹豫了一下，开口问道：

"妈妈，你来过熙岭几次啊，来看祖母？"

"你知道的，我们不是那样的关系。怎么，想见见祖母？"

"也不是……"

"有机会的话，还是应该重新回到首尔。你不会是因为金女婿[1]，不，因为他才这样的吧？担心会碰到他？"

"我反正不是在研究室就是在家里。首尔也好，熙岭也好，对我来说都不是那么重要。"

"这么年轻，太可惜了。还是再找个男人吧。"

妈妈说完这些，站起身来，呼呼地吹着咖啡喝了起来。

"没有男人我也可以生活得很好，妈妈。"

"你知道人们有多么轻视离过婚的女人吗？听听大家都在背后议论些什么吧。"

我默默地望着窗外。这我比任何人都清楚，妈妈。人们在用拖拉机耕田，看样子是要种什么东西。到了夏天和秋天，外面的风景应该很好看。催促不会改变什么，毕竟谁都不会硬着头皮犁冬天的地。

"世道变了，妈妈。不要认为现在还是您生活的那个年代。"

1　在韩国，丈母娘或丈人称呼自己的女婿时一般使用对方的姓，表示对对方的尊重。

"再怎么不济的男人也是个依靠。有男人的女人，人们才不会随意对待。"

"妈妈。"

"这都是过来人的经验之谈。"

我再也听不下去，走到外面。一定要有男人？一辈子被男人和他的家人剥削的不正是您吗？是连去看望自己妈妈的时间都不被允许的那种剥削。与家中有三个儿子的家庭的长孙结婚后，每次过节妈妈都没法回娘家。假期里爸爸的家人倒是上门过，但祖母一次都没来过。虽然妈妈和祖母的关系变成现在这样并非只是因为这个，可就算不是这样，妈妈和祖母也很难见面。

"不过金女婿真是善良。"妈妈经常这样说。她说只要男人不打女人、不赌博、不搞外遇就算不错了，不能要求太高。在这个意义上，对母亲来说前夫确实是个善良的男人——在他出轨的事情被发现之前。

妈妈话里话外听起来好像和男人一起生活就有希望，但是仔细听的话反而会觉得，妈妈才是对男人不抱希望的那一个。只要不打女人、不赌博、不出轨，是这样的男人就足够了。对一个人最深的绝望也不过如此？

我漫无目的地走着，发现自己来到超市前面。在超市里买了几个冰激凌，我又慢慢走回了家。为了平复心情，我一边深呼吸一边走进房门，妈妈用若无其事的神情看着我。我递给她一个冰激凌，自己也吃了一个，努力装作什么事都没发生过的样子和她聊起来。

妈妈问我一个人住害不害怕、喜不喜欢新工作。还问我有没有认识的人，生病或出了什么事的时候，有没有人能帮忙。又问我孤不孤单，说我一个人孤零零的让她很是放心不下。

"我一个人很自在。"

我能对她说的只有这一句。我已经放弃了妈妈完全站到我这边、理解我内心想法的那种期望。当我说出要和他离婚的时候，比起我受到的伤害，妈妈更担心离婚后女婿成为孤家寡人。

"我不担心你。可是，那个脆弱的孩子要是自杀的话，你负得起这个责任吗？"

有些话在听到的那一瞬间就会让你知道，你永远都忘不了那些话。对我来说，妈妈的这些话就是那样。她打来电话，向我控诉因为我的离婚她有多么难做、多么痛苦和沮丧。她甚至还联系了我的前夫，祝他今后幸福。妈妈的眼里似乎看不到我的痛苦。

我知道人们很容易对男人产生共情，就像人们在谈论我们的离婚时非难我那样，就像那些知道他出轨的人也在想象着我是如何为他创造了出轨的契机，然后指责我。但就连妈妈也不关心自己的女儿，而是同情起别人的儿子，无视我的痛苦，这让我感到崩溃。

"爸爸没有告诉任何人你离婚的事。"

妈妈淡淡地说。

"也许是觉得他的女儿很丢脸吧。"

"像你爸爸那样的人不多。"

"是吗？"

"不管怎么说，爸爸就是爸爸。你不能那么说。"

"男人出轨就离婚，这太不像话了。想想金女婿会有多难受吧。

要想开点儿，大家都是这么活过来的。"

这是爸爸对决定离婚的我说的话。比起我的处境，爸爸首先考虑的是女婿的处境，这并不令人惊讶，因为我从未期待过爸爸会站到我这一边。

妈妈在天黑之前站起了身，我开车把她送到长途汽车站。回去的路上，我看到老奶奶们三三两两地拉着小拖车走在路上。

那是在三月底一个星期六的晚上。从社区散步回来的路上，我在一处山坡上遇见了一位老奶奶。偶尔在公寓电梯里见到时，她总是对我微笑，看起来很友善。老奶奶很爱打扮，经常穿一身荧光粉或银色的羽绒服。今天她穿了一件玫瑰色羽绒服，拖着一辆金黄色的小拖车。我点点头行过礼，正打算离开，她用手势示意我 ——

"听说今天的苹果很便宜，所以我去了一趟那边的果蔬市场。"

"是吗？"

老人从手拖车上的购物筐里拿出一个苹果递给我。

"吃吧。说是像蜜一样甜呢。"

"啊……不用了。"

我怀疑她想跟我传教，可一直拒绝似乎又不太礼貌，于是接过苹果，放进口袋。

"果蔬市场的话……您是去了市政府旁边那个市场吗？"

"那里最便宜。"

几个骑摩托车的人从我们旁边经过。在老人的身后，夕阳下的海面泛着金光。有柔和的风吹过来。

"不用觉得不好意思。"

老人说。

"……"

"姑娘，你和我孙女长得很像。我最后一次见到她是在她十岁那年，后来就再没见过面了。她是我女儿的女儿。"

老人说完这些，静静地看着我。

"我孙女的名字叫智妍，李智妍。我女儿的名字叫吉美仙。"

我看着老人的脸。老人说出的是我和妈妈的名字。我似乎应该说点什么，却什么话都说不出来。

"住在首尔的孩子是不会来这里的。"

老人直视着我的眼睛说道。

"可是我来了，来这里了。"

我说。

老人微笑地看着我，好像什么都知道。我们在山坡上就那么站着，互相看着对方。老人的脸上露出调皮的表情，我想，她应该从一开始就认出我了。

"祖母。"

听到我叫她，祖母点了点头。

"好久不见。"

2

那天一起走回公寓的路上，我们什么都没说。无论说什么，都觉得很尴尬。进了电梯，我按下五楼的按钮，祖母按下十楼的按钮，说：

"你跟你妈妈一样，个子很高。"

"嗯……好像是这样。"

在简短的对话间，我近距离地看到祖母的脸。就她的年龄而言，头发算很浓密，且未染发，是短发。宽宽的额头、长长的丹凤眼、高挺的鼻子、长长的人中和人中上的汗毛、接近淡紫色的嘴唇，眼角和嘴角有笑纹，眉间有两道深深的"川"字纹。她个子比我矮一些，站得很直，背没有驼，只是握住拖车的手上长满了褐色的老年斑。从她身上几乎找不到一处和妈妈相似的地方。我想起妈妈因为讨厌白发，所以每次都染黑的头发，以及她狭窄的额头。

和祖母重逢，我感受到的只有尴尬。这个人真的是我以前认识的祖母吗？真的很陌生。如果下次再遇到，要说些什么？她不会因为是我的祖母所以干涉我的生活吧？我还担心，自己本希望隐姓埋名地生活，这下会不会所有人都知道我是祖母从首尔过来的孙女？

再一次见到祖母是在几天后的早晨，在我上班的路上。停车场里停着一辆面包车，几位老奶奶正在上车，个个都穿着花花绿绿的工作服。就在这时，我和正打算上车的祖母视线相遇了。看到我，祖母高兴地笑着朝我挥手。我犹豫片刻，也向祖母挥了挥手。"晚了，晚了！"在老奶奶们的催促下，祖母也上了面包车。

"我去帮工了，帮工！"祖母朝着我喊道，"拜拜！"

我目送载着祖母的面包车离开，直至它消失在视野里。

如果没有小时候见过祖母的记忆，也许我只会对她感到别扭吧。但是，从她那里听到的故事，一起欢笑的记忆，都依然留在三十二岁的我的心里。

对于祖母来说，现在的我与其说是孙女，不如说只是一个难以相处的、三十出头的女人而已；与其说是可以疼爱、喜爱、偏爱的孙女，不如说是关系不好的女儿已成年的孩子。我们之间的隔膜、尴尬和困难没有让我感到难过，在那些感情的内里，还藏着一层薄薄的友爱，令人惊奇。

第二天傍晚，我在超市见到了祖母，倒没有像之前担心的那样感到尴尬。祖母把一瓶酱油和一盒速溶咖啡放进购物篮，向收银台走去。我提着购物篮，排在祖母后面。

"下班了吗？"

祖母问我。

"是的，下班的路上买了点吃的。"

我看着篮子里的草莓、苹果、麦片、牛奶和辣白菜说道。

然后便无话可说了。我找不到其他合适的话题，她应该也一样。结完账，祖母把买好的东西放进小拖车，朝出口走去。我结完账，追上她。

"坐我的车走吧。"

"走路五分钟就到了，没关系。"

祖母可能一时心急，对我用了敬语。

"买了这么多重的东西，还是上车吧，反正是顺路。"

"……那就麻烦你了。"

上了车才发现，祖母的腰杆以前看起来很直，其实弯腰很困难，下车时动作也很缓慢。虽然表面上看起来还算硬朗，但她真的老了。我放慢脚步跟着她慢慢地走到电梯前。

"祖母平时都做什么？"

她想了想，开口说：

"农忙季节就去那边的村子帮工……"

"帮工是什么？"

"帮工，你不知道吗？"

我点了点头。

"帮着人家干农活就叫帮工。我年纪大了，就和小区里的老太太们一起去葡萄园帮忙做些事。用剪刀，剪刀。"

祖母一边用食指和中指比出"V"字，一边说。

"用剪刀剪枝，等葡萄大一点就套袋，最后装箱。就做这些。"

"您这个年纪……"

听到我的话，祖母笑着接下去说：

"坐着等死多难受。去那边能和老太太们聊会儿天，还能挣零用钱，别提有多好了。活动活动筋骨，晚上才能睡得香呀。"

电梯竟是从七楼下来的。我想了下该说点什么，然后开口道：

"那不工作的时候做什么呢？"

"我？就是躺着看看电视啊，去老人亭¹什么的。没什么特别的事做。"

这时电梯到了一楼。祖母和我走进电梯，彼此默默无语，都只是抬头看着楼层号码显示屏。当我在五楼下电梯的时候，祖母赶紧说了一句：

"有空的时候过来玩吧。忙的话就不要来了，一定不要！"

去祖母家是在不久之后的一个星期天。我们在电梯里又一次偶然遇到，于是约好了时间。我说要过去，祖母喜出望外，顺口便说了个时间。

我去市场买了玫瑰花，还去附近的商店买了一瓶红酒和一块小小的奶油蛋糕。走进电梯，这次按下的不是五楼，而是十楼。来到走廊，发现祖母家的玄关门已经敞开了。米饭、汤水和烤鱼的香味传出很远。我站在玄关外面，叫了一声："祖母！"

祖母穿着一件芥末色的连衣裙，脚上穿着印花地板袜，挥动着双

---

1 社区的老人们聚在一起享受闲暇时间的场所。

手来到玄关。

"快进来，进来。这是什么花啊？"

玄关的墙面上挂着一幅画有三个苹果的油画。户型和我家一样，只是阳台的晾衣架上挂满了干菜叶，大大的篮子里装着几个凸顶柑。并排摆放的三辆小拖车旁边，杂乱地放着一些大葱、洋葱、苹果、大蒜、干海带等。我来到厨房，把蛋糕和红酒放到台面上。厨房里弥漫着浓浓的生姜味。

"坐在那里等我吧。"

祖母不让我帮忙，几乎把我推到了沙发上。灯芯绒材质的三人用棕色沙发，扶手的盖布已经被磨得锃亮，座位的坐垫也凹了进去。坐上去感觉腰会很累，于是我坐到地板上。对面放着一台小型电视，屏幕上的画面微微上下晃动着，声音开得很大。电视后面墙纸的一角被撕出一个大大的三角形。

"要不我来摆碗筷吧。"

我有些懵懂地坐在那里说。祖母连连摆手：

"你就好好当客人吧。"

听到祖母这样说，我留在座位上，把视线投向了眼前的饭桌。是一张四人用饭桌，几乎看不出使用的痕迹。祖母用盘子端来小菜和勺筷，在桌上一一摆好，有烤舌鳎鱼、鲜裙带菜、醋辣酱、炖萝卜、小萝卜泡菜，还有放了栗子和四季豆的米饭和白菜汤。祖母又往杯子里倒上决明子茶，当水喝。我们面对面坐好，拿起了勺子和筷子。

"我要开动了。"

说完，我舀了一勺汤。祖母说："我忘记放大蒜了，也不知道味道好不好。"我吃起来其实感觉有些咸，但是真的很香。

"很好喝。"

听到我这样说，祖母脸上露出不相信的表情。

"是真的。白菜煮得软软的，很好吃。"

"咸淡合适吗？"

"嗯。"

她这才舀起一口汤送进嘴里。

"味道是不错。"

她说完笑了起来，我这才发现她涂了深粉色的口红，头发好像也刚用吹风机吹过，短短的鬈发看起来蓬蓬的。我有些惊讶，祖母为了给我留下好印象，竟然如此用心。我挑了一块舌鳎鱼的肉，放到她的米饭上。半干的鱼肉吃起来很筋道，烤鱼皮也像用油炸过一样香。出于礼貌，本来想象征性地每样吃一点，但此刻突然胃口大开，我津津有味地吃起来。已经不记得自己多久没有这么开心地吃一顿饭了，我几乎都没怎么跟祖母说话，很快就吃光了一碗饭。

"饭就是要一起吃才够味。"

虽然我不太同意祖母的话，但还是点了点头。在我看来，饭好不好吃取决于和什么人吃。大多数情况我都是一个人边看网飞（Netflix）边吃饭，对我来说那样更舒服。只是，祖母的饭菜实在太好吃了，和她一起吃饭非常有食欲。

"要不要再吃点儿？"

"我吃得太饱了。一会儿还得吃蛋糕呢……"

"今天是谁的生日吗？"

祖母笑着问我。

"不是好吃吗，蛋糕。"

"没错。"

"祖母也喜欢蛋糕吗？"

"没人买所以吃不到啊。"

她调皮地说。

我们一起收拾好桌子。铺着玉色贴纸的厨房台面和壁橱有些陈旧，还有一个碗柜的门也掉了，不过整体上还算整洁，水槽上面放着一个装有水芹菜的杯子。我用抹布擦好桌子，祖母把蛋糕切好装到各自的盘子里。然后我们把红酒倒进杯子，慢慢喝起来。

那一天，祖母没有问起任何有关我个人情况的问题。她应该从妈妈那里听说过我已经结婚，但她没有问起任何有关前夫的事。祖母只是问我在大学学了什么、在单位做什么、不工作的时间做些什么。

"祖母的皮肤真好。"

"大家都这么说。都说我去了老人亭他们都可以不用开灯了，因为我的脸太亮。"

祖母毫不谦虚的样子实在太有趣，我一下笑了出来。

"妈妈的皮肤也很好，脸上从来不长痘痘什么的，滑滑的。可惜我没遗传到这个，一点都不像妈妈。"

"你妈妈和我也不像。你妈妈和你曾祖父简直是一个模子刻出来的。"

"我也不像爸爸。"

祖母若有所思地看着我的脸，开口说：

"我知道你长得像谁。"

"谁？"

"你等一下。"

祖母走进里屋，过了一会儿拿着一本褐色的相册走了出来。

"你看。"

祖母翻开相册。照片上，两位穿着白色韩服短袄和黑色裙子的女子面带微笑。我的视线被左边那位头发中分、绾一个发髻的女子吸引住了。

"这是谁？"

我用手指着她问道。祖母也把手指向女子：

"即使说这是你，大家也会相信的。"

说完，祖母用手指擦了擦相册的边框。

她的一只眼睛是单眼皮，另一只的双眼皮很深，眉毛淡淡的，圆圆的额头，短下巴，耳朵很小，这些和我都很像。不仅仅是五官，就连她坐着的姿势和表情也和我很像。见我的视线被相册牢牢地吸引住，祖母接着说道：

"你听说过我妈妈的故事吗？"

我摇了摇头。"我没有娘家。"我只记得妈妈曾经这样说过。

"不怪你。我和你都没有机会见面。"

祖母嘴上这么说，其实似乎对妈妈什么都没告诉我感到非常遗憾。就这样我们沉默了一会儿。

"曾祖母叫什么名字啊？"

"李贞善。但是人们都叫她三川，三川大婶。"

"为什么？"

"我妈妈的老家是三川。"

"三川在哪儿？我第一次听说这个地方。"

"从开城坐火车需要三个小时。"

"您的故乡不就是开城吗？"

祖母的故乡是开城，我以前偶然听到过。

"嗯。妈妈在生我之前去了开城。那时她十七岁。"

窗外已是夕阳西下。该回家了，我在心里想，却不想起身离开，我还想继续听祖母的故事。犹豫了一下，我终于开口问道：

"她是一个怎样的人呢？"

"谁？我妈妈吗？"

"嗯。"

祖母似乎想说什么，但迟迟没有开口。一直挂在脸上的微笑消失了，似乎陷入某种思考。

"总之……"祖母这样说了一句，然后看着我，"我很想她。"

祖母久久地注视着我，好像我就是她的妈妈。然后她嘴角上扬，轻轻地笑了。

"她是我一直思念的人啊。"

祖母的眼中噙满泪水。我有些惊讶，只好装作没有看到，把视线移开。

"我不该这样。"

祖母把杯里的红酒一饮而尽。我俩一时无言。我给她的空杯子又倒了一些红酒，然后问道：

"没有曾祖父的照片吗？"

"没有。"

她对我笑了笑。

"曾祖父是怎样的人呢？"

听我这么问，她沉思片刻，开口道：

"我爸爸的爸爸是个木匠，爷爷据说是个陶匠。那个，以前不是有很多天主教信徒受到迫害吗，爸爸是他们的后代。"

最先信奉天主教的祖先是一个马夫。那时他侍奉的两班[1]说，"从现在起我们不是主人和奴仆的关系，而是朋友"。祖先说主人疯了，真是可怜。祖母说，谁能想到后来祖先竟然跟着自己的主人一同信奉了天主教。三年后，两人耳朵上插着耳箭[2]，双腿被打折，被一同拖到沙南基[3]处决。

这仅仅是个开始。幸存下来的人们躲到山里烧制陶器，隐姓埋名地生活。过了一段时间，不需要东躲西藏地信奉天主教了，但这些打碎神龛、连祖先都不供奉的人，很难得到世人的承认。高祖父人很能干，手也巧，当过盖房子的木匠，由此积攒了不少钱财。他有四个女儿和三个儿子，三个儿子都送去上过学。我曾祖父是他的小儿子。

"我说了这么多是想说什么来着……对，我是想告诉你，我的父

1　古代朝鲜贵族阶级。两班制度及文化起源于高丽，发展成熟于朝鲜王朝时期。——编注

2　旧时重犯示众时插在耳朵上的箭牌。

3　朝鲜时代执行死刑的地方，位于首尔新龙山。历史上很多天主教徒在此殉教。

亲，也就是你的曾祖父是如何抛弃父母和我的妈妈在一起的。这不是所有人都会经历的事情。被人迷了心智，在一瞬间完全……被迷住了。"

当时曾祖父十九岁，已经到了谈婚论嫁的年龄。曾祖父告诉高祖父他已经有结婚的对象了。得知对方是白丁[1]家的女儿，高祖父无语至极，哑然失笑。可仔细听过以后就知道，这并不是能笑出来的事情。曾祖父在教堂里受到的教导向来便是——人的尊贵或卑贱不是天生的，而是取决于他后天的行为。要知道在当时，白丁家的女儿地位还不如猪狗。

高祖父说："怎么可以和白丁的女儿结婚？"曾祖父反驳道："白丁也是天主的子女，人是没有贵贱之分的，这是我在教会学到的道理。"

——即便是《圣经》中也没有白丁。

高祖父这样说着，一把掀翻了屋里的火炉。曾祖父转身走出家门，带着曾祖母坐上了开往开城的火车。

"曾祖母没有家人吗？"

"有。有母亲。"

生前是白丁的父亲在曾祖母很小的时候就去世了，现在她只有母亲。母亲也久病不愈，即将不久于人世。曾祖父告诉躺在炕头上的曾祖母的母亲，自己要和她的女儿结婚，然后去开城生活。高祖母用糊满眼屎的眼睛望着曾祖母，小眼睛里不停地流着泪。

1　指高丽时期不能单独形成丁户，不拥有土地，不被看作人丁的最下层庶民。

——一起走吧。

高祖母抓住曾祖母的裙角说。

——带上我吧。

一个病人身上怎么有那么大的力气，曾祖母好不容易才将高祖母的手从自己裙角上掰下来。高祖母沉默片刻，低声说道：

——好吧，你走吧。下辈子我就做你的女儿，重新作为你的女儿出生。当妈妈的时候没能为你做到的，到时候再补偿你。到时候我们再见。到时候再见。

曾祖母头也不回地走出家门。仿佛只要回头看一眼，就无法离开了。那是她生活了十七年的房子，膻臭味迟迟不曾散去的房子，连挑大粪的都不肯上门、只能自己动手淘粪的房子，看着夕阳西下时分角落里漂亮的花，结果无端被飞来的石头砸到头的房子，没留下一丁点美好回忆的房子。离开那座房子去车站时，短短的一条路就像有一千里，步步沉重，像穿了铅做的鞋。

但还是要离开，只有那样才能活下去。在火车上，曾祖母一边吐着黄色的胃液，一边在心里想着：我会忘掉，一定会忘掉，绝不再回头。

祖母说她有点理解曾祖父为什么会为曾祖母失了心智。曾祖母的眼睛里写满孩子才有的那种好奇和调皮劲，那是她与生俱来的气质。一个白丁的女儿，怎么敢摆出那种理直气壮和神采奕奕的样子？因为这个，曾祖母小时候还挨过打。要低下头走路，你怎么敢抬起眼和良民对视？

可是曾祖母不是那种会低头走路的人。她想低头，却总是不由自主地抬起头。仰望天空，看着天上成群飞来飞去的鸟儿，就出了神。她对一切都充满好奇，对世界好奇，对人也好奇。曾祖母能认识曾祖父也是因为这一点。

那时曾祖母在车站前卖煮熟的玉米，卖完了就去看热闹，或者沿着铁路一直走。有一天，她突然很想知道这条铁路到底有多少里，最后能到达哪里。后来她实在按捺不住好奇，便去问了那个远远地沿着铁路走的男子。

——这条铁路有几里长呀？

说完这句，曾祖母猛然清醒过来。一个白丁胆敢拦住良民的去路，这么做即使挨一顿毒打也不会有人同情。这个男孩却呆呆地站在那里，陷入沉思。

——听说往北能到新义州，往南到釜山，能有多少里呢……

男孩似乎并不在意曾祖母短袄飘带上的黑布条。那是白丁的标志。他只是看着铁轨，还有枕木。她正要离开的时候，他说：

——明天这个时间你来这里，到时候我告诉你。我朋友当中有铁道专家，问一下他就知道了。

曾祖父在遇到曾祖母之前就想去开城。也不非得是开城，哪里都好，他只想坐上火车远离家乡。他一直有流浪的冲动，从小就有这种倾向。让他带牛去吃草，他就牵着牛鼻子一直走到自己能去的最远的地方。有时太阳都落山了，村里人只好纷纷出动四处找他。祖母说，她经常想象着夜幕降临时分自己的父亲带着满脸失神的表情把牛牵回家的情景。

第一次看到火车时，曾祖父的内心受到巨大的冲击。火车以难以置信的速度奔驰着，他感到一阵眩晕，同时心跳加速。他最喜欢听远处传来的汽笛声和车轮碰撞铁轨接头时发出的哐当声。

只要一有机会，他就会从村子离开走两个小时，一路走到车站，然后沿着铁路一直走。每当远处传来汽笛声，他便静静地站在那里，先是看着火车，等回过神来再赶紧避开。火车发出雷声般震耳欲聋的巨响从他旁边驶过，震动的感觉顺着地面一直传进他的身体。

在车站前卖食物的无数人之中，他总能认出那个女孩。上衣飘带的末端系着一块黑色的布条——那是白丁的标志。她那稍显稚气的脸庞晒得黑红，总是用大手递给人们玉米。

"这条铁路有几里长呀？"那个时候，奇怪的是，他感觉自己以前好像经历过这个瞬间。分明就是在那里，那个样子。自己和一个脸晒得黑红的女孩站在那里，接着传来了汽笛声，好像还有一只喜鹊往西飞走了……在他这样想着的时候，果真从远处传来汽笛声，一只瘦瘦的喜鹊在空中飞过。他走下铁轨，发现那个女孩正向他招手，示意他下来。他想，不能让这一刻只是瞬间。那是一种难以言明的直觉。

他对直视着他的女孩说，明天在这里再见，见面后再告诉她。他在心里想的是，如果当场告诉她答案，就没有机会再和她这样说话了，光是这样想想他都有点难过。那条铁路有几里长？其实他闭着眼睛也能说出来。

第二天他走了两个小时到铁轨那里等她。半天时间过去了，她迟迟没有出现。难道是弄错了见面的地点？他沿着铁路来回走，但没有用。太阳落山了，回家的路上，他才记起那个女孩并没有回答自己。他说明天见到时告诉她，她默默地看了看他，就离开了。对方都没有回答，自己凭什么就断定她会来这里呢？他感到一阵羞愧。

回到家后，他依然无法停止对她的思念。白丁的女儿怎么能那么泰然自若地和良民男子搭话？怎么能那么毫无顾忌地盯住人看？怎么能听到良民问话也不作回答？为什么那个瞬间对他来说似曾相识？为什么脸蛋红红的女孩望着他的时候汽笛声响、喜鹊飞过？为什么他认定那个瞬间不应该成为最后一刻？她可是白丁的女儿啊。

这样想着，他不知为什么就难过了起来。她是白丁的女儿，他不想因为这个就看低她。明明是这样，可自己还是想用"白丁的女儿"这句话来否定自己从她那里得到的所有感觉，这让他感到无比寒心。

第二天他又走了很久的路去车站。她仍然坐在一处角落里卖玉米。夏天快结束了，虽然还没到晚上，空气中却感觉不到热度。他慢慢走过，说剩下的玉米他都要了。她没有认出是他，收了钱把玉米递了过去。

——托您的福，我今天能早点回家哪。

她准备离开了，他连忙开口说：

——昨天我等了你很久。

她这才认出是他。

——你都是这样一个人吗？

——……

——我只是有点担心你。

——没关系。我自己的事我自己能干。

她脸上露出不情愿的表情，收拾好了东西。

——你说想知道铁路有几里长……

——所以让我第二天来的吗？

她冷冷地看着他。

——知道就说知道，不知道就说不知道，这样说就行了呗。我是个忙人，没那么多闲工夫。

说完她便把筐箩夹到腋下离开了。他愣愣地站在那里，望着她的背影。

她的个子很高，肩膀很宽，迎着风大步走着。她牵引着他的视线。按说这种情况下他应该感到委屈和羞愧，但不知为什么，他只感到悲伤。因为他知道，在她看来自己只是一个威胁性的存在。到底经历过什么，这个女孩子？他望着她渐渐远去的背影，陷入沉思。

第二天，他径直走到车站，远远地望着她。他看着她那随处可见的平凡的圆脸、大大的手掌，还有从口袋里掏出钱递给人的姿势。她总是抬头直直地看着走过的人们，偶尔也吃玉米，很大口地啃，玉米粒都沾到了脸上。是的，我认识她，他想。他想对她说，"我们一起去坐火车吧，我有好多话要跟你说。坐上火车我们好好说个够"。原本这只是个虚无缥缈的想法——直到那一天到来。

那天，两个军人朝着她走了过去。以为是来买玉米的，女孩很高兴，但渐渐表情变得凝重起来。看到这个情景，他连忙向她跑去。

——你，叫什么名字？住在哪里？

军人用日语问她。她盯着军人，没有回答。这时曾祖父微笑着，用尽可能恭敬的日语对他们说：

——这是我的内人，一天学都没上过，所以不懂日语，请你们理解。如果想知道我们住哪里，我可以告诉你们……

听到这些，两名军人才离开。他们想找的是那些没有丈夫的女孩，他对此也有所耳闻。自己的村子里，军人们也在调查没有结婚的女孩。因为这个，父母们只好让不过九岁、十岁的女儿结婚。这是唯一能保护女儿的方法，所以必须给她们找一个"主人"。

军人们走远了。他问她有没有丈夫，她摇了摇头。爸爸呢？她摇摇头。哥哥或弟弟呢？舅舅呢？堂叔呢？她依次摇头。

——那家里还有谁？他们还会找上门的。

她静静地望着他的脸。

——还有阿妈[1]。

她答道。看着她的样子，他断定，这孩子最后一定会被军人带走。虽然没有人说过在被带去的地方发生了多么可怕的事情，但不能让她就这样被他们抓走。

——阿妈病了。

她小声咕哝着，像是在自言自语。听到这里，他连自己在说什么都没意识到就脱口而出：

——和我一起去开城吧！

他的话似乎让她很生气。

——他们会来抓你的！再怎么躲也没用，一定会的。

她把双手放在蒙着玉米笸箩的布上，看着自己的手说：

1　韩语原文为"어마이"，是"어머니"（一般人熟知的"阿妈妮"，意为"妈妈"）一词在方言中的叫法。相应地，"阿爸"的韩语原文为"아바이"，是意为"爸爸"的"아버지"一词在方言中的叫法。小说中曾祖母那个年代使用的全部为黄海道一带的方言。为体现这一称呼的特色，全书使用了"阿妈"和"阿爸"。

——不要拿别人开玩笑。您是谁啊？我都不知道您的名字。

——我叫朴熙秀。我有认识的长辈在开城做生意，我想带你一起去。

这时，他第一次从她的脸上看到恐惧。

——您是想把我卖掉才这样的吧。

她说。

——这是什么话……

——别管我了。别管了。我就在这里卖着玉米和阿妈一起生活。这样有什么不可以的？怎么都想着把人带走呢？

——去了开城我们办理户口，然后就登记结婚，一起生活。

——哈！

她冷笑一声，端起玉米筐箩走了。他一下急了。如果无法说服她，就这么让她走了，他会承受不了的。筐箩看起来有些重，她走起来一摇一晃的。他现在明白了，这不是可以选择的问题。必须去开城，带着这个女孩。

曾祖母不太懂日语。虽然卖食物时用到的话能理解一些，但是大部分都听不懂。日本军人过来的时候她也不明白发生了什么事，但是她在车站前卖东西的时候从人们那里听说过一些东西。

和朴熙秀分开后回到家里，一个日本军人和村子里的一个大叔正在等曾祖母。她的双腿一下子软了。村里的大叔笑着对她说，要介绍她去日本人开的工厂干活，去了可以赚很多钱，有了这些钱就可以享福了，这是多么值得感谢的事情。那时她终于明白，这个世界是不会给自己任何机会的。日本人连良民们的皮都恨不得剥下来吃，又怎可能给自己这么好的机会。她知道一定会有可怕的事情发生。

——阿妈病了，我不能留下她不管。

大叔的表情立刻变了，他说没有别的选择，四天后再来接她。那一晚她失眠了，她想起车站前那些人说过的话。她想活着，想走就走，想唱就唱，想笑就笑，想哭就哭个够。她想丢掉白丁的标志，好好看看这个世界。

她想起要和她一起去开城的那个男子的脸。他看起来比自己的年龄还要小，似乎变声期都没结束，脸上一副不谙世事的神情。这样的人真的会把我抓去卖掉吗？她思考着，恐惧感传遍了全身。大夫说阿妈没有指望好起来了，最多还能活一个月。是十天前说的。军人来过之后，她开始祈祷母亲快点死掉，无比恳切地祈祷着。自己必须离开这个家的决定没有变，所以千万，阿妈，在我离开之前去世吧。她不停地祈祷着，眼泪也流个不停。

第二天，当那个男子再次来到车站前时，她问他："为什么要和不认识的人一起去开城？会不会被军人带走，那都是我自己的事情，为什么要帮我？"男子答不上来，于是买了一个玉米，站在她身边吃了起来。他吃玉米的时候，她又问了几个问题，比如你有没有父母、在从未去过的地方怎么生活，等等。表面上看她是在问他，其实也是在问自己。

这样说着，她终于明白了，自己终究会跟这个人走。虽然自己对他一无所知，虽然他可能会把自己卖掉，但除此之外她没有别的法子。

准备一把刀吧，她想，如果他威胁我，我就用刀来防御。

男子玉米吃得出奇得慢。终于吃完了，他将玉米棒装进口袋，然后看着她说：

——去不去由你来决定。如果那些军人把你带走，我会看不下去的，所以才这么做。你说得对，我不了解你，你也不了解我。但有一点可以确定，如果你就这么走了，我会变得不幸，会不可挽回地无比痛苦。你不相信我是对的，我希望你能像现在这样一直对别人保持怀疑。我并不指望你完全相信我、跟随我。如果你和我一起去开城，我会让能照顾你妈妈的人到你家里去。明天这个时间，我会和那个朋友一起来这里。我需要和你妈妈打声招呼。

——我不能丢下阿妈不管。

她嘴上这样回答，内心却知道自己做不到。

——军人们会找来的。这不是说笑。

他说。

——明天这个时间，在这里见。

说完他便离开了。他走起路来真慢啊。她看着他的背影想，我必须离开。

那天晚上，曾祖母一直抱着高祖母，无法入睡。

阿妈，有人说会来照顾您。不，就算他们不那么说，就算没人照顾阿妈，我也没办法。对，我一定会受到惩罚的，也许会一辈子都受到惩罚，但我没有办法，阿妈。我不能跟那些军人走。阿妈，阿妈，我们以后再也见不到了……

第二天，男子带着一个高个子、长脖子的男人过来了。和一脸稚气的他比起来，那个人看起来更像大人。看到曾祖母，男人点头行了礼。他就是新雨大叔。

“为什么叫新雨大叔？”

“大叔是在叫‘新雨’的村子里长大的。”

新雨大叔的祖先也是遭受迫害的天主教徒，因此他们和曾祖父的家人关系很亲密，彼此就像兄弟一样。听到曾祖父说要离开家乡，新雨大叔阻止了他。可曾祖父说服了新雨大叔。他说，军人们已经开始在村子里四处打听女孩子的人数了，可那个女孩连最基本的保护都没有。怎么也得有个哥哥或弟弟，再不济也要有个叔叔或舅舅，可她们家一个男人都没有，这样的女孩……比白丁的女儿这种身份本身更危险。

曾祖母和曾祖父，还有新雨大叔一起回到家。新雨大叔答应她，一定每天来一次，照顾她的母亲。曾祖母给阿妈行完最后一个礼，头也不回地离开了家。

坐在火车三等座上，火车开动后，曾祖母才抓住座位哭了起来。这是曾祖母第一次，也是最后一次在曾祖父面前掉泪。听到母亲去世的消息时，她也只是沉默了一会儿，并没流泪。

曾祖母经常跟祖母说，“当时没被军人抓走多亏了你父亲”。如果当时留在患病的母亲身边，自己也会和村里那些境遇类似的女孩一样被抓走。这些话曾祖母对祖母说了无数次，即使在曾祖父最糟糕的时刻，曾祖母还是会说，“不管怎么说你爸爸还是救了我，不管怎么说你爸爸还是救了我”。

到了开城站，曾祖父的朋友已经在那里等着了。曾祖母摸了下口袋里的刀柄，可最后什么事都没有发生。等待她的是一个散发着酱曲发酵味道的小房间，两人一人一床被子睡了觉。次日，曾祖母和他登了记，迁了户籍。

据说，在曾祖母离开村子两天后，军人们又找来了，卡车里塞满了村里的女孩。曾祖母不是一个轻易脸红的人，但是每当说到那时的事情，她的脸总会涨红，声音也变得颤抖。军人们……每当说到这里，她就像又回到那个时候一样说不出话来。她沉默着，祖母能感受到曾祖母的心情。

新雨大叔来到素昧平生的白丁家里，帮忙打水，送吃的，守护在高祖母的病榻前。因为这件事，曾祖母下了很深的决心，她愿意为新雨大叔做任何事。让锄地就锄地，让每天打水就每天打水，大叔有危险就跑去救他。尽管大叔照顾高祖母还不到十天的时间。

曾祖父在堂叔朋友开的磨坊找到了事做，还租到一间房子。高祖母去世十天后，曾祖母才得知这一消息。即使不抛下母亲离开，也会被军人抓走——明知道这是无奈之举，她也无法心安理得。"带上我吧。"把紧紧抓住自己裙子的妈妈的每一根手指都生生掰开，当时的她是怎样的心情呢？那时的曾祖母只有十七岁。

十七岁本不该是那样的年纪。曾祖母的十七岁，因为担心被军人们抓走而整夜不敢睡觉；每天早上煮一筐笋玉米，顶在头上出去卖；亲眼看到自己的妈妈面临死亡之前的恐惧、愤怒和孤独；预感到自己会永远孤身一人；因为白丁的标志，每次走在路上都会被嘲笑和欺负；必须抛弃自己的亲生母亲；连母亲临终前都没能守在旁边，听到母亲去世的消息时远在他乡。可这就是曾祖母的十七岁。祖母说，曾祖母似乎始终无法抛弃那个年龄的自己，一直带着"她"生活。

直到死亡的那一刻，她才变回十七岁的自己。一辈子闭口不言，像行尸走肉般活着的十七岁的曾祖母，直到最后的时刻才获得自由。

祖母说，她还记得曾祖母躺在病床上看着她微笑的样子，"阿妈，阿妈来了啊？"这样一边说着，一边向祖母伸出双臂的样子。

祖母说，以前她一直觉得曾祖母对高祖母的感情是一种负罪感。但后来她才知道，曾祖母对高祖母只有深深的思念。想撒撒娇、想要抱抱、想要赖皮、想得到很多爱、想喊"妈妈，妈妈"，但她只能一一锁起这些心情生活。曾祖母看着祖母喊出妈妈的时候，想起了高祖母说过的话。"好吧，你走吧。下辈子我就做你的女儿。到时候我们再见。到时候再见。"

"孩子……我们就那样重逢了。"

祖母对我说。

3

我对曾祖母一无所知。虽然听说过妈妈小时候是由曾祖母抚养长大的，但也仅此而已。不过现在我知道了，我的曾祖母是白丁的女儿，她离开自己的母亲，和一个陌生男子结了婚。一个没有名字、没有具体形象，只是妈妈的祖母的人，从祖母的故事中走出来，栩栩如生地出现在我的面前。我的曾祖母，李贞善。

"可是祖母，您怎么这么了解以前的事情呢？"

"我妈妈……"

祖母停顿了一下，接着说：

"妈妈给我讲了很多故事，多到别人都为此议论的程度。有人当面指责说，怎么对从前的事情这么放不下，一直给孩子讲。我后来也觉得很烦，因为妈妈一直在讲同一个故事。如果我也总是重复说过的话，你就告诉我。"

"您不用担心这个。"

我能感觉出祖母的小心。

"得回家了。"

一看表，已经是深夜了。祖母应该睡觉了，我却没有眼色地一直坐在那里，于是赶紧说对不起。祖母却说，在她这里，无论什么情况都不需要说对不起。没有做错什么却说对不起，这才是错的。这样说的时候，她看起来很难过。直到第二天早上，我才意识到自己说对不起是出于礼貌，但这可能会让祖母觉得我在和她保持距离。

离开之前，我犹豫了一下，开口说：

"我举办婚礼的那个时候，真的很抱歉。"

祖母来不及调节表情，就那么看着我。孙女结婚，作为祖母的自己却没有接到邀请。

"您也知道妈妈的固执。"

祖母努力挤出一丝微笑，点点头。

"还有，我……分开了。和丈夫。"

"做得好。"

祖母毫不犹豫地说。我有些恍惚地看着祖母。

"能告诉我你的号码吗？我不会打扰你的。"

祖母说。

我把自己的手机号码存到祖母的手机里，按下通话按钮，记下了祖母的号码。

"无聊的时候就打电话吧。"

"好。"

"我不会烦你的。如果那样你就立刻挂断。"

"好的。"

我笑着说道，然后拿着祖母打包好的剩下的蛋糕走出了她家。

一周后，我又去了一次祖母家。

祖母说她喜欢看书，说在抚养妈妈的时候，因为读推理小说，睡眠变得更加不足了。她说自己小时候读起书来如饥似渴，但随着年龄的增长，后来就根本看不进去了。她说，虽然想读书的愿望很强烈，但总看不清字，很难长时间集中阅读。后来做了白内障手术，却早都忘了还有读书这回事了。我说电视旧了，画面晃动对眼睛不好。祖母说，电视现在不是用来看的，而是听的。

我看了看放在自己家客厅一角的电视。虽然尺寸不大，但画面很清晰。不知从何时起我开始喜欢在客厅里铺上被子，然后一直看电视，近来也正打算把它收起来。于是我给祖母打去电话，说要把我的电视搬过去，让她说一个方便的时间。

电视比预想的要重很多。看到我费力地搬电视的样子，祖母连连跟我说不好意思。还说早知道这样，她就下去跟我一起搬了。我和祖母一起把电视从玄关搬了进去。我把电视放到客厅的柜子上，祖母问我：

"你真的不看电视吗？"

我看着她放在客厅柜子下面的电视，说：

"把那个丢了吧，祖母，眼睛会看坏的。您知道怎么扔吧？"

"我一个人住了这么多年，这个还能不知道吗？"

"也是。"

"不管怎样，我收下了，谢谢你。"

安装好电视，我和祖母并排坐着，一边喝着柚子茶，一边看了和豹子有关的纪录片。祖母打着盹儿，醒了就继续看电视。我拒绝了她让我吃完饭再走的提议，准备回家。我还不想形成这种每周一起吃饭的关系。

"走之前，我有一个请求。"

"什么请求？说吧。"

"曾祖母的照片只有上次给我看过的那一张吗？"

"嗯，就那一张。我妈妈的照片。"

"我可以用手机把那张照片拍下来吗？"

本以为祖母会有所顾忌，没想到她欣然接受了我的请求。她走进里屋，拿出相册。

我静静地望着几乎和我长得一模一样的曾祖母的脸。她微笑的脸上透着调皮的表情，不是通过嘴巴看出来的，而是眼睛。我盯着她的脸看了好一会儿，才注意到曾祖母旁边的女子。乍一看，两人的身体都面向前方坐着，但仔细看的话，女子略微侧身向着曾祖母，一只手放在曾祖母叠放在裙子上的手上。她身材不高，五官也很小巧。

"这位是谁？"

"是新雨大婶。"

"她是新雨大叔的妻子吗？"

"嗯。"

"她们两个是好朋友吗？"

祖母静静地看着我，点了点头。

"她们不是普通的朋友。"

"那是什么？"

保存好照片，我本想站起身来，却不由自主地一直问祖母问题。

"到了开城之后，妈妈没有朋友。她当时一定非常孤独。"

没过多久，开城人都知道了曾祖母是白丁的女儿。世上哪有不透风的墙。问题就出在曾祖父当初找到的工作是在堂叔朋友的磨坊里干活，那人当然知道曾祖母的出身。

曾祖父很天真。他认为自己觉得对的事，别人应该多少也能理解。无论他怎么强调，如果自己不把她带出来，她就会被日本兵抓走，人们都不相信他的话。未经父母同意就与白丁的女儿成婚，这样的曾祖父哪里会有人待见。

"即便如此，爸爸毕竟是男人，所以还不要紧。至少没有人在他面前说闲话。"

曾祖母的出身被公开后，一时流言四起。虽说和良民男子结婚后她也成了良民，这是事实，但是白丁永远是白丁。

他们没有像老家的乡亲们那样欺负她，因为她已然是良民的妻子。但他们都躲着她。一帮人正说着话，她一来大家就安静下来，她压根儿不可能融入他们。她跟人打招呼，人家却转过头去。虽然没有人主动威胁她，但她还是像受到攻击一样无比受伤。她经常坐在石阶上，呆呆地看着照进院子里的阳光。

曾祖母的母亲曾教导她，无论发生什么事，都要趁早放弃并死心，这样才能活下去。对生活有所期待？那不仅是奢侈，还是危险的事情。怎么能这样对我？为什么这种事会发生在我身上？这种疑问压根儿就不要有。我什么都没做错，为什么要打我？为什么我的丈夫还没能治病就这么走了？怎么没有一个人能陪着我哭？与其问这种问题，不如这样想——

今天走在路上的时候挨打了。对，是有这么回事。

我的丈夫死于莫名的疾病。对，是有这么回事。

我一个人伤心难过。对，是有这么回事。

大家都说我是个扫把星。对，大家是这样说的。

就这样，不要评价发生的事情，也不要反抗，要直接接受。这就是活下去的方法。

她坐在石阶上，努力想用妈妈告诉她的办法去思考。

我抛弃了生病的妈妈。对，是有这么回事。

我没能把妈妈埋葬。对，是有这么回事。

开城人没谁向我敞开心扉。对，是有这么回事。常有的事。

按照妈妈说的那样想了一下，可那种想法让她更加生气。她有一种本领，在任何情况下都不欺骗自己的本领。不正当的事就是不正当的事，悲伤的事就是悲伤的事，孤独的心就用孤独的心去感受。

是啊，开城人不向我敞开心扉。是有这么回事。

想到这里，她紧闭双眼，握紧了拳头。

人们因为我是白丁的女儿而鄙视我的眼神依然让我感到痛苦、无法接受。我很委屈，我很生气，我很孤单。我希望一切有所改变。我不指望人们能对我敞开心扉，但至少我不想被人轻视。不，我希望有人向我敞开心扉。

曾祖母始终怀有一种希望的萌芽。不管怎么拔，它们还是像杂草一样蔓延开来，无法阻挡。她控制不住希望，只要是希望的指引，就算那里布满荆棘她也会义无反顾地向前走。就像她母亲说过的那样，那不是安全的生活。跟着不认识的男人坐火车去开城！能做出这种荒唐事的人有几个？无法接受人们的轻蔑、无法死心的心情该是多么顽强又多么痛苦。

他们租房的地方住着年过花甲的房东、育有一岁多的孩子的东伊一家，还有家里有五个孩子的福九一家。曾祖母和曾祖父过来的时候，他们热情地接待了这对新婚夫妇。那时他们还不知道曾祖母是白丁的女儿，且两人未经父母同意就跑出来结了婚。第一次受到别人热情的欢迎，曾祖母惊讶极了。发现他们被子不够用，东伊家还把被子借给了他们。孩子们也很喜欢和她玩。

曾祖母一直很害怕孩子们。看到孩子们凑在一起又笑又闹的样子，她甚至会绕道走。但是成为良民以后见到的孩子们，都会冲着她笑。他们叫着"三川婶婶"，抓住她的裙角，跟在她后面叽叽喳喳地吵个不停。

一次，洗完衣服回家的路上，福九家的一个孩子走过来，闹着要她陪自己玩。孩子四岁左右，很可爱。她像往常一样装出要追赶孩子的样子，孩子开心地笑着跑开了。这时福九家大嫂从远处跑了过来。

——你这是在干什么啊？

撂下这句话，福九家大嫂便带着孩子回家了。很奇怪，因为福九家大嫂不是这样的人。晚上，东伊家大嫂站在房门前，要回了以前借给他们的被子。之前即便曾祖母说已经买来了新被子，要把借的被子还回去，对方还坚持说不用。现在却这样。

曾祖父带她去的教堂也是一样。信仰坚定的保罗竟然为一个没有受过洗的女人得了失心疯，丢下父母背井离乡，这种故事怎么可能不在开城的教堂里传开？曾祖母是唆使纯真男孩犯罪的罪人！真相是什么并不重要。世上最重的罪，就是作为女人出生，作为女人而活。她当时就明白了这一点。

曾祖父去磨坊的时候她也要干活。到溪边洗衣服、织布、生起火炉熨衣服、上浆、捶布、劈柴、洗碗、做各种酱菜、到集市上买食材、腌萝卜泡菜和葱泡菜。早上起来便开始做饭，为曾祖父准备带到磨坊里吃的饭。

虽然表面上没有人说过什么，但她能看出来，其他人不喜欢和自己共用一个厨房，她只好每天比其他人早起一个小时。由于曾祖父干活回来得晚，其他人收拾完晚饭的餐桌后她才能使用厨房。后院有闲置的土地，她把它当作菜园子，撒下各类种子栽培起来。但是时间还是过得那样慢。

冬天到了，曾祖父的大哥从老家过来了。她向他行礼，他却没有理她，看起来就像自己本不想来，却被硬拉来似的，一脸气恼的表情。他的嘴唇很薄，静静待着的时候也用力紧闭着嘴唇。

曾祖母拿出一直不舍得吃的半干明太鱼，和萝卜一起炖。又从米缸里舀出刚好够两个人吃的米，下锅煮上。盛好米饭放进托盘，刚要端出去，发现福九家七岁的儿子站在厨房门口，脸上带着那种曾祖母很熟悉的表情，是恶意和快乐交织的表情。孩子伸开双臂挡住了她的去路。

——你让一下。

听到她的话，他走到她跟前，一下子把托盘打翻了。一个饭碗摔碎了，另一个没碎，但是白米饭撒了厨房一地。事情发生得太过突然，根本来不及阻止。屋里传来曾祖父催她快点上饭的声音，她先把炖明太鱼和其他小菜端上了饭桌。

——饭呢？

曾祖父问。

——拿来的路上福九家的孩子胡闹……碗摔碎了，都撒在地上了……

——大伯子来了，你让我们空着口光吃菜吗？

——家里还有大麦米，你们先聊着，我马上重新做饭。

她的话音刚落，大伯子就从座上站了起来。

——大哥。

——我来你家是为了得到这种待遇的吗？一个娘儿们连饭都做不好还有什么用？大伯子来了竟还敢这样！

大伯子披上外套，做出要走的样子。

——大哥，快别这样。她是失手了才这样，不是故意的。您冷静点，大哥。

说完，他催她赶快去做饭。

曾祖母跑去厨房，没想到不小心踩到了锋利的碎碗片。脚板像被烫到一样炙热难忍，但她强忍着疼痛走路。正急急地洗着大麦米，外面一阵喧嚷。隔着院子一看，原来大伯子已经收拾好了行李，正要离开。那是一个冷得脑袋都要裂开的日子，她没来得及说再待一会儿吧，只能目送他离开。

她装作若无其事的样子做好了两份大麦饭。伤口看起来不大，但很深。她用破布绑住伤口止血，再穿上布袜。看到平时都吃不到的白米饭撒了一地，她的心都要碎了，但还是把脏掉的米饭扫起来，扔进了肥料桶里。她把做好的饭盛到碗里，回到屋里。曾祖父看起来对她非常生气，空气中弥漫着焦灼的气氛。这是她以后隔三岔五便会经历的瞬间——她不明白他为什么生气，还要揣测他的心思。

——我新做了饭，跟菜一起吃吧。

他什么话都没说，拿起勺子开始吃饭。她也一起拿起了勺子。

在沉默中吃着饭，她第一次学会了死心。虽然脚下火烧火燎地疼，但告诉丈夫又有什么意义呢？明明看到布袜被血浸透，却连一句"疼不疼"都不问，对这样的人能抱什么期待呢？希望对方问自己饭是怎么撒的，福九家的孩子做了什么，这是奢望。丈母娘去世的时候他不是也没表现出任何异样吗？丈夫不关心我的痛苦，她想，一点都不关心。但是为什么会这样呢？为什么要说不能眼睁睁地看着我被军人抓走呢？这是她一辈子的疑问。

她哪里知道虚荣心的力量有多强大。

他是从小听着殉教者的故事长大的。殉教者们为了证明自己对天主的爱，不惜牺牲自己的一切，哪怕是生命。他被他们的故事所感化。自从他看到曾祖母，看到她的凄惨生活，他就做好了抛弃一切的准备。为了拯救你，我可以牺牲自己的人生！

这样做的结果就是，他一辈子都生活在委屈、悲愤与自责之中。当初离开父母的时候，他还没有意识到自己根本没有那么伟大。不，他一辈子都不曾了解，自己是何等的锱铢必较、心胸狭隘。他认为自己有勇气离开父母是勇敢，但其实那只是他的冲动，一种想逃离的冲动。他一定认为，是她夺走了他原本应有的人生。

来到开城后，他得了思乡病。他不仅想念哥哥姐姐，也想念爸爸妈妈，还想念那里的朋友们。早先从别人口中听到的像梦一样的开城的街道，如今只觉得喧嚣、嘈杂，并不是可以寄托心灵的地方。好不容易才租来的房子也觉得像畜舍一样。他想念有漂亮的庭院和水井的老家，以致睡觉都睡不安稳。如果和父母指定的女人结婚，他会依然留在那个家里享受那些美好的生活。自己失去了这么多，妻子应该补偿自己。但妻子似乎不理解自己的期望。但至少要表现出感恩之心吧？什么女人这么强硬？他想。

对妻子他也不是没有感情。其实，对于不同于自己、心理强大、为人刚毅的妻子，他感到既佩服又害怕。他预感到，自己作为丈夫的那点权威也会被夺走，他担心妻子在心里嘲笑自己。我为了帮助你，抛下了一切，你为什么不能顺着我一些、迎合我的情绪呢？他感到惊讶，觉得被妻子欺骗了。妻子似乎只专注于自己该做的事，表现得好像自己从一开始就是良民一样。她明明是个区区白丁啊。

他心里明白不能这样想，但还是不可抑制地这样看她了。没有教养，不知道该如何对待丈夫。她那副高高昂着头的样子总让他微微有些不悦，虽然他并不想承认自己因为这个而生气。

"曾祖母是什么时候认识新雨大婶的呢？"

"那是在我妈妈十九岁的时候。当时妈妈正怀着我，新雨大叔和新雨大婶也出于不得已的原因来到了开城。"

新雨大叔家借高利贷时抵押给日本人的土地都被强取豪夺了。家里有三个儿子，如此一来身为老幺的新雨大叔就没有地种了。

看到来到开城的新雨大叔夫妇的脸，曾祖母大吃一惊。新雨大叔瘦得要命，和第一次见到时几乎判若两人，浑身被冻得瑟瑟发抖。身形像麻雀一样娇弱的新雨大婶看起来比他更糟糕。她的眼角发乌，嘴唇起泡结了血痂，嘴角长着白癣。曾祖母觉得，那时的新雨大婶就像担心说错话就会挨打一样畏首畏尾，全身充满了恐惧。

这时，一股怒火在曾祖母心中燃起。她一辈子的恩人新雨大叔竟然被夺走土地，不得已背井离乡来到开城，这让人除了悲伤，还感到愤怒。看样子两人已经很久没有吃饱过肚子了，这么冷的天，衣服也穿得那么单薄。见此情景，曾祖母赶紧从厨房里拿出煮熟的红薯递给他们。新雨大叔为人斯文，没有当场就吃，而是放进了自己的口袋。但新雨大婶坐在石阶上，狼吞虎咽地吃起了红薯。这是干了多少活，她那抓着红薯的小手看起来就像老人的手一样。第一次见到新雨大婶的时候，曾祖母没有做出任何表情。

他们在距离曾祖母住处五分钟路程的地方租了一间屋子。新雨大婶长期挨饿，又精神高度紧张地坐了那么久的火车，一连好几天都卧病在床。新雨大叔去找工作时，曾祖母煮了粥去看望新雨大婶。她把一些吃的东西在碗柜里放好，然后把稍微放凉的粥还有泡菜喂给新雨大婶吃。

——真好吃。

新雨大婶说着，笑了一下。曾祖母差点哭出来。当时才十八岁的新雨大婶看起来比同龄人要小很多，曾祖母对她所经历的苦痛感到心疼是一方面，还有就是自己仿佛可以看到，现在看着自己微笑的这张脸上，将来会浮现敌视自己的冰冷表情。不知什么时候会受到对方的敌视，在那一刻到来之前，真是既疲惫又悲惨。倒不如自己先坦白。

——新雨你知道吗？

——知道什么？

——我父亲是白丁的事情。

新雨大婶愣愣地看着曾祖母，不明白对方为什么要说这个。

——我……我听说过你受过很多苦。听说阿爸去世后，都是你一个人挣钱养活阿妈。

她的嘴角沾着泡菜汤，用天真的语气说道。

——你受苦了，他婶。你受苦了。

曾祖母不知道该怎样回答新雨大婶，只能强忍着泪水，闭口不言，坐在那里。

——真好吃啊，他婶。

新雨大婶看着曾祖母说。

对曾祖母来说，新雨大婶是第一个说自己做的饭好吃的人。曾祖母不能一直看着那张孩子般纯真的脸，她的心正向着新雨大婶倾斜，所有的喜悦、悲伤和遗憾似乎也都流向了那里。她不想带着一颗倾斜的心东倒西歪地生活。

从还不够了解新雨大婶的那时候开始，曾祖母就已经开始害怕失去她了。如果有一天她不理自己，自己再也看不到那张恬静的脸；如果她一脸冰霜地说对自己感到失望，再也不和自己说话，自己会活不下去。

"人们本来就是这样。"高祖母在曾祖母的心里说,"不要对人抱有期望。"

"阿妈,我不是对别人抱有期望。"曾祖母在心里想,"我是对新雨抱有期望。"

不知从何时起,曾祖母开始在心里和高祖母说话。一个人在家的时候她就出声对高祖母说话。那时的她太孤独了,看到谁都想抓住说上一顿话。

"新雨也是人啊。她哪里和别人不同?我是担心你受到伤害。能说会道的那种人,一定不要无条件地相信。"高祖母说。

"不是因为能说会道,阿妈。新雨不一样。"曾祖母回答道。

新雨大叔到一家给军装染色的工厂上班了,是曾祖父的堂叔介绍的。虽然工作很辛苦,但挣到的钱起码够夫妻二人吃饭,没有人介绍是找不到这种工作的。那年因为洪水肆虐,以务农为生的乡亲们纷纷跑来开城,只求眼下能找到一份活儿干。虽然农村饿死过人,但富人们对打糕的需求比任何时候都大。磨坊内人手不足,曾祖母也跟着曾祖父去磨坊干活。

——能不能让我也去干活儿?

新雨大婶问曾祖母。

——我什么都能做。我很会干活,打糕也能做得很好。

——你先多吃饭长点肉再说吧,新雨啊。

在曾祖母眼里,新雨大婶又瘦又弱。她的骨架像鸟那么细,挽起她的胳膊就像在摸树枝。地上没有石头，她却常常踩空脚，特别容易摔倒，而且吃完饭就打瞌睡。

——你都没有力气，是怎么种地的？

——别看我这样，我手脚麻利着呢。辣椒摘得快，旱田锄得快，干什么都利索。

——骗人的吧。

——不是。真的。我一年没吃过饱饭了，身体都垮啦。真的很奇怪……以前不是这样的，三川哪。

本想回答点什么，可曾祖母哽咽得说不出话来。

——吃苦的时间也不长。来到这里好多了。

——新雨啊。

——嗯。

——我不会让你再饿肚子的，你再也不会饿肚子了。我会跟磨坊那边说一下你的事，你就先把身体养好吧。

——别担心我。

新雨大婶说完笑了。

祖母缓了口气，把杯子里剩下的柚子茶都喝完。

"也许是因为给你讲过那些事情，我做了一个梦。"

祖母一边揉着自己的手，一边说。

"房间里太冷了，我干咳了一下，然后妈妈就进来了。"

"曾祖母吗？"

"对。是拍那张照片时的妈妈。她说：'英玉啊，你感冒了吗？把你的手给我。'她这么跟我说。"

祖母这样说着，把一只手向我这边伸来。

"妈妈去世之前，手总是冰冷的。因为太怕冷了，即使夏天她也穿着厚袜子，冬天在家里也穿着棉衣、戴着手套，但嘴里还是嚷着'好冷啊好冷啊'。她的手脚就像冰块一样。但是在梦里，她让我把手给她，所以我伸出手来，老天，妈妈的手实在是太柔软、太暖和了。"

"是不是觉得不像是梦？"

"是啊。"

祖母看着我笑了笑，接着说：

"是的，真的不像梦。"

4

春雨下了一整天。下班回家的路上，我听到妈妈乳腺癌复发的消息。

第一次发病是在二〇一二年。当时发现得早，做完肿瘤切除手术，又做了几次放疗。妈妈没有多少朋友，很少有人来探病，甚至连妈妈的妈妈也没来医院。我问祖母是否知道自己的女儿做了手术，妈妈转移话题说："我和她不联系又不是一两天的事。"从那时起又过了五年，妈妈再次接受手术时，我才想，如果我站在妈妈的立场，也许也会那样做。

因为是周五上午的手术，我请了一天的假去首尔。我们没怎么说话，我问疼不疼，她说没事，这就是全部对话。不知道为什么，这次妈妈没有担心爸爸的吃饭问题。

"你不担心爸爸吃饭的事了吗？"虽然很想这样挖苦她，但看到妈妈挂着血袋躺在床上，我开始讨厌自己有这种想法。我也讨厌常忍不住挖苦、说出冷言冷语的妈妈。这也讨厌，那也讨厌，最后连祖母也让我讨厌——就算有原因，真的不能先向自己的孩子迈出一步吗？

无所事事地躺在陪护床上，不觉中我冲动地说了一句：

"我去祖母家玩了。"

"哦。"

妈妈不冷不热地应了一声。

"祖母给我做饭吃了。烤了舌鳎鱼，还有鲜裙带菜和小萝卜泡菜、米饭，还吃了蛋糕。"

"是吗？"

"祖母做了白内障手术，妈妈知道吗？"

"不知道。"

"我过去的时候看到她的电视坏了，画面一直晃，所以我把自己的电视送过去了。"

"做得好。"

"我把自己离婚的事也说了。"

"是吗？"

"祖母说我做得好。"

"祖母不认识金女婿嘛。"

"什么意思？"

"没什么感情啊。"

"这么说，妈妈是因为有感情，所以才包庇出轨的女婿的吗？"

"你鸡蛋里又挑什么骨头？"

我从床上起来，走了出去。我感觉和妈妈再多待一会儿，嘴里就会冒出恶言恶语。在医院前面的大学城转了一圈，我想起智友的话——感到生气和悲伤的时候就放慢呼吸。我坐在长椅上，努力集中心思呼吸。吸气、呼气，如此把精力全集中到呼吸上，但眼泪还是流了出来。最后我用双手捂住脸哭了。

星期天晚上，在确认妈妈睡着以后，我把照顾妈妈的工作交给了看护。这段时间周末由我照顾妈妈，平日就由看护照顾。深夜开车回熙岭的路上，我努力地克制着自己因无法一直照顾妈妈而泛起的内疚。

几天后，在超市前我又偶然碰见了祖母。我没有开车直接送祖母回公寓，而是带她在市区转了一圈。祖母摇下车窗，让柔和的春风吹到脸上。风吹起她的短发，河边盛开着成片的鲜花，收音机里传出歌手周炫美的歌曲，夜晚的空气中能闻到淡淡的花香。微风轻拂，一个美好的春夜。祖母也一起哼唱着。

"托孙女的福，我今天有机会兜风了呢。"

祖母的声音听起来很惬意。我心想，幸好她还不知道妈妈的情况。

"您没有什么不舒服的地方吧？"

听到我的问话，祖母大声地笑了。

"我一天吃的药都有一大把，但是我不想和你说那些话。那种话你不嫌烦吗？我不喜欢老了以后对孙女喊这里疼那里疼的，我不要做那样的祖母。我只想和你聊有趣的话题。"

我一点不觉得好笑，却还是跟着她一起笑了。那一瞬间我心里仍然充满着对妈妈的担心，我不想直接回家，正好这时候祖母问我：

"要不要去喝柚子茶？"

祖母从冰箱里拿出柚子瓶，把水壶放到煤气灶上。煮柚子茶的时候，她让我在家里随便转转，所有的房间都可以看。我去了那个放了相册的小房间。天花板上有一个日光灯不大亮，开了灯房间里还是很暗。一侧的装饰柜里放着几本相册、书籍、饼干盒、泰迪熊和各种水果罐头。另一侧立着一个壁橱，它的一扇门开着，可以看到里面的东西。并排放在一起的两个箱子上整齐地叠放着毛衣等冬天穿的衣服。

"早就该处理一下了，但我做不到。"

祖母走进房间，把柚子茶递给我。柚子茶甜甜的，有点烫。

"邻居老奶奶们都叫我把那些扔掉，可我一直都没扔。"祖母指着箱子说，"她们都说，现在哪还有人保管这些东西啊。"

"那是什么？"

"以前的一些信。有写给我的，也有写给我妈妈的。虽然住的地方很狭小，但妈妈不知道有多么珍视这些信，简直像供奉神龛一样认真和虔诚。现在总不能因为妈妈不在了，就像扔废纸一样把它们都扔掉。读着妈妈收到的这些信，就感觉妈妈还活着一样，怎么舍得扔呢。虽然现在看不了了，还是留着吧。"

"阅读东西很困难吗？"

"又要说不该说的话了。眼睛看不清楚啊，看信比看书更严重。因为纸和墨水都褪色了嘛，戴着老花镜也看不清。只能看到白蒙蒙的一片……"

"我念给您听吧？"

"不用，不用。"祖母直摆手，"你明天还要上班呢。"

"我给您读会不方便吗？"

"那倒不是。只是如果你一直为我做什么，我就不好办了，因为我没什么能给你的。"

"您不是给我讲故事了吗？"

"那是你愿意听我唠叨。"

"才不是呢。"

那一刻，我对祖母有点失望，同时对自己感到失望的事实感到惊讶。见了几次面就对这个人产生亲近感了吗？沉默了一会儿，为了打破尴尬，我开口说：

"您给我再讲讲新雨大婶的故事吧。她最后在磨坊里做事了吗？"

"是啊。因为我妈妈要生孩子了，就换她去了。新雨大婶手脚很麻利，后来就一直在那里做事了。"

"那个孩子……"

"没错，那个孩子就是我。一九三九年出生的。"

祖母笑了。

是难产，整整一天才生下来，而且分娩后出现了大出血。出血好不容易止住了，曾祖母还是不能起身。奇怪的是，吃什么都觉得恶心，连稀粥都咽不下去。

想到自己的朋友可能会死，新雨大婶一边泪如雨下，一边明白了这段时间自己是多么依赖她，多么渴望与她交心。要是她能活下来，新雨大婶想，要是三川能活下来，她向上天祈祷，自己一定会做一个无愧于天的人。

新雨大婶盛了冒尖的一碗饭去看望曾祖母。曾祖母不能吞咽食物，她让曾祖母把饭放进嘴里，嚼碎后再吐到碗里。曾祖母照她说的做了，把饭嚼碎后吐出来，再嚼，再吐出来，连续几天一直这样重复，最后曾祖母终于有一点精神了。虽然还是不能咽下饭粒，但嚼饭时产生的饭汁慢慢流进了喉咙。然后是米糊，再后来是更稠一些的糊糊，最后是粥。就这样，曾祖母活了下来。

直到这时曾祖母才见到了自己的女儿。红红的小脸、小小的身体。一想到这个小东西将要活下去的世界，她的心好像一下子被堵住了，眼泪开始打转，那么茫然。

人们都说，女人生下孩子后就会眼里只看得到孩子。可孩子快过百天了，她仍旧对孩子没有什么特别的感情。她为此感到羞愧，从没对任何人说起过这一点。自己假装疼爱孩子的样子多么可怕啊！她和孩子单独在一起的时候，就用冷眼看着孩子的脸。自己真像一个不正常的人。

"你是连自己阿妈都抛弃的人啊。"

她对自己小声地说。

"抛弃阿妈的女人会觉得自己的孩子可爱吗？恶心的女人！"

孩子很乖，过了百天就能睡整晚了，吃东西也不挑，长牙时也没闹过人。她想，孩子也许明白，没有人喜欢自己。得知生了个女孩，丈夫非常失望。也许孩子也懂得看人眼色行事，她很担心孩子用自己小小的身体和心灵看人眼色，哭都不敢尽情地哭。对孩子的爱在这样的忧愁中越变越多。一天，她和孩子对视着笑了，她终于发现自己有多爱这个孩子了。也许这就是人们平常所说的母爱的本能吧。

曾祖母恢复身体期间，新雨大婶在磨坊继续做曾祖母做过的工作——把掉在磨坊地上的米粒扫到一起，然后装起来。

新雨大婶夫妻俩感情很好。当年，村里的老人们喝着米酒聊到新雨大婶和新雨叔叔的时候，顺便牵了个红线，没想到两人一见钟情。婚后的头一年过得还算平稳，第二年家里被日本人抢走了大部分的土地，此后很长一段时间都是饥一顿饱一顿的。新雨大叔的母亲说话向来狠毒——"家里应该娶对女人才行，就是因为来了个丧门星，一家老小才不得好。"这些话就是说给新雨大婶听的。

真的是这样吗？新雨大婶静静地坐在那里想着。真的是因为我，家门才败落的吗？就是因为我嫁进家里才这样的吗？因为总听婆婆这样说，有时她自己也会觉得婆婆的话好像有道理。一次，婆婆不知道儿子站在身后，又对新雨大婶说了这类话，结果新雨大叔有生以来第一次对自己的母亲大声说话了。他说，如果再在妻子面前说这种话，就再也不会来见母亲。

"新雨大叔和新雨大婶就像朋友一样。现在看来，新雨大叔可能本来就是那种人。无论在什么情况下，他都不想踩在别人身上发号施令。那个年代，无论多么开明的人都认为只有凌驾于自己的妻子之上，才能树立自己的威信，大叔却不想这样。他似乎一直在为此坚持。"

新雨大叔没能在染厂工作很久。在那里会吸入有毒气体，这对肺不好的他来说是个大问题。因为急性哮喘发作，他不得已只好辞掉工作，回去疗养，这下家里只能靠新雨大婶的收入过活。新雨大婶除了磨坊的工作外，还找了一份从水泥麻袋上抽尼龙线的副业。这期间，新雨大叔的大哥因为赌博，把手里仅有的那点土地也输掉了。一家人无论怎么拼死拼活地干，还是债台高筑。

新雨大叔结束了漫长的疗养，得知了表哥在日本打工的事。当时表哥写信给新雨大叔说，这里遍地都是工作，自己已经打好了基础，大叔来的话就不用吃初期的那些苦了，还说只要努力几年，就能赚到足以用来还债的钱，然后再回老家。

对于四处找活干，有点工夫就去打零工的新雨大叔来说，表哥的提议就像是唯一的希望。但他实在没有勇气带着妻子漂洋过海渡过玄海滩[1]，他不想给妻子带来从故乡到开城、从开城到日本，一直背井离乡的这种痛苦。妻子和三川大婶很合得来，似乎已经适应了开城的生活。除了睡觉的时间，妻子都在干活，但只要有一点时间，她就去找三川大婶，两人一起剥豆子、择菜、腌泡菜、做大酱、逛市场。做了小菜就一起吃，孩子也一起照顾。妻子教三川大婶学习了韩文，两人不知从哪里得到一本文库版小说，经常一起朗读。妻子好不容易对开城有了感情，他不想让她再离开这里。

"新雨大婶是个幸福的人。"

我说。

"是啊。大家都说新雨大婶没有福气，但我不这么认为。"

我想起照片里新雨大婶的样子。不知为什么，我渐渐对她产生了好感。长期食不果腹、从水泥麻袋里抽线、把掉在磨坊地上的米扫起

---

1 位于朝鲜海峡（韩国称大韩海峡）南侧、日本福冈县西北的一处海域，是连接韩国和日本九州的通道。

来、用自己做的食物把生病的朋友救活；把自己的手放在朋友的手背上，微笑着看向照相机镜头。对这样的她，我逐渐产生了好感。

祖母和我讲述曾祖母和新雨大婶的故事时，我们很少谈论彼此的生活。如果祖母和我之间缠绕着千丝万缕的感情，她不会这样给我讲。也许因为只在我小时候见过一次面，之后便都形同陌路，祖母才能泰然自若地把自己妈妈的故事讲给我听。但是继续讲下去的话，总觉得不知什么时候就能听到祖母自己的事。也许借此可以了解祖母和妈妈的关系，还有她为什么没有被邀请参加孙女的婚礼。

"美仙，"祖母开口问，"你妈妈美仙过得好吗？"

我愣愣地看着祖母，点了点头。

"身体都还好吗？现在还看书写字吗？"

"写什么字？"

祖母吃惊地望着我。

"她不是喜欢随身带着笔记本之类的写东西吗？写日记，写故事。"

"这个……我们分开住很久了，我也不知道。反正一起住的时候不那样。"

听我这么说，祖母点了点头，脸上的表情好像是听到了什么令人遗憾的消息一样。

"我会向妈妈转达您的问候的。"

"没有这个必要。"祖母的表情突然变得僵硬，"没有这个必要。"

"祖母。"

"嗯。"

"那个，我不会劝您和妈妈好好相处的。这个您放心。"

"一言为定。"

"我会的。"

看到祖母的表情稍微放松了一些，我岔开了话题。

"新雨大婶也有孩子吗？"

"嗯。一九四二年生的。"

"和您差三岁呢。"

"是啊。"

新雨大婶怀孕后害喜严重，既不能做磨坊的工作，也干不了从水泥麻袋上抽线的活了。当时婆家那边要求新雨大叔分担更多的债务，大叔虽然到处做零工，但那点钱只能勉强糊口。这时，表哥又来信了，说在一个不错的工厂找到了工作，如果来的话，会为大叔准备好吃住的地方。

新雨大婶无法接受丈夫的决定。怎么能丢下怀孕的自己渡过玄海滩呢？她极力阻止丈夫，可新雨大叔无动于衷。

他像被什么蒙蔽了双眼。所有人都在劝他，他还是执意要去日本。他向来不是一个听不进劝的人，但这次的态度让大家非常惊讶，也让人们不由得想，也许他做出的选择自有道理。

曾祖父欠新雨大叔很多人情——帮助自己来开城，照顾自己的岳母并送终埋葬。曾祖父告诉新雨大叔，他不用担心，自己会好好照顾新雨大婶的，但是他在两年之内一定要回来。如果再晚了，孩子就不认识父亲了。

曾祖母坚决反对新雨大叔的决定。路途遥远不说，在外肯定要受苦，再说现在还在打仗。曾祖母无法理解，家里的情况再怎么困难，也不可能只通过几封信就决定去日本，况且新雨大婶的身体也不太好。几天来曾祖母一直往新雨大叔家里跑，希望能说服他。

——叔叔。

曾祖母一直这样称呼新雨大叔。

——想想他婶吧。她在开城一个家人也没有，难道要让她一个人生养孩子吗？

——这都是为她好。

——我也不是不知道您为她着想，但您的方法是错误的。叔叔，您这么明事理的人怎么会被这种话骗走呢？

——他婶，你也不是不清楚我们家的情况。在这里赚的几个钱还债都困难，她生下孩子还是要受苦，到时我怎么看得下去。

——叔叔！

——所以，你好好陪着我们新雨。我只相信三川你。

——真是讲不通啊，叔叔。叔叔，您这是怎么了？

这样的对话一连持续了好几天。看到新雨大叔的决心实在无法改变，那天曾祖母气得跺着脚回家了。她往地上、往墙上踹了好几下，气得不得了。她开始讨厌起自己人生的恩人新雨大叔了。

和新雨大叔离别那天，曾祖母只能流泪祈祷他平安无事。他一无所有，又容易信任别人，曾祖母只能为他不断地祈祷。这个世道里，无论多么八面玲珑，再多么小心行事，都免不了碰壁，单纯得有些莽撞的他需要几倍的幸运才行啊！曾祖母答应他会好好照顾新雨大婶，还有他们的孩子。那天，新雨大婶没有出来，没给她的丈夫送行。

新雨大婶在曾祖母的隔壁租了一间屋子。躺在房间里，她觉得地板就像大海，自己就像坐在波涛汹涌的大海中的一条小船上。新雨大婶一边哭着，一边思念坐船远渡玄海滩的丈夫。那说不定是他们最后一次见面啊，她后悔自己因为一时的情绪而没有出去送他。要是自己害喜不严重，要是丈夫没有哮喘病，不，要是一开始就没去那家染厂——她在心里做了很多假设，但什么都改变不了。她始终不能理解丈夫的选择。

"没有人知道大叔在日本是怎么生活的。一丝风声都听不到。"

说完这句话，祖母面无表情地看着地板，好像现在这里只有自己一样，看起来非常松弛。我问有没有大叔的照片，祖母摇了摇头。

"有一幅新雨大婶画的画。用铅笔画的，虽然画得一般，但谁看了都知道是大叔。现在那幅画已经找不到了……但是因为你听我讲故事，所以新雨大叔又来到了我们身边。"

我点了点头。虽说素未谋面，但我也开始在心里描画新雨大叔的形象。我可以想象出他的样子：个子很高、脖子很长，去自己不认识的白丁家里看护病人、不欺侮任何人、珍视自己的妻子、孤身一人前往日本、比现在的我还要小很多岁的二十多岁的男子。也许这不是他的全部，但他被自己死后出生的某个人这样记住了。

可这有什么用呢？一个人记得另一个人，记得在这个世界上消失的某个人有什么意义？我希望自己被别人记住吗？每次这样问自己，答案一直是"不想被记住"。无论我是否祈祷，这都是人类的最终结局。当地球的寿命结束，再过一段更长的时间，到熵值最大的那一瞬间，时间也会消失。那时，人类会成为连自己曾经在宇宙停留过的事实都不记得的种族，宇宙会变成再也没有一颗心记得他们的地方。这便是我们的最终结局。

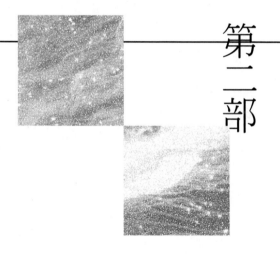

第二部

5

妈妈说我什么都不缺。老年有保障的父母、善良的丈夫、做自己想做的事情的特权。她说得对。光是冲这些，我的生活就已经足够幸福。

我不是不知道自己所享有的特权，所以我只能对它们保持沉默 —— 在不肯倾听自己声音的父母身边长大的孤独，以及和对我没有感情的配偶一起生活的孤独。我默默地工作，维持着只剩空壳的婚姻生活，不理会自己内心想要被理解和被爱的感觉。因为我是个幸福的人，是拥有了一切的人。

拿掉那些空壳，我才看到自己。在熟睡的男人旁边无声哭泣的我；一写不出论文，自身的存在就好像会被全部否定，因此比任何人都残忍地逼迫自己的我；每迈出一步都时刻责难、嘲笑自己的我。

正是因为你逼迫自己，才来到了更好的位置。如果对自己宽容，哪怕只有一丝一毫，你真的会成为一个一无是处的人。爸爸不也说过吗，你成不了什么大人物。丈夫也说过，你所取得的一切都是靠运气而已，所以你需要更多的锻炼。对这种说法不是早已习以为常了吗？

我总是和那些逼迫自己的声音保持着距离，然后静静听着那些话。世界上没有谁像我对待自己那样残忍。也许正因为如此，我才能轻易容忍其他人随便对待自己吧。

一周后，我又去看望妈妈。她看起来好多了，斜靠在床头用手机看 YouTube，玩游戏，一个人也能拖着吊瓶支架在走廊里走动，或者在休息室里看电视。她说明姬阿姨几乎每天都来探望她。阿姨时隔五年回到韩国，这次回来能待两个多月，说到这里的时候妈妈的眼睛闪着光。明姬阿姨是妈妈结婚前在邮局上班时一起工作的朋友。

一天，妈妈睡着时，明姬阿姨来了。我小时候看过阿姨从墨西哥寄来的国际邮件，但是印象里从没见过阿姨。阿姨问我有没有时间，我们一起去了医院一楼的咖啡厅。

"可以把妈妈的银行卡账号告诉我吗？"

简短地问候了一番之后，阿姨这样问我。

"为什么问这个……"

听到我的问题，阿姨抚摩着手提包的扣环，说：

"我欠美仙很多人情。"

"人情？"

"很多年以前……有一次我妈妈病得很重，必须做手术。但那是大手术，很有可能失败，而且要花很多钱。我爸爸说如果冒这么大风险手术还失败的话，那还不如不做的好，然后放弃了手术。那天晚上我给美仙打去了电话。"

明姬阿姨十指相扣，望着墙壁。

"第二天美仙就来了，带着一大笔钱。她对我说：'姐，别让自己将来后悔，救救妈妈吧。'那时我都没有礼貌性地说一句不能接受这笔钱，只说'我会还你的，一定会还你的'，然后就去找医生了。"

"手术顺利吗？"

阿姨喝了一口咖啡，点了点头。

"是美仙救了我妈妈，我很想报答她。如果你不告诉我，我也会用其他方式补偿她，所以你还是告诉我吧。"

我给阿姨写下了妈妈的卡号，同时有点不敢相信，妈妈为了朋友竟然能做到这样。我从来没有想象过，像母亲一样冷漠、缺乏恻隐之心的人还有这样的一面。

那天，明姬阿姨走后，我问妈妈：

"明姬阿姨说的是真的吗？"

"什么？"

"听说当年阿姨妈妈的手术费是您出的。"

"啊。"妈妈玩着手机游戏，漫不经心地回答了一句，"如果是明姬姐，她也会那样做的。去墨西哥之前，她就已经还完了钱。"

"她好像还一直记着呢。"

妈妈没有回答，用纸巾擤了一下鼻涕，又认真地玩起了游戏。

我背对着妈妈，躺在陪护床上闭上了眼睛。对妈妈来说，明姬阿姨意味着什么呢？妈妈给我讲了明姬阿姨去墨西哥的事，就像说当天的气温那样，就像说找回多少零钱那样，不带任何感情。我不了解妈妈，比明姬阿姨或祖母还要不了解，也许……比爸爸还要更不了解。

出院那天，明姬阿姨开车送妈妈回家。听到我说一起进去喝杯茶再走，阿姨说去了还要看爸爸的脸色，在停车场就跟我们道了别。

"这里是韩国嘛，我又没有被邀请去家里。你爸爸不在的时候我再去玩。"

"韩国现在也变了，和八十年代不一样了。"

"智妍，这是为了你妈妈好。让她回去好好休息一下吧。"

回到家里，爸爸已经拿出一些小菜正在吃饭。他看到我们，问了句怎么样了，又继续吃饭了。明姬阿姨说得没错，在阿姨和爸爸中间妈妈一定会不知所措。我让妈妈躺到床上，拒绝了爸爸让我吃完饭再走的提议，直接回了熙岭。那是星期天的下午，我也需要休息。

每到周末就去首尔，如此反复的过程中，一个月的时间过去了，已经是初夏了。我站在客厅窗边，茫然地望着树木从嫩绿色变为深绿色。这是和他分手后的第一个夏天。虽然期间发生了很多事情，为了消化它们我非常疲惫，但令人惊讶的是，我能感觉到自己在慢慢恢复。不仅能读书，还发表了一篇小论文。那段时间我把放在里屋箱子里的天文望远镜搬到客厅，后来又把它搬到了窗边，仅仅这一点就让我感觉又向前迈出了一步。

在电梯里我又偶遇了许久不见的祖母。出于当时的喜悦，我邀请她这次来我家。星期天，祖母过来了。

我去超市买了拌好的牛肉和泡菜、半成品的干明太鱼汤，又做了米饭，摆好了餐桌。

"这些都是在超市买的。"

"做得对。一个人住的话，买着吃更划算。工作这么忙，哪有时间做饭吃。我也一样，觉得买的东西比自己做的好吃。"

祖母坐在餐桌前，脸上的神色看起来很高兴。吃完饭，她和我都往碗里倒了些水喝。最后我把碗放进碗池，冲了咖啡回到客厅，发现她正站在阳台上望着快要成为满月的月亮。

"您要不要用这个看？"

我指着客厅一角的望远镜说。祖母点点头，从随身携带的包里拿出老花镜戴上。

"我眼睛不好……"

"用这个看的话，可以非常近地看到月亮。"

我打开电源，用遥控器指挥起望远镜。

"您看。"

祖母把眼睛贴到目镜上，轻轻地感叹着。

"这是什么呀……"

"能看到吗？"

"啊……这是月亮吗？"

"是啊。"

"感觉触手可及呢！"

祖母把手伸到望远镜旁边，做了一个抚摩的动作。

"我的天！"

她张开嘴，目不转睛地透过目镜观察着。

"像今天这样的天气，还可以看到木星呢。您想看吗？"

听到我这样说，祖母摇了摇头。

"这些就足够了。我有点害怕这些呢。"

她把眼睛从目镜上移开，看着我。

"这个望远镜还看不到很远，只能看到近一点的天体。"

"这么说，还能看更远的地方吗？"

"当然啦。"

"能到哪里呢？"

我把哈勃望远镜在二〇〇三年至二〇〇四年拍摄的照片拿给祖母看。天文学家们称它为"超深空"。散发着橙、紫、蓝、白色光芒的星系看起来就像散落在黑色背景上的宝石。

"这是一百三十亿年前宇宙的样子。"

"什么意思？难道我们现在看到的是遥远的过去吗？"

"是的。"

"我听不懂你在说什么。怎么能看到那么久以前的东西？"

"是啊。但这是可能的。"

祖母盯住我看。

"这就是你的工作吗？"

"没什么了不起的。"

"当然了不起了。"

祖母一边摸着望远镜，一边说。

"如果我妈妈出生在现在，说不定也会做你这样的工作。她是个对一切都充满好奇的人。"

我点点头。

新雨大叔去日本后过了半年，在一九四二年冬天，新雨大婶生下了孩子。孩子的名字叫喜子。新雨大婶直到生孩子的那一刻还在害喜。喜子很难哄，醒了就开始哭，除了吃饭或新雨大婶抱着的时候，其余时候都在一刻不停地哭，嗓子都喊哑了。喜子体格健康，力气也大，非常难带。新雨大婶很疲惫，日益消瘦下去，背着喜子去磨坊用笤帚扫地上的米粒的时候，总是打盹儿。

曾祖母不喜欢喜子。新雨大婶越来越瘦，孩子却长得胖乎乎的，一刻不停地折磨着自己的母亲。从新雨大婶的眼神中也看不到对孩子的爱。连一个小时的整觉都睡不好的人，怎么可能对别人有好心情呢？

新雨大婶对曾祖母的态度也不同于以往了。曾祖母说了好笑的话也不笑，无关紧要的话听到了却发脾气。能为新雨大婶做的，曾祖母已经都做了。整整一个月的时间里，她煮海带汤、准备饭菜、帮忙照顾喜子，好让新雨大婶能多睡一会儿。尿布她也帮着洗和晒。

尽管如此，新雨大婶还是没有像以前那样说"汤好喝、谢谢你的帮助"之类的话。有时她会突然失声痛哭，还会让曾祖母回自己家去。曾祖母望着疲惫的新雨大婶，心里非常难过。新雨大婶正在经历一段痛苦的时期。新雨大叔离开五个月后开始往回寄钱，但这些钱对他们来说仍旧是杯水车薪。

在喜子一连哭了好几个小时的某个凌晨，曾祖母来到新雨大婶家。新雨大婶把哭闹的喜子放得远远的，自己靠在墙上，双手捂住耳朵正在哭。曾祖母抱起喜子，喜子大声哭了一会儿，然后止住了。

——我来抱孩子。你睡一会儿吧。

曾祖母说。

——不用，让她哭吧。让她在那儿哭吧。

曾祖母不听新雨大婶的，抱着喜子哄她。

——他婶，你得睡觉啊。

曾祖母走过去，新雨大婶却躲开了。

——孩子我看着，你快睡吧。

曾祖母好不容易才让新雨大婶在床上躺好，然后用一只手拍了拍她的肩膀。

破晓时分，天色渐渐亮了起来。曾祖母望着新雨大婶熟睡的脸，深深地叹了一口气，然后在从磨坊弄来的纸上写了一封信给她。信里写了新雨大婶要活下去的理由，还有对这些理由的解释。第二天，第三天，曾祖母又写了好几封这样的信。

万幸的是，喜子满周岁后就不闹人了。虽然她还是喜欢拼命地哭，但是能听懂话以后，没有以前那么难带了。

祖母比喜子大三岁，喜子很喜欢她，她走到哪里就跟到哪里，还缠着她，咬过她的手指和胳膊。如此反复了一段时间，祖母认输了，开始带喜子玩。那一年祖母五岁。从那个时候起，祖母就懂得看大人们的眼色行事了。

"'听说你妈妈是白丁。'我已经不记得从什么时候开始就听别人这样说过了，因为从一有记忆的时候就开始了。"

"您记得自己最早的记忆是什么吗？"

"当然。有一次，我在河边看着水面。那是一个阳光明媚的日子，阳光落在水面上，闪闪发光。妈妈看着我。我记事好像比别人早很多，三四岁时候的事情我还记得清清楚楚的。"

"我也是。"

"是吧？我跟别人这样说，结果大家都让我别说谎，所以在那之后我就不说了。我还记得喜子很小的时候是什么样子的，她总是哭得满脸通红，还有一走进她家就能闻到一股甜甜的奶味。"

"那大人们有欺负过您吗？因为您是白丁的女儿？"

"每个人都不一样，有些人不让我和他们的孩子一起玩。"

"曾祖母和曾祖父就眼睁睁地看着吗？"

"我不是那种喜欢诉苦的孩子。"

祖母抬眼望着我笑了笑。我明白她的意思，因为我也是这样。我不是那种在外面受欺负了就马上回家向父母告状的孩子。为了不让人看出自己哭过，我总是用冷水洗完脸后再回家。这是什么样的心理呢？似乎并非单纯地只是不想让父母担心。自己什么都没做错，因为没有防御之力便受到攻击，自尊心让我不希望被父母看到自己的这个样子。

"但他们肯定什么都知道。"

"是啊。为此，妈妈还和福九妈吵了一架。"

"曾祖父呢？"

"爸爸……让我不要在意那些话。他说我是爸爸的孩子，是良民的后代，不用在意那种话。还说，女孩子之所以有人养是因为她们身上流着父姓的血液。我身上流的是父亲的血，所以没关系。"

"太过分了。"

"是很过分。不过父亲可能认为这是在帮我说话。"

祖母说，她只有和曾祖母还有新雨大婶一家在一起时才感到安心，跟着曾祖母和新雨大婶去磨坊的回忆占据了她人生初期的大部分记忆。

特别是和新雨大婶在一起时的那些温馨的回忆。新雨大婶给祖母编辫子，让祖母躺在自己腿上给她掏耳朵。祖母枕着的新雨大婶的裙子上散发出季节的气息——艾草的味道，水芹菜的味道，西瓜的味道，干辣椒的味道，生火的灶台的味道……祖母一直记得枕着新雨大婶的腿，在温暖的阳光下睡觉时的平静。

新雨大婶在屋子里干活时，祖母也会帮忙。新雨大婶把丝线套在祖母的双手上，然后往绕线板上缠线。祖母轻轻晃动着双手，同时望着新雨大婶整齐地将线缠到线板上。偶尔两人对视一下，新雨大婶的脸上就会露出灿烂的笑容。有时干完活她们就玩挑花线游戏，两个人用线可以挑出许多好看的花样，年幼的祖母觉得神奇极了。玩游戏的时候时间总是过得那么快。

曾祖母生下祖母后就再也没怀过孩子。祖母说，可能是因为曾祖母第一次分娩就难产，之后又大出血。曾祖父一直无法摆脱违背父母意愿的负罪感，他觉得，都是因为自己有罪，所以再也不能有子嗣。那个年代的女人如果生不出儿子，丈夫是完全可以在外面再生孩子的。但是他没有那样做，因为他不敢面对新雨大叔。如果他在外面生了孩子，新雨大叔肯定不会再把他当人看。

"新雨大叔经常和家里联系吗？"

"据说每个月寄一次明信片和钱。新雨大婶、妈妈和爸爸肯定把明信片传着看了不知多少遍，虽然上面大多数时间都在说他在那里很好，很想念大家。"

过了一段时间，新雨大叔寄回来的钱比较可观了。可是，说好的两年过去了，他还是没有回来。他在明信片上写到，现在回去的话太可惜了，再等一阵吧。后来就到了一九四五年。

如果大叔按照最初的计划，在一九四四年回到韩国，很多事情都会不一样。可是，一九四五年的八月六日，他在广岛。

那天，听到广岛被原子弹击中的消息，曾祖母和新雨大婶两人抱头放声大哭。新雨大婶连续几天睡不着觉，也吃不下饭。看着大婶伤心的样子，祖母无比难过，因为自己什么都不能为她做。就是在这样的情况下，一种莫名的信念开始增长。那是一种"新雨大叔也许没有死，也许还会活着回来"的梦一般的信念。那是心里发出的声音，相信深爱的人一定会活着回来的心声。

曾祖父千方百计地到处打听新雨大叔的消息，但一无所获。

然后，在所有人都无比痛苦的那年十月的一个傍晚，新雨大叔出现在了院子里。

虽然看起来很糟糕，但站在院子里的人分明就是新雨大叔。新雨大婶牵着喜子的手从外面回来，进门以后看到眼前的情景，两条腿一下就软了。

——叔叔！

曾祖母朝他跑了过去。

——叔叔，叔叔！这是怎么回事啊，叔叔？

曾祖母一边不停地问着这是怎么回事，一边擦去脸上的泪水。后来她一直记得新雨大叔当时的样子。刚从日本回来的新雨大叔好像很久没洗澡了，看起来疲惫不堪。他走到瘫坐在地上的新雨大婶身旁，抱住她小声说着什么。看到这一幕的喜子跑到祖母身边，躲在她身后哭了起来。这个男人让她感到一种威胁，看到他抱着自己的妈妈，喜子被吓坏了。

"我一开始也怕极了新雨大叔。大叔知道后，很长一段时间都没跟我说过话呢。"

祖母说那是她第一次，也是最后一次看到父亲哭。和新雨大叔失去联系时他表现得也还算平静，可看到活着回来的朋友，他再也无法掩饰自己的感情，抱着新雨大叔放声大哭。

"如果问父亲除了他的爸爸妈妈，还有什么爱的人，那就是新雨大叔了。"

"您呢？他不爱您吗？"

"你问父亲爱不爱我？"

祖母张着嘴久久地看着我。

"孩子，我说的是很久以前的事。是的，也许吧……"

这样说着，祖母摇了摇头。

那天祖母和我看到了木星。看到木星模糊的条纹，祖母像孩子一样不停地感叹着，久久无法把眼睛从目镜上挪开。

祖母走后，我拿出手机看着新雨大婶的照片。两个月的时间里，睡不好觉，吃不下饭，一直等着自己的丈夫，他回来的时候，她是怎样的心情？像重生一样吗？像是获得了第二次人生吗？幸福到害怕的程度吗？怀疑是在做梦吗？

那天晚上，前夫出现在我的梦里。梦里面我忘记了他对我的伤害，只是为我们的重逢感到高兴。我抓着他的大手，抱住他，舒服而愉悦的感觉。醒来后我想，为什么会做这样的梦？原来我内心某处还在怀念跟他在一起的时光，原来我还渴求着只有他才能给予我的那种亲密，原来我还记得那种舒服和快乐。我反复告诉自己这是很正常的，可还是哭了一会儿，然后站了起来。

如果我站在新雨大婶的立场上，我也会为了丈夫哭泣，再见到丈夫也会那么幸福。前夫辜负我的，就是我的那种爱。我失去的是一个无法放弃欺骗的人，但他失去的是那种爱情。我不想和他比谁失去了更多，但至少在竞争中我不是失败者。

6

智友从首尔过来了。我们在湖边的豆腐餐厅吃了豆腐套餐，然后在湖边慢慢散步。这是六月的一个周日，阳光炙热，但凉风习习。一些骑自行车的人纷纷从我们身边经过。我们走在步道上，随意说笑着。

"工作的地方还好吗？"

智友问我。

"嗯，还在适应中，目前感觉还不错。"

"阿姨怎么样了？"

"在家里休养呢。我跟你说过明姬阿姨吧？她经常去照顾我妈妈，我周末也会过去。恢复得还不错……"

"这段时间你太累了，知道吧？"

"嗯。"

说完，我低下了头。

"你说要去熙岭的时候，其实我很担心。听到阿姨消息的时候也是。看看吧，你是怎么熬过来的啊。"

"……"

"你总是说没关系……不用考虑那么多，说出来也可以的。"

我们默默地在湖边走着。旁边的松林发出风吹过树叶的声音。

我和智友是在大学天体研究社团认识的。上大学时我们关系很好，毕业后就各自踏上了不同的人生之路，渐渐疏远，我结婚后就更难见面了。不过偶尔我们还是会打电话或见面。在我离婚的过程中，智友给予我很多帮助。

"你值得被爱。"那天，智友对什么也不说、只默默流着眼泪的我这样说，"以后我会更加爱你，让你明白什么是被爱的感觉。"我看着智友，终于明白，有些人就是会毫无缘故地讨厌我，但也有些人会毫无缘故地爱我。

"和祖母在一起都做什么？"

智友问。

"就是闲聊。"

"有话可说吗？不是已经二十多年没见过面了吗？"

我拿出手机给智友看曾祖母和新雨大婶的照片。

"跟你很像呢。"

智友好奇地指着曾祖母说。

"有趣吧。是曾祖母，祖母的妈妈。"

智友目不转睛地盯着照片。

"见到祖母以后她就给我讲以前的事。听着这些故事，不知为什么我就莫名地对那些人产生了情愫。我从来都没见过他们啊。"

我给智友讲了一些曾祖母的故事。讲到新雨大叔从广岛回来的时候，智友说：

"以前我也听说过很多韩国人在广岛。我妈妈的一个远亲奶奶从广岛回来后，据说很快就去世了……所以那个新雨大叔后来怎么样了？"

"我只听到他回到韩国。我和祖母还用望远镜看到了木星。"

"你把望远镜拿出来了啊？"

"嗯。"

智友欣慰地看着我。

不同于离婚前从没一个人生活过的我，智友以前便没有结婚的想法，一直都是一个人。离婚之前，我一直无法想象没有家人的孤独生活。但在经历了婚姻制度之后，我决定，无论如何都不会再次迈入婚姻。

但我的想象力到此为止。我无法想象，独居的日子里年龄日益增长，如果家人都从这个世界消失了，我该怎么活下去。我想不出没有法律监护人的生活是什么样子，想不出尽管松散但仍是一个家的家庭也消失的生活会是什么样子，所以感到很茫然。

我还记得，那天我闻着他穿过的 T 恤哭了。我想念那些在我眼里看起来很可爱的小习惯，略带鼻音的嗓音和爽朗的笑声，宽阔的后背，厚厚的脚背，一边挑选出门要穿的衣服，一边问我"怎么样"时孩子般的表情，睡觉时伸手便可碰到的火热身躯。

去法院领取离婚判决书的那天，并排坐在等候室的时候，我很想摸摸他。我想把手放到他的胸前，说："我原谅你了，现在我们回家吧，让这件可怕的事情到此为止吧。"如果那样抱住他，该有多么快乐，多么舒服。心里虽然这样想着，我却连看都没有看他一眼。因为我知道，这样我才能活下去。

我想起了长久独居的祖母，要么没事就去老年活动中心，要么就下地干活、呼朋唤友的祖母。祖母会不会感到孤单呢？她到底是依靠谁生活的呢？把自己母亲的故事讲给我听的时候，祖母的心情是怎样的呢？和智友漫步在湖畔，我突然产生了这样的想法。

"认识了那么久，什么都不是。"

我说。

"……"

"结局终究都是一样的。你和我也会分开，总有一天。"

"也许会吧。"

"会的。"

"感觉很虚无吗？"

"如果把以后的人生看作分手的延续，会觉得很吃力。"

"现在有这种想法很正常。不过即便如此，智妍你肯定也知道，这不是全部。"

"我不知道。"

"如果有一天你的想法改变了，就和我说。"

智友对我说。就像确信我的心意总有一天会改变一样。

我开车带着智友在熙岭附近转了一圈。我们不仅去了水产市场，还去了乌龟海岸——铺好铝箔席子，一起躺在上面。躺在那里看到的天空是那么蓝，在智友身边，我又感受到久违的短暂而深刻的平静。

回到家里，我们用从市场买回来的大虾煮拉面吃。日落时间变晚了，已经六点了，天还很亮。坐在客厅里，我们看着天空慢慢地从蓝色变成淡淡的乳白色，又变成粉红色和朱红色，最后变成深蓝色。

"还记得第一次见到你的时候。你知道你以前有多好笑吗？"

智友喝了一口罐装啤酒，看着我说。

"我？"

"你真的很搞笑。什么都想问。'为什么呢？为什么？'这样。"

"啊，对。人家都烦了。所以我还是很努力地去改正这一点了。"

"对什么都感到好奇，喜欢笑。"

"智友，你和我第一次见到的时候一模一样。总是说很多对我有帮助的话，懂得表达自己。这一点我很羡慕，对我来说这个很难。"

"我不是对谁都这样。"

谢谢你是我的朋友！我没能大声喊出这句话。智友在我这里住了一晚，第二天一大早起来坐上头班车，回首尔了。

在送完智友回来的路上，我突然感到一阵不安。我在担心，智友眼中的我是不是太糟糕了。瘦得脱了相，头发也掉了很多，还反复对朋友说着"没关系，我真的没关系"的我。

那段时间我经常看曾祖母和新雨大婶的照片。看着两人对着镜头微笑的样子，就很想见到她们。如果见到曾祖母，我们会聊些什么呢？好奇心旺盛的曾祖母也许会问我有关大气和天体的东西，那样我就把自己所知道的都告诉她，顺便也听听她小时候是什么样的。

很久没见到祖母了。以前经常能看到她拉着小拖车在公寓小区内外走动，或者坐在老年活动中心前面的长椅上与其他老太太聊天，但这几周以来一次都没见到她。我有些担心，于是给祖母打去电话。

"肋骨裂纹了。"

祖母用轻松的口吻说。

"怎么回事？"

"在卫生间滑倒了。不是什么大不了的事。"

"可以走路吗？"

"可以走，但暂时要待在家里了。很快就会好的。"

"我不想跟你说那些话……"祖母这样说过，"我不喜欢老了以后对孙女喊这里疼那里疼的。"我又想起用天文望远镜看月亮和木星时祖母的表情。祖母不想成为让别人担心的人、需要别人照顾的人、被视为累赘的人。就像我很小的时候那样，她还是只想给我讲故事听，逗我笑，做一个好的沟通对象。我说会找个时间去看她，她爽快地说，那就周五下班后来吧。

祖母看起来比想象中要好得多。虽然步幅很小，走得很慢，但看起来不是特别严重。

"要不要喝柚子茶？"

"瓶子在哪儿？我来吧。您不要用力。"

"在那儿……"

我把水壶放到煤气灶上，舀出柚子茶倒进杯子。

祖母默默地看着我，说：

"差不多都好了。我怕我说骨头裂了会吓到你，所以没说。"

"我知道。"

祖母慢慢地向沙发走去。我把烧好的水倒进杯子，用勺子慢慢搅拌好，递给祖母。

"说话的时候疼吗？"

"刚开始会疼……现在差不多都好了，不要紧。"

"得在厕所的地面上铺点什么才行啊。"

"楼下的仁英奶奶给我铺了。"

和祖母聊着天，我回忆起见不到祖母时的那种奇怪的焦躁感。

"经常和其他老奶奶联系吗？"

"当然。毕竟我要是死了，她们可是会马上来给我处理后事的。"

祖母捧着杯子呼呼地吹着，然后喝了起来。我也喝了一口茶，望着祖母。她看起来比几周前更瘦了。

"您有按时吃饭吗？"

"喂，智妍啊。"

"嗯？"

"你是来做什么老年志愿者服务的吗？你在担心我老得连饭都不知道按时吃吗？"

祖母这样说着，大声笑了起来，然后皱起眉头，好像感到了疼痛。我们很久没再说话。看着阳台上晾晒的干菜，我说：

"祖母。"

"嗯。"

"最开始您为什么装作不认识我的样子？"

祖母静静地望着我，脸上的表情是有什么话想说，但觉得还是不说对彼此比较好。从她的脸上，我好像看到了几个月前第一次来到熙岭时，自己戴着太阳镜边走边哭的样子。

"多有趣啊，以前。"祖母开口说，"智妍你可能已经不记得了，你十岁的时候来我家住了几天。我们还一起去过海边。"

"我记得的。具体不记得为什么了，反正我们好像经常笑。我很喜欢祖母。"

这样说着，我意识到自己已经很久没有开口承认过喜欢一个人了。

"我以为再也见不到你了呢，"祖母说，"我还以为你已经彻底忘记我了呢。"

"祖母。"

"我知道这是没办法的事，毕竟美仙和我的关系那样。不过，偶尔我也会为看不到你而感到生气，是啊，对美仙确实有那样的情绪。"

"应该的，"我回答，"虽然妈妈也有她自己的苦衷。"

"是啊。应该是的。"

祖母这样说着，然后微笑着看着我。

"我经常想起祖母给我讲的故事。"

"是吗？"

"还经常想起新雨大叔。"

"我至今还忘不了新雨大叔的样子。"

祖母静静地望着茶杯。

"我从来没有见过脖子那么长的人。像孩子一样笑的时候，眼角的皱纹就会变得很深。他身姿修长，挺起脊梁走路的样子仿佛就在眼前。"

　　从广岛回来后，新雨大叔没有洗澡就直接睡下了，第二天太阳快要下山的时候才起来，然后便开始狼吞虎咽地往嘴里扒饭。曾祖母一直说这样吃的话会被噎死，但他还是埋着头只顾吃饭。

　　曾祖母问发生什么了，大叔没有回答。一连问了几次都不回答，曾祖母明白了，大叔是不愿意再提起那天的事，于是她不再问了。对于那天的事，无论谁问，大叔都只是笑着避开问题，过去每个星期天都去的教堂也不再去了。教堂的人几次找过来，说要为大叔祈祷，但他都拒绝了。大叔什么都没说，却无法掩饰他受到巨大伤害的事实。这一点就连当时年仅七岁的祖母都看得出来。

　　大叔回来没多久就开始去一家杂货店工作。曾祖父以前去那里送过货，老板听说大叔的情况后，就让他过去工作。据说，老板非常赞赏大叔在那样的年代孤身赴日的果敢、勇气和担当。祖母一直记得，因为大叔有了工作，大家都高兴极了。

　　那天，祖母在学校又被嘲笑是白丁的女儿。回家的路上，她在一处街角哭泣时遇到了新雨大叔。她慌得赶紧擦擦眼泪，大叔对她说一起回家吧。大叔和祖母保持着一段距离一起走着，他告诉祖母，她出生时是多么可爱、珍贵，祖母的妈妈是多么有勇气和爱心的人。

　　大叔说，以前都是根据一个人的父母是谁来区分贵贱的。但是日本人进入朝鲜以后，朝鲜人不管是两班还是平民，都只能受到卑贱的待遇。

——他们喜欢这样。

大叔有些凄凉地小声说。

——英玉你认为朝鲜人比日本人卑贱吗？

祖母摇了摇头。大叔又说，用这种方式说别人卑贱的人，才是真正的卑贱。

——英玉很勇敢，吃饭认真，笑得大声，还会踢球，还很能跑，和喜子也玩得好。还会讲故事。

——大叔个子高，脖子长，喜欢笑，吃饭也好。

——你很会夸人嘛。

——我还没说完呢。只要大叔在，阿妈和阿爸就都笑，新雨大婶也笑，喜子也笑。和大叔回来之前很不一样。大叔是太阳一样的人呢，以后看到太阳我就会想起大叔。

——呀，大家看看哪，我们英玉将来一定能当诗人啊。

和大叔聊着天，祖母慢慢忘记了在学校里经历的事情。她感到安心多了。每次祖母大声笑或踢球的时候，曾祖父便会生气，可新雨大叔从不认为这是坏事。他经常从工作的杂货店带回一些零嘴给祖母，让她留着自己吃。祖母说一些好笑的事情，他会说很有趣，让她继续讲下去。有新雨大叔在身边，新雨大婶的脸色不知不觉间也红润多了，有了笑容。

但是那段时间，祖母看到新雨大叔脖子上的皮肤总是脱皮、泛红，不由得有些担心。虽然还没到不能工作的地步，但大叔总是咳嗽。

春天快过完的时候，院子里跑进来一条小狗。是一条瘦瘦的公狗，黄色的皮毛，尾巴上带一点黑色。曾祖母给小狗起名叫阿春。阿春最喜欢跟在曾祖母后面。即使在台阶上用下巴枕着曾祖母的鞋子睡着了，只要曾祖母一走出来，它就会跳起来到曾祖母身边跑来跑去。曾祖母先是不耐烦地把阿春推到一边，最后却坐下来久久地抚摩着阿春的头。曾祖母不在家里的时候，阿春就跑到村口去等，看到曾祖母的身影便朝着她狂奔过去。"你为什么喜欢我呢？"曾祖母带着些许惊讶的表情抚摩着阿春的背，脸上带着淡淡的忧伤。曾祖母发脾气似的对阿春说让它不要总跟着自己，可声音听起来那么温暖，那么轻柔。从他人那里得到这样的爱，可能对曾祖母来说不是件普通的事情。

就这样，三年的时间过去了。对祖母而言，那段时间留下了很多快乐的回忆。虽然大叔一直不舒服，但好像也没有什么大不了的。因为他病一段时间后总能重新站起来。

那一次新雨大叔病了很久，曾祖父带他去了开城最有名的医院。那一天，他被西医诊断为肺病晚期。说是肺部已经严重受损，无法治疗，只能到安静的地方疗养。曾祖父告诉医生，大叔是从日本回来后生的病，原子弹在广岛爆炸的时候，他就在那里。

医生问当时有没有受外伤，新雨大叔回答说没有。医生最后说，医学上还无法确定当时的事情和现在的病情是否存在因果关系。

——他的皮肤为什么会这样呢？

曾祖父问道。可医生只是摇了摇头。

韩国首次以"原爆症"的病名被确诊的病例出现在朝鲜战争以后。即使不知道具体原因，不知道核辐射是什么，大人们还是相信，是在日本发生的事情埋下了祸根。大叔的病和其他肺病不一样，脱皮、流脓不止，这些症状都无法用普通的肺病做出解释。

大叔从医院回来的那天，大人们说他们有话要说，让祖母和喜子到外面去。祖母和喜子、阿春一边玩耍，一边暗中觉得有什么大事要发生。大人们小声说着话，没有人笑。后来，新雨大婶的哭声传到院子里。哭声越大，祖母就越大声地吵闹。她是故意的。

"新雨大叔和新雨大婶只能回家了。"

祖母拿着茶杯静静地看着我说。

喜子不肯走。她挽着祖母的胳膊，嘴里喊着要和英玉姐姐在一起，又抱着阿春哭着说不能和阿春分开。祖母也不想和喜子分开。最重要的是，她不想和新雨大婶分开。祖母反复问了新雨大婶好几次："一定要回老家吗？"大婶强挤出一丝笑容，说"是"，脸上全是泪。

——英玉你要用功学习啊。如果听到别人说"女人学习有什么用"，一笑了之就行了。努力学习才能生存。你阿妈……好好照顾阿妈。不能让她不吃饭，英玉你要好好照顾她啊。

——您不用担心，大婶。

——我啊，有时间就会写信的。知道了吗？

——知道了。

——我们都不要忘了对方。英玉，你会不会忘了大婶？

祖母什么话也说不出来，只是摇摇头，然后投入新雨大婶的怀抱。

——我们了不起的英玉，从不像别的孩子那样哭，藏着自己的心意生活，多么委屈、多么孤独啊！这些大婶我都知道。对我来说，英玉就跟自己的女儿没什么两样。今天想哭就哭个够吧，哭出来之后就不难受了。

——大婶，您现在走了，我们什么时候能再见到呢？没有大婶，我不知道该怎么活下去，大婶，大婶。

大家一起去了火车站，天冷得似乎睫毛都冻住了。在车站前面，曾祖母把从家里带来的煮鸡蛋和红薯递给新雨大婶。

新雨大婶和曾祖母看起来都很平静。喜子也知道这是没有办法的事情，不再哭闹。就这样，新雨大婶一家踏上了火车。大婶坐在窗边挥手，火车开动时，她用双手捂住脸，低下了头。祖母想再看看新雨大婶的脸，一直叫着大婶，大婶，但她没有抬头，就那么离开了。之前还看似平静的曾祖母回到家后便病倒了，一连卧床好几天。

曾祖母送走新雨大婶时是怎样的心情呢？我想象不出来。我无法想象，和第一次交到的朋友永远分开时的心情，以及和接纳自己的一切的人，出于不得已的原因分别时的心情。

"还不如一开始就不认识呢。"

"你的意思是？"

"一想到她们分开的时候多么痛苦，我就会有这样的想法。如果曾祖母和新雨大婶从一开始就不认识，就不需要经历那些了。如果她们从未认识对方的话。"

"你真的这么想吗？"

我静静地喝了口茶。连我自己都不知道我是怎么想的。

"如果最后的结局让人难过，可能会让人有这样的想法吧。"

祖母看着我，温柔地笑了一下，继续说：

"新雨大婶是妈妈心里的伤，也是骄傲。虽然这让妈妈狠狠摔了一跤，但也给了她振作起来的力量。每次妈妈想起新雨大婶时，最常说的就是这个。新雨不知有多疼我，不知有多珍爱我。虽然认识新雨大婶之后发生了很多不好的事情，但是每当妈妈想起新雨大婶时，脸上的表情总是明朗的，就像另一个世界的人一样。如果当初不认识新雨大婶，也就不会有那么多伤心了，但妈妈还是……"

"选择了和新雨大婶相识。"

"是的。这就是我妈妈。"

祖母看着我笑了。从她的笑容里，我读出了祖母对我的担忧。茶已经凉透了，我走到厨房，往杯子里又续了一些热水，递给祖母。

"祖母。"

"嗯？"

"当时您给我看的那一盒信，您说您想读，但读不了。"

"嗯。怎么啦？"

"我来读给您听吧。我也想看，我还想看看曾祖母收到的信。"

"没必要那么麻烦。"

"其实感觉很不可思议。我从来没见过年代这么久远的信。"

祖母想了一下又说：

"我当然愿意，但是你不要太费心。能给我读一两封，我就没有遗憾了。"

"现在可以拿出来吗？"

"嗯。"

我从里屋的壁橱里拿出一个盒子，打开盖子，里面整整齐齐地竖放着好几层信封，挨挨挤挤的，看不出具体哪一封是什么信。

祖母在盒子里找了一会儿，拿出三封信封泛黄的信。

"这是妈妈第一次收到的信。"

"光看信封怎么能知道？"

"有一阵子我晚上睡不着觉，就拿出这些信来看。有一天我怎么也没有睡意，于是就整理这些信，直到太阳升起。到这里这些是最早的那些信。"

祖母把其中一封朝下晃了一下，信纸掉到她手上。这封信也泛黄了。

"好像一个博物馆啊。您是怎么保管它们的？"

"我也不知道。战争时期经历了那么多的事情，这些竟然都保留下来了。"

祖母把信纸递给我。

"你能读给我听吗？"

我点了点头。信是用韩文写的，字迹工整有力，看得出写信人在努力把字写得正规些。虽然信纸上有很多黄色的斑点，但字体很大，字迹清楚，所以读起来应该不难。

"去卧室读吧。"

祖母说想躺下，于是我们去了卧室。祖母躺在厚厚的褥子上，用眼神示意我可以开始了。

我开始读信。

写给三川

　　三川啊，你过得好吗？英玉和英玉阿爸也都好吧？我挺好的。给你写信是想告诉你，不用担心我。记得你总是担心我饿肚子，担心我生病。别担心，我一直按时吃饭。我们家孩子爸回来后好像也稳定下来了。

　　我跟你说过很多次新雨这个地方。这是个适合人住的好地方，以水清而闻名，而且土壤容易排水，即使下大雨，地面也不会泥泞。四周全是山，非常安静，这里的人们因为喜欢说笑而出名，大家无论走到哪里都是欢声笑语。村里人还擅长厨艺，自古以来提起新雨人，大家都知道他们做菜好吃。

　　我跟你讲过那么多关于新雨的事，你却没怎么跟我讲过三川。虽说近在咫尺，我却从未去过那里，真的很好奇。你好像只说过在三川发生过很多伤心的事情。如果我出生在三川，而且在你小的时候就遇到你，无论如何我都不会让你受到坏人的欺负。别看我这样，我可是很会打架的啊，三川。

　　三川啊，你有按时吃饭、好好睡觉吧？一想到你，我就会想起我对你大喊大叫，说的那些难听的话。那时喜子刚出生不久，我不太正常。对你，我想用筛子筛过那样，只挑最好听的话来说，但我做不到。事到如今我还有什么好辩解的呢？对不起啊，三川。

　　回到新雨以后，我又读了你写给我的那些信。你说写的都是我需要活下去的理由。回到新雨重新读着这些信，我默默地流着泪。那时看到你的信，我才一下子清醒过来，下决心要活下去。就算是光想想你，你也帮了我无数的忙。如果没有你，我早就不是这个世界的人了。是真的，你救了我。

在开城医院医生不是说过吗，顶多还能活一年。当时东伊妈说，喜子妈，受这个苦干什么啊。如果原子弹爆炸的时候喜子的父亲走了，就不用受这样的罪了。也许大家都这么想吧，反正最后的结局都是一样的。现在这样说还是感到害怕，如果喜子爸早晚都得走……还不如我不用看到他最后的样子就分开，那样是不是更好……

也许……为喜子爸考虑的话，说不定那样更好。干脆一瞬间怎么样？那样的话，喜子爸就不用这么痛苦了。这些我都想过，可是，我想还是这样比较好。骂我贪心也好，骂我不管喜子爸，只顾自己也好。即便如此，我还是感谢喜子爸能活着回来，和我还有喜子一起度过了那段幸福的时光。

如果喜子爸死在了广岛，我会许什么愿呢……哪怕只有一天，哪怕只有一个小时，哪怕只有十分钟，我能用眼睛看看他、用手摸摸他、抱一下他，我想要的可能只有这些吧。有些人说，回来后活了这么几年就走了，岂不是让人更伤心？但是三川啊你看，和一个小时、一个瞬间相比，这几年的时间不是已经很长了吗？我很珍惜喜子爸。是，过不了多久喜子爸就要走了。想到这里我感觉自己就要发疯了。但我还是愿意这样。不管喜子爸变成什么样子，至少他在我身边。

三川啊，新雨现在金达莱开得正旺呢。开城也是吗？我想起和你一起采花吃花蜜的时候了，还有摘了花做煎饼吃，采艾草做打糕吃。现在我看到花也好，看到草也好，都会想起你。看到星星和月亮，也会想起你仰起脸看它们的样子。记得你望着夜空，对我说："新雨啊，你不觉得很新奇吗？"这也新奇，那也新奇，好怀念我们的三川啊。

三川啊，保重身体。

一九五〇年三月二十日
新雨

祖母平躺在那里看着天花板，听我读信。偶尔也会把头转向我，双手交握在一起。我用余光望着祖母，继续读了下去。六十七年前的信能留到现在已经很神奇，通过信纸我仿佛能真实地感受到新雨大婶的声音和温度，更让人惊奇。那种感觉就像是新雨大婶走进了我的心里，对我讲述她的故事。曾祖母看到信以后的心境似乎也在我心里重现。"你不觉得很新奇吗？"我仿佛也看到曾祖母仰望着夜空这样说的情景。我小心地把信叠好，放进信封。

"我再读一封吧。"

"不用了，让你受累了。你辛苦地念给我听，可我就这样躺着……"

"我还想再读一会儿。"

我拿出第二封信。字体比第一封信模糊，而且纸的状态不太好，我把它拿近一些展开。

写给三川

三川啊，你还好吗？写到这里，我犹豫了很长时间。我该对你说些什么呢？

如果是你，一定有智慧。只要，只要你陪在我身边，我就会好很多。

这样写着信，就让我当作和你在一起吧。我和你说说话。

三川啊……喜子爸的日子不多了。我用牛车拉着喜子爸来到新雨附近最大的医院。我心跳得厉害，简直睡不着觉。静静地看着他受罪的样子真的太难受了，我现在就是在喜子爸身边给你写信。

回到新雨以后，喜子爸表面上看起来好像接受了现实，但事实并非如此。

喜子爸没有告诉我他在日本经历了什么，应该是怕吓到我吧。有一天，喜子爸的状态还不错，他抓住我问："喜子妈，我得把这个说出来再走。""你能记住这个吗？好，有什么心事别藏着，都说出来再走吧。"我这样说完，喜子爸过了半天才开了口。

那天……喜子爸说他没有受什么伤。出事的时候他正待在没有窗户的工厂地下仓库里面。那是他从未听到过的巨大的轰鸣。到外面一看，所有的建筑都倒塌了，到处都是身上扎满碎玻璃碴死去的人和快要断气的人。随后天空下起了黑色的雨，能闻到一种类似石油的味道。喜子爸说刚开始还以为有人在飞机上往下倒石油呢。他淋着黑色的雨寻找一起工作的人，当时在外面的人大部分都死了。

当时应该死了很多朝鲜人。广岛有很多朝鲜人，像喜子爸一样自己过去的很少，大部分都是被抓去的，但没人知道具体有多少。喜子爸跟我说这些之前我也不知道，听说里面很多是华川人。"如果有他们家里的地址，真想寄信告诉他们这边发生了什么事，可是没有办法。"这样说着，喜子爸不知哭得有多伤心……我都不忍心看他的脸。

喜子爸说，没有人应该那样死去。不管是哪国人，世上没人应该死得那么突然。"是人祸啊！是人祸！"喜子爸抓住我的手反复说了好几遍。

喜子爸是什么样的人？凡事都要感谢，感谢每一天过的生活……三川啊，以前我们在新雨的时候，挨了多少饿，但是只要有一口气，喜子爸就不会忘记感谢。一开始我还想，怎么还有这么迂腐的人。可大概喜子爸的天性就是如此吧。我们全家都是天主教徒，我也受过洗，但我不是那么信。可喜子爸跟我不一样。

但信仰这么坚定的人有一天竟然拉住我说："喜子妈，我没办法再祈祷了。我们的天主，那个时候在哪里呢？年幼的孩子、无辜的大人一个个惨死之时，天主在哪里？"

"天主没有罪，"我说，"犯下罪行的是那些人。"我说，"天主心里也会难过。"

喜子妈，全知全能的天主怎么能袖手旁观呢？一个只懂得悲伤难过的天主，我不想向他赎罪。我不想在他的面前说，是我的错，都是我的错。我想问问天主那个时候在干什么。我不愿再像以前那样跪在地上说："天主啊，天主啊，感谢您！是啊，您救活了我。可如果我感谢您，那些死去的人算什么？"

三川啊，我虽然不信教，但也听人讲过一些东西。喜子爸的话太可怕了！我是头一次看到他生这么大的气，而生气的对象竟然是天主。"喜子爸，你要遭天罚的，不要再说了。"可不管我怎么劝都没有用。如果换作以前，他应该会说："感谢天主，让我活着回到朝鲜。"可现在他竟然想让天主道歉，这是多么可怕的话！

喜子爸那天说了很多让人难以置信的话，从第二天开始状态就非常不好了。一想到他这么生气，对人也生气，对天主也生气，要这么悲伤到无以复加地离开，我就觉得心如刀绞。

"你会记得我吗？"喜子爸一连问了我好几次这句话。"会的，喜子爸，你说的我都会记得，我会记住你的。"我回答说。那是我能为他做的最后一件事了。

三川啊，我跟你说大话了。我说过即使喜子爸留在我身边的时间不长也没关系，还说这样比不见面就离别要好。但其实不是这样。看着喜子爸受苦的样子，我真的受不了。即使有地狱，也不会比这个更可怕。三川啊，我这个大话说得有点过了。我真的撑不下去了，撑不下去了。

三川啊，记住喜子爸吧。这是喜子爸的遗言。请记住喜子的爸爸，三川啊。

一九五○年四月三十日
新雨

读信的时候我的声音一直在颤抖，中间停顿了几次。

"累吧？"

祖母说。

"……"

"和自己读的时候感觉不一样呢。听着你的声音。"

祖母闭着眼睛，长长地呼出一口气。

"在开城分开后，您就再也没见过新雨大叔吧？"

"是啊，那天在火车站是最后一次见面。新雨大叔看着我笑了，我还记得那淡淡的笑容。大叔去世的时候，我们都没能去新雨。"

"曾祖父也没去吗？"

"爸爸不知因为什么事情没能去新雨。妈妈和爸爸都不是爱哭的人，当然这也许是我自己的主观想法，但至少在我面前，他们几乎从没哭过。爸爸看起来像是很生气的样子，妈妈则不停地干活。那样的气氛让我无法开口提新雨大叔，所以觉得非常孤独。我一个人坐在石墙下面，叫一声'大叔，您在那边过得好吗？''大叔。'又这样叫一声。我活到八十多岁，送走了很多人，但那是第一次经历生离死别，所以一直忘不了。明明就在身边，心近在咫尺，我却看不到、摸不着。我到现在都不敢相信他永远地消失了。"

祖母说完这些，皱起眉头。可能活动的时候感到疼了。

"和你这样说很奇怪……大叔都离开这么久了，可我一想到他还是会微笑。"

祖母微笑着看着我。我看了看祖母，又拿出另一封信，读起来。

写给三川

喜子爸的丧事都办完了。我又回到了婆婆家。除了大哥和喜子，没有人跟我说话。大家都不理我。

心里想着真是委屈啊，突然我又想起了三川你对我说过的话。那次磨坊老板一个劲儿为难我，嫌我干活慢。回家的路上我一直说真委屈，结果你说："委屈是什么话？难受就是难受，生气就是生气，委屈是什么？我不喜欢这样的说法。你生气的话就说自己生气吧，如果连这样的话都不能对我说，我还算是你的朋友吗？"后来我坐在院子里仔细想了一下，"委屈"两个字好像是假的，委屈什么委屈？当然是生气了。三川你就不是这样。你告诉我，不要总是说着难过难过，自己一次火都不敢发，这样会得心病的。我还记得那句话。

五月的新雨，风很温暖，送喜子爸走也没有挨冻。土地解冻了，挖起来一点都不费劲。"天冷的时候我走的话，土地还上着冻，你要受不少罪，我再坚持一阵吧。"喜子爸还这样开过玩笑，现在他放心了吗？

喜子爸曾反复嘱咐过我，说他不想接受临终圣事。失去意识之前他就写好了信。我问他脑子是清醒的吗，但他只是反复说着不能接受，也不想接受。喜子爸走之前，家里认识的一位神父来到医院。当时家里人都在场，我把喜子爸写的信给神父看了，说他说过自己不接受临终圣事。结果神父说那自己不能给他施行圣事。婆婆和小叔子都不住地哀求，但神父坚持说不行，说本人不愿意的话是不可以施行的，然后便离开了。

然后……婆婆骂我是疯婆娘，打了我的脸。这是我第一次被人打耳光，而且不能还手。不过我睁大双眼，把该说的话都说了。我说只要是跟喜子爸的约定，再小的事情也不能违背。然后婆婆说，是我关上了她儿子去天国的门。婆婆紧紧抓住我的肩膀大声叫喊着。我说："妈妈，请您收回这话吧。如果喜子爸都不能上天堂，这世上哪里还有能去的人呢？天主胸怀博大，一定能体谅喜子爸的。请您不要乱说话。"

虽说我对天主的信念不是很强，但那样说着，我心里也在想，一定会那样的，天主胸怀博大，一定能体谅喜子爸。刚开始我心里也不得劲，看到喜子爸那么生气地说想让天主道歉。我胆子小啊。但其实不是的……如果喜子爸真的抛弃了天主，那他就不会生气了，而且别人让做临终圣事他也会接受的。如果没有爱过天主，那完全可以不冷不热地做完弥撒就回家，就不会那么固执了。

埋好喜子爸，在回来的路上看着天上早早升起的月亮，我心想着，啊，喜子爸已经不能用他那双清澈的眼睛看月亮了，还有蓝色的天、五月的大麦田，还有我们喜子……那些他喜欢的东西，他再也看不见了。这样一边哭着一边踉踉跄跄地走着，总觉得月亮不是走在我前面，而是好像有话要对我说。我就问："你要说什么呀？"然后望着月亮，圆圆的月亮看起来就像是通往天国的门。他应该打开那扇门进去了吧……我们喜子爸……去到那边见到了那么恨也那么爱着的天主了吧……这种想法油然而生，没有丝毫的怀疑。我就是想着这些，然后送走了喜子爸。

三川啊，我很想你。以前怎么在信里都没告诉过你这一点呢？要保重自己的身体，我们三川。

一九五〇年五月十四日
新雨

两人一时无言。我和祖母都沉浸在新雨大婶的话语里。我把信装进信封，放回原处，盖上盒盖。

"休息吧。"

"我占用你太多时间了。"

祖母看了看挂钟说。

"反正我在家也没事做。"

"抓着年轻人不放，让你给我读信。"

"没关系的。以后我再读给您听。"

"谢谢你。"

祖母说完，把手指轻轻放在我的手背上。很快，祖母带着均匀的呼吸睡着了。我小心翼翼地把祖母放在我手背上的手指放下，拿起杯子去了厨房。洗完杯子回到卧室，我静静地望着祖母熟睡的脸。她保持平躺的姿势，头稍微向左倾斜，嘴微微张开，眉间挤出皱纹，似乎在做一个很可怕的梦。在石墙下面独自叫着新雨大叔，却不能向任何人倾诉这份思念，那年十二岁的英玉的模样就藏在这张脸的某个地方吧。我拿起放在一旁的毯子给祖母盖上，然后轻轻地走出来，关上了玄关门。

我们坐在一艘圆圆的蓝色大船上，在漆黑的海面上漂泊，大部分人待不到一百年就要离开。所以我们会去哪里呢？我常常想。和宇宙的年龄相比，不，即使与地球的年龄相比，我们的生命也太短暂了。但是我不能理解，不过是刹那的人生，为什么有时会感到如此漫长和痛苦？做一棵橡树或一只大雁也可以，为什么要生而为人呢？

决定用原子弹炸死那么多人的心和将此付诸行动的力量都来自人类。我和他们是同样的人类。我静静地想着，由星尘构成的人类所制造的痛苦，以及星尘是如何排列而成为人类的。我抚摩着曾经是星星，甚至曾经是超新星碎片的自己的身体。所有的一切都很新奇。

7

周末回到首尔后，我和妈妈一起去了离家不远的烽火山散步。因为山顶有烽火台，所以这里被称为烽火山，但实际上是一个只有六十米高的丘陵。妈妈说，从体力有所恢复的时候开始，就常沿着烽火山步道走，有时还会逞强爬到山顶。虽然是小丘陵，但树木茂密，到处氤氲着青葱之气，很有爬山的感觉。

妈妈慢慢走着，前后大幅地摇动着双臂，看起来很可爱，我也模仿着她的动作，忍不住大笑起来。于是妈妈更夸张地挥动着胳膊，似乎自己也觉得好笑，笑了起来。正是炎热的七月正午，即使一动不动也会冒汗。也许是因为艳阳高照，也许是好久没出来散步了，我的心情很放松，和妈妈的对话难得不带任何紧张感。另外我也想告诉妈妈，和她担心的不一样，我过得很好。

"和明姬阿姨经常见面吗？"

"嗯。明姬姐住六号线旁边，所以经常来我们小区一起吃饭什么的。"

"墨西哥……她什么时候回去？"

我小心地问道。

"快了。正好我打算跟你说……"

妈妈避开我的视线，把目光投向长椅。

"我想跟着明姬姐去一趟墨西哥。"

我被妈妈的话吓了一跳。我从来没有想过妈妈会做出这样的决定。她不是那种会说出自己想要的东西的人。眼前的妈妈让我感到陌生，但不知为什么，她的话让我很高兴。

"本来很担心爸爸的吃饭问题……家门口开了一家很大的副食店，我让他去那里买着吃。"

"爸爸怎么说？"

"问我是不是疯了呗。"

妈妈说着哈哈大笑起来。

"没错，我是疯了。不守着老公好好过日子，到处瞎逛游。什么，墨西哥？"

妈妈笑了一会儿，接着平静地说：

"明姬姐以前让我去墨西哥玩的时候，我觉得这是不可能的事情。你还记得吧。我第一次动手术的时候还让你回家给爸爸做饭，真是不正常，我当时。但是这次见到明姬姐以后，就想抓住。"

"什么？"

"人生。"

连和朋友两天一夜的旅行都没去过的人，唯一的出国经历是夫妻二人去过一次日本。现在她说想要抓住人生。

"明姬姐说的，说我们一起在邮局工作的时候我就那样说过，我说想看看这个世界，想到处逛逛。后来我结婚了，再后来你也知道。"

妈妈走到长凳那边坐下了。

"不会去太久，待一个月就回来。在明姬姐家休息一下就回来。"

妈妈抬头看着我，就像二十出头的孩子要说服父母，踏上人生初次的背包旅行一样。

"妈妈活得开心一些吧，今后。但是要注意安全，我唯一担心的就是这个。不用担心爸爸吃饭什么的。"

"好。谢谢。"

妈妈说完，松了口气，好像没有我的允许就不能去一样。妈妈说不顾爸爸的强烈反对，已经买好了去墨西哥的机票。我说不知道妈妈还有这样的一面，她说她也不知道。

"这是一场革命啊。"

听到我的话，妈妈拍着手笑了。

趁着气氛不错，我跟妈妈说了这段时间和祖母见过几次面的事情。我说自己邀请祖母来家里一起吃饭，祖母还给我讲了过去的故事。妈妈舔了舔嘴唇，边听边点了点头。

"我经常想，即使你祖母和我的关系再不好，我也不该不让你和她见面。"

"不让祖母来参加我的婚礼也太过分了吧？"

"是吗……"

妈妈从长椅上站起来看着我。

"挺奇怪的。对某个人带来很多伤害的人，对另一个人来说，却可能是非常好的人。"

我看着妈妈，努力揣摩她的心思。妈妈不带任何感情，说话的声音也不高，但看起来好像生气了，又好像是对必须说这种话的情况本身感到疲倦。妈妈背对着我，慢慢地向山顶走去。我也到妈妈旁边并肩走着。

"不过也好，你在那里有一个可以交心的地方。"

妈妈说。

"研究所的人也都很好。"

"是吗？"

"是真的。"

"这样下去，你不会真的永远待在那里吧。"

"我会自己看着办的。"

妈妈没有接我的话，表情僵硬地向前走着。

"就不能相信我一次吗？不可以吗？"

妈妈停下脚步，转过身来，用疲惫的神情看着我。

"你这样的孩子本可以活得更好。聪明、开朗，我总是不敢相信你这么好的孩子是我的女儿。"

"妈妈对我现在的生活就那么不满意吗？"

我生气地说。妈妈的表情有些惊慌。

"我不是那个意思。妈妈是希望，你可以过得更好。"

"妈妈，对我来说这是最好的选择。比我更聪明的人到处都是，我没有那么特别。现在的工作对我来说也是可遇而不可求的。"

"现在又不是只说工作的事。"

"妈妈，别说了。"

"好吧。"

妈妈说完，加快了步伐。她也知道，我们说得越多越没有好处。

妈妈一辈子都对我充满了期待，然后失望。她曾说："像你这样头脑聪明又有文化的人，应该过自己做梦都没想过的那种生活。"当我说要和出身贫穷、一无所有的他结婚时，妈妈对我非常失望，但看到我婚后组建了正常的家庭，她还是对此感到满足，不再固执己见。她无微不至地照顾着女婿。我们都希望我们的家庭能越来越好，过上别人眼中那种体面的生活。

可我连妈妈那小小的期望都没能满足，让她彻底失望了。我一直以为，与其不断期待得到妈妈的认可，结果却屡屡受伤，不如在事业上做出成绩，有朋友们的支持就足够了。但是头脑里懂得的东西，心却难以接受。孩子不是妈妈用来展示的纪念品！脑海里这样呐喊着，心里却非常清楚，妈妈的愿望并非只是向大家展示自己的女儿，正因如此，我感到非常难过。

我们两人都一言不发地慢慢走到山顶。站在瞭望台上，我们远远地眺望着下面的风景。

"好多楼房啊。"

我说。

"这里是首尔嘛。智妍，你看那里。"

妈妈用手指着视野尽头的山说。

"那是南山，左边是冠岳山。"

"是吗？"

"嗯。"

刚才一直走得很慢，可妈妈还是气喘吁吁的。

"得好好锻炼身体，妈妈。如果真去墨西哥的话。"

"嗯，在此之前我会多走走的。"

"说好了哦。"

"一言为定。"

妈妈看着我，不好意思地笑了。我能感觉出，现在的妈妈已经不像以前那样和我亲密无间了。从她看我的表情中也可以看出，她对我有了距离感。我们再也不会像以前那样怄气，一连几天不说话了。现在火苗还没变大就熄灭了，我们却因为向对方扔去了小小的火种而突然感到难为情。这也意味着，我们的关系没有那么亲密了。我们的眼神流露出共同的恐惧，那就是一旦给对方造成伤害，之后可能就再也无法挽回了。现在的我们再也不能随心所欲地争吵了，真的变成那种因为害怕结束而无法随心所欲地争吵的关系了。我们聊着无聊的话题下了山。

几天后的下班路上，我看到在对面拉着一辆紫色格子花纹小拖车的祖母。我掉了个头，把车停在祖母旁边。

"这样四处走动能行吗？上车吧。"

我从车上下来，把拖车放进后座。

"您这是要去哪儿？"

"我哪儿也不去呀。"

祖母这样回答，调皮地笑了。

"这不是在去的路上吗？"

"我是拖着这个运动，练习走路。天天待在家里，肌肉都没了，医生叫我多走动。你要去哪儿？"

"刚下班，掉了个头来带您。"

"晚饭呢？"

"您呢？"

"我还没吃。"

"要不要去吃汤丸[1]？就在车站附近。"

祖母点点头。

海水浴场开张后，市内开始充满活力。有名的美食餐厅前面都是排队等候的人，和冬天的熙岭完全不同。去汤丸店的路上人也比平时多。

"您身体怎么样？"

和祖母面对面坐好，点完苏子汤丸，我问道。

"啊，肋骨吗？差不多都好了。"

祖母若无其事地说，然后往杯子里倒了些水。

"上次我都不知道你什么时候走的，睡着了……只要躺着就能睡着。"

---

1 放进小豆粥等汤里的球形小面团，多用糯米粉或土豆粉制成，没有馅。

对于那时读到的信，我们没有再说什么。祖母说很不好意思让我读信，而我对祖母说的话感到很遗憾。我在想，如果是关系非常亲密的孙女，她还会这么客气吗？

我们默默地吃着汤丸。祖母把汤丸放到汤匙上，呼呼地吹了好几次才吃，跟妈妈一模一样。妈妈也不太能吃热的食物，吃一碗面也要放凉了再吃，总是要很久才能吃完。

喝完饭后甜品生姜桂皮茶，我站起来打算结账，这时祖母说不要让我为她花钱，她想请客，于是从口袋里掏出钱来结了账。

"下次你再请不就行了吗。"

祖母说。

吃完晚饭出来，太阳还没下山，天空泛着蓝色。我开车载着祖母去了海水浴场附近。虽然有点累，但我不想辜负这样的夏夜。

海水浴场对面有一排生鱼片店，浴场和饭店之间有车道和宽阔的人行道。我从后座拿出拖车递给祖母，祖母两手搭在拖车的扶手上，慢慢地走了起来。海边的游客们聚在一起，要么聊天，要么放鞭炮。餐厅的露天座位上，人们三三五五地聚在一起喝酒。四下里宛然一片夏日海边的气息。

"那张照片……总感觉曾祖母和新雨大婶像是四十多岁，她们后来又见过面吗？"

"啊，那张照片啊。那是战争结束后拍的。"

"新雨大婶又去开城了吗？"

祖母微笑了一下，然后用责备的口吻说：

"战争结束后还怎么待在开城？那样的话我们现在就在朝鲜了。"

"那是怎么……"

"熙岭。"

祖母说完，调皮地笑了。

"这里吗？"

"是啊。战争结束后在熙岭拍的照片。"

我拿出手机又看了一下那张照片。

"你看那边。"

祖母指了指远远飘在天空中的白色风筝。一只带着两条尾巴的菱形风筝飘在海面上方的高空。我们停下脚步，静静地望着风筝。海浪拍打的声音听起来非常痛快。

"祖母。"

"嗯。"

"曾祖母是怎么来熙岭的？"

"这个……"

祖母说到这儿，沉默了很久，最后有些犹豫地开口了。

那天早上下着雨，远处传来"轰隆"的响声。一些穿着军装的人结队出动，一直有"轰隆"的声音传来，时间越久，声音越近。夜里人们听到了天裂开的声音。祖母说，现在回想起来，那应该是战斗机在低空飞行的声音。

有一天，祖母在村子里玩耍的时候，看到马路对面曾祖父干活的磨坊的老板和别人一起被绑着手带走了。祖母无法忘记他看向自己的那个瞬间，从来都高高在上的人被绑起来看向自己的那一瞬间。

第二天，老板在祖母上学的小学操场上被枪杀了。附近的居民为了证明自己不是思想犯，必须带着孩子们去操场围观。曾祖母和曾祖父也在其中，带着十二岁的女儿英玉。

　　祖母说，不明白他们到底为什么要让孩子们也目睹那样的场景。她无助地看着人一个个被乱枪射死的场面，不能出声也不能流泪，要努力做出没有感情的样子，像树一样站着。虽然是大热天，但她浑身冒冷汗，只感到一阵寒冷。还不如一次都死掉，一瞬间都结束。她这样想着，指甲把手掌抠出了血，希望这样能让自己打起精神来。

　　一共有十人被枪杀，看完整个过程他们才得以离开操场。回去的路上，曾祖母望着前方直直地向前走着。年仅十二岁的祖母也知道，感情上的动摇是危险的。祖母担心说不定有人在监视大家，所以尽量装作若无其事的样子。曾祖母回到家关上房门后，嘴里反复说着，要打起精神，打起精神才能活命。

　　祖母说当时死去的不止那十人。第一个英玉也在那个时候死了，重生的英玉和以前的英玉不同，变成了一个很差劲的人。曾祖母、曾祖父和祖母在有生之年再也没有提起过那天的事，之后三个人以各自的方式逐渐破碎。从表面上看，变化最大的是曾祖母。即使战争结束后，曾祖母晚上也要吃药才能睡着，她对人的疑心很重，总是担心自己随时都有可能被处理掉。谁也无法改变她的那些想法。

　　"这些话我是第一次说。因为太难受了。每次我都说自己不太记得了，这样一带而过。怎么会不记得呢？年纪大了，好像记得更清楚了。那些事怎么可能忘记呢？"

　　祖母又说，如果不是那场战争，心里的病不会像现在这样严重。

"心里的病？"

"是的。我……是个很差劲的大人。对你妈妈也是。"

祖母这样说着，声音里带着一丝哭腔。我有些吃惊，但还是装作若无其事的样子和她一起走着。

祖母说，当时的一些情景到现在还记得很清楚。包括曾祖母和曾祖父小声讨论着说要南下的事情，还有远处传来的"轰隆"的轰炸声。

一天晚上，祖母听到有人"英玉啊，英玉啊"叫她的声音。听阿春的叫声，好像不是陌生人。曾祖父在黑暗中起身，问着"谁啊，谁啊……"这时，只听曾祖母喊了一声"新雨啊"，把门打开了。正是秋末时分，凉风刮进屋里。门外站着的是新雨大婶和喜子。

——英玉她爸，大半夜的，对不起啊。

新雨大婶说了一句，让喜子进了屋，自己也跟着进来了。曾祖母点燃了煤油灯，昏暗的灯光下，映照出新雨大婶和喜子僵硬的表情。新雨大婶拎着一个大包袱，喜子也夹着行李。换作以前，曾祖母和曾祖父都会高兴地把她们拉过来，可如今看到新雨大婶和喜子的样子，他们的脸上露出担忧的表情。

——怎么回事，喜子妈？

曾祖父问新雨大婶。

——英玉她爸，能让我们在你们家住几天吗？我要去大邱。我娘家姑妈在那里……

——不是几天，喜子妈你想住几天就住几天，但是怎么这么突然……你先说说是怎么回事吧。

——我们不会给你们家带来麻烦的，就住几天……

新雨大婶犹豫之际，喜子开口了：

——新雨那边出乱子了……我舅舅被拉到山上去……

——喜子！

新雨大婶打断了喜子的话。犹豫了片刻，她讲起这段时间发生的事。她说自己的哥哥在去田里的路上被抓走，然后被带到山上用枪打死了。新雨大婶再三强调哥哥与思想问题无关。

新雨大婶的婆婆听到这个消息后，立刻命令新雨大婶离开他们家。理由是新雨大婶的哥哥作为思想犯被处决，很有可能会连累他们家。如果喜子是男孩还可另当别论，婆婆对喜子没有半点感情。听到婆婆让自己带着孩子随便去哪里，再也不要回来，新雨大婶当场收拾行李离开了家。

——过几天我们就会走的，不会连累你们的。

新雨大婶话音刚落，曾祖父就开口说：

——是吗？那就只住几天吧。我打听一下去大邱怎么走。

——谢谢，英玉她爸，谢谢。

新雨大婶嘴上说着谢谢却仍然一脸惊慌，祖母焦急地看着她。刚开始曾祖父说的明明是住多久都可以，但听了新雨大婶的话之后，又改口说让她只住几天。要是新雨大叔还活着，父亲也会那样说吗？一旁的祖母把新雨大婶的失落都看在眼里。

——还有，从现在开始，喜子你不能再把舅舅被处决的事告诉任何人，不管在什么地方。这是为了你妈妈和你好。知道了吗？英玉你也不能到别处说这种话。

——知道了，叔叔。

喜子把头靠在新雨大婶的怀里。

——好了，一路上辛苦了。今天先休息吧。

曾祖父这样说完，就先躺下了。新雨大婶和曾祖母这才互诉重逢的喜悦。喜子也扑进祖母的怀里。

第二天，新雨大婶和曾祖母天还没亮就起来了。新雨大婶坐在褥子上小声给曾祖母讲她离开新雨那天的事。

婆婆叫她离开的时候，大哥哭着抓住了她，但她只是默默地收拾行李，然后头也不回地走出家门。这时身后传来东西破碎的声音，回头一看，原来是喜子把一块大石头扔到了酱缸台上。储存酱引子的大缸是婆婆最宝贝的物件之一。浓浓的酱油味飘了出来。

——这个死丫头疯了吧，疯了！

婆婆大叫着跑过来打喜子的头。以前她也这样打过喜子几次，每次新雨大婶都不敢对她说什么。可战争时期把一个九岁的孩子扫地出门，还打她，看到这里新雨大婶再也忍不下去了。

——请您把手从喜子身上拿开。她现在已经不是您的孙女了。就算是畜生也没有打她的头的道理！

——你还敢顶嘴。

——您还算是人吗？做得也太过分了！

新雨大婶往婆婆脚边吐口唾沫，拉着喜子的手离开了家。

曾祖母听了新雨大婶的话，心情变得沉重起来。新雨大婶失去了哥哥还要强打精神活命，看样子一次也没畅快地哭过。丈夫不在了，一个人带着年幼的女儿去自己从未去过的地方。虽然曾祖母很想让新雨大婶和他们一起在开城生活，但曾祖父担心新雨大婶会给他们招来灾祸。

——要保重身体啊，新雨。我真的很担心你……

曾祖母的眼里噙满泪水，她再也无法相信别人了。新雨大婶一个人带着孩子去大邱会不会出事？她实在乐观不起来。

——你怎么哭了啊……

新雨大婶拍了拍曾祖母的背。

——我还没死啊。你看，我好好地在这儿呢。

——我还以为再见到你时就剩下一起笑了。我们一边说着以前的事，一边问着"是吗""是吗"，把攒了许久的话尽情说个够，像以前那样一起笑。

——三川你也这么喜欢哭啊。你还说我是爱哭鬼，我看你才是爱哭鬼呢。

——不是因为你的话我才不会哭。

曾祖母用衣袖擦擦眼泪和鼻涕，然后看着新雨大婶。如果自己是她，也能像她那样离开家吗？曾祖母没有信心，想来想去好像自己做不到带着九岁的女儿去避难。

——没有别的法子了吗？

听到曾祖母这样问，新雨大婶摇了摇头。

——听说从开城走到首尔只需要三天。先去首尔看看……

——你那个婆婆，披着一张人皮还能做出这样的事来。

——就算婆婆不赶我走，我也要出来。最近村里随便找个什么碴就能要人的命，我能安然无恙吗？

新雨大婶搓了一把脸，看着曾祖母。

——三川啊。

——嗯。

——我哥他，什么都不知道的啊。

——我知道。

——什么思想啊这些，什么都不知道的。

——是啊，我知道。

——是真的。

——我知道，我知道啊，新雨啊。

新雨大婶这样一连说了好几遍。祖母不安地看着她。

喜子告诉祖母，住在大邱的姑婆非常富有，家里的房子有很多房间。还说大邱冬天也很温暖，她会和妈妈在那里好好生活，再也不回北方。

——不过我会想念英玉姐姐的。

然后，喜子又说起一起在开城生活的日子。"姐姐你还记得那时候吗？"喜子这样问着，想看看祖母是不是也跟自己一样记得。有些事情祖母已经记不起来了，但是怕喜子伤心，所以就说自己都记得。当然，祖母也记得很多事——曾祖母把从磨坊里带回的年糕给了祖母和喜子每人一块，两人每次都只咬一点儿，不舍得一下子吃完；祖母在学校前面的山坡摔了一跤，小腿伤得很重；和新雨大叔还有喜子一起玩跳绳；用掉落的木兰花瓣吹气球；和喜子玩抓石子儿最后吵架了，两个人一连几天没有说话……

喜子的记忆惊人地具体，数量也异常庞大。她一刻不停地诉说着那时的事，祖母听了很久，然后开口问她在新雨过得怎么样。

——没什么特别的，上学，回来就帮着干农活。

但是仅此而已，喜子再也不肯多说，又把话题转到生活在开城时的事情上。十二岁的祖母不能理解这时的她。她把在开城经历的芝麻大小的事都讲得煞有介事，似乎那些都是很重要的事情。终于，祖母感到有些厌烦了。

——哎呀喜子。现在我们说点别的吧。

喜子脸上的笑容消失了。

——原来姐姐都忘了。

——哪能忘了，都记得呢。可喜子你说了太多那时候的事了。

——姐姐不喜欢听这些吗？

——不是不喜欢听，而是也想说说其他的。

——说什么？在新雨发生的事情还是出来避难的事情？那我没什么话可说了。

喜子说罢就在地上用石头画起了画，祖母这才明白自己没有理解她的心思。

——喜子你还记得你偷吃炒豆子被新雨大叔发现的事吗？

——记得。当时因为吃太多，所以一直放屁呢。

喜子咧开嘴笑着说。看着她的笑脸，祖母不禁又想起新雨大叔的脸。

——还记得新雨大叔一边在后面追一边取笑你，说喜子是放屁精。

——是啊，我们一起笑得都流眼泪了。

——对。

两人相视而笑。

——等世道太平了我们就一起生活吧。姐姐、三川大婶、我、阿妈，还有阿春。

——好啊。

——我不要结婚，我要和姐姐一起生活。我最喜欢姐姐了。

——傻孩子。

祖母轻轻笑了一下，抚摩着喜子的短发。喜子九岁，但比同龄人长得小。祖母虽然十二岁，但在同龄人中属于个子高的，因此两人看起来年龄差距要更大一些。祖母像爱护小妹妹一样对待喜子，喜子则像依赖大姐姐一样追随着祖母。但是喜子不能一直住在祖母家。住了三个晚上，她便踏上了避难之路。在破晓时分。

曾祖母将留作不时之需的那些积蓄都给了新雨大婶。大米、大麦和大豆也尽可能多地装进她们的行李。在那种情况下，新雨大婶也没有客套，收下了曾祖母给她的东西。

——如果你们去南边避难，有地方可去吗？

新雨大婶问。她知道曾祖母没有什么可以投奔的亲人。

——听说英玉爸的叔叔住在首尔。

——我把我姑妈家的地址告诉你，如果你们无处可去，可以随时去那里。

新雨大婶把大邱的地址写在纸上递给曾祖母。

——路上小心，新雨啊，喜子啊。

曾祖母哽咽着，再也说不出话来。

——喜子啊，等不打仗了我们再见面。新雨大婶，我们以后再见。

——好，好。都保重身体，我们还会再见的。

新雨大婶拿起行李，头也不回地离开了，只有牵着她手的喜子还频频回头。曾祖母望着新雨大婶的背影，连连说着"再见，再见"，直到再也看不到了才瘫坐在地上。然后她低着头，好一阵子没有起来。祖母不知所措，在曾祖母身边打着转。阿春跟着新雨大婶出去了，好一会儿才回到院子，它把鼻子贴在祖母的手背上，看着祖母。

"有时觉得一切都像一场梦。我什么时候在开城的？又是什么时候见过新雨大婶和喜子从院子里提着行李离开的？"

祖母疲惫地抬起头看着我。

"不知道为什么，一说那时的事就觉得筋疲力尽。都过去那么久了。"

"我们回到车上吧？"

"等一下……我想再看看大海。"

祖母把拖车停在沙滩入口处，然后一步一步地朝大海走去。脚陷进沙子里，走不快，但不一会儿就到海边了。

"鞋子会湿的。"

祖母一边往后退着躲开海浪，一边轻轻地笑了。

"要不要坐一会儿？"

我们坐在凉凉的沙滩上仰望着天空。半月当空，夜光通明。白色的风筝在半月附近拖动尾巴飞着。

祖母说，如果当时的喜子现在在这里，一定会问"姐姐还记得吗？"然后讲起和新雨大叔一起放风筝的事。祖母还说好像能看到拿着一起做的风筝，爬到山坡上迎着风向前跑的大叔的样子。喜子一定会说起当时她和祖母是如何哈哈大笑，迎着冬天的寒风一直放风筝，直到脸上失去知觉为止。那样的话，祖母也会说"喜子啊，我也记得呢"，然后看着喜子一起笑。

　　我想，喜子就像在高高的天空放风筝那样，用记忆的风把不想忘记的瞬间挂在心上。同时我又想，把这些风藏在心里，应该并不总是快乐的。

　　本来说只坐一会儿，可我们还是久久地默默望着大海、月亮，还有白色的风筝。

　　远处传来人们放鞭炮的欢笑声。

第三部

8

没经医生同意就停药了，一个月后我又去精神科开了药。本以为这段时间正在好转，但情况突然又变得不太好。一到傍晚就口干舌燥，心跳过速，疲惫感无法消除，难以入睡。

朋友们说，好好生活是对前夫唯一的报复，让我向前看。所以，我一直在努力。不让自己回头，不让自己在意，不让自己感到愤怒或悲伤，尽量忘记，尽量集中在当下，尽可能地好起来。有一段时间，我认为自己正慢慢好起来，所以开始减少药物剂量，并试着停药。我想让自己看到，我真的好了。

以前的我似乎相信，随着时间流逝一定会好起来。比如春天会比冬天好，夏天会比春天好。所以我很着急。没有预期恢复得好，这让我很不安。我强迫自己一定要过得比离婚前更好，更幸福。这期间，"过得好就是最好的报复""好好生活让他羡慕"等声音，最初仿佛轻拍我后背的抚慰，最后却变成抽打我的鞭子。

在痛苦当中时间不是呈直线流逝的。我一直在退缩，最后退回到那个熟悉的坑里。说不定再也不可能恢复了，这种焦虑和恐惧占据着我。为什么我不能像自己希望的那样坚强呢？我已经如此努力，为什么还是没有好转呢？在那个哭了很久的夜晚，我想着这些，直视着自己的软弱，还有渺小。

我一度认为自己的优点就是善于忍耐。得益于这份忍耐，我取得了超出自己能力的成绩。为什么要忍耐到超过自己的限度呢？难道是认为应该证明自己的存在吗？是从什么时候开始，总感觉生活不是应该用来享受的，而是用以执行的呢？生活就像一个生存游戏——面对着汗牛充栋、难且无趣的习题集搞题海战术，制作纠错本、考试、得分、晋级。我不知道哪种生活方式才不需要证明自己的存在。在我看来，不被任何成绩证明的自己和没有价值的垃圾没什么两样。这一信条让我绝望，也让我一直都过分努力。那些认为自身存在本身就有意义和价值的人是没有必要证明自己的存在的，但我从一开始就不是那样的人。

我们的团队致力于收集太阳系内小行星的数据，包括我在内共有三名研究员，组长是比我大十岁的研究生时期的前辈，和我的指导教授差不多。她大概知道我离婚的理由和目前的处境，但没在我面前表露痕迹。

梅雨季开始的那天，我和组长一起加了班。她的旧车子在上班路上抛锚，被拖走了，下班后只能由我送她回家。我尽量不让自己露出疲倦的神色，让她上了车。很长时间里我们都没有进行任何对话，我能感觉到她在沉默中思考着该说些什么。

"这里的工作怎么样？"

"大家都对我很好，所以没有什么困难。"

之后又是沉默。

"你读硕士的时候多少岁？"

"二十三。我上学早。"

"当时的样子还历历在目，但已经是十年前的事了啊。我记得在指导学生聚会上，你说自己为什么选择这个专业时，眼睛里闪烁着光彩的样子。那时我的状态非常疲惫，年龄和你现在差不多大。当时我对所有的事情都感到厌倦和无聊，但我一直记得那个年轻的姑娘信心十足地和大家讲述自己为什么选择这个专业的样子。"

"……我吗？有吗？"

"是啊，有过的。"

对话又中断了。听着雨点敲打车顶的声音，我忽然想大声说，"您是想说，看到一个曾经那么闪亮、有希望的人，如今变成了一个工作得过且过、疲惫又无趣的人，非常遗憾吧"。

"当时智妍你说的话给我留下很深的印象。你说这是'一缕阳光'，还说学习的时候最自由和自在。"

我比任何人都清楚当时自己的心情。地球之外还存在一个人类无法测量的无限的世界，这一事实安慰了我的有限感。和宇宙相比，我就像是挂在草叶上的水滴或没有嘴、生命短暂的小虫子。在这种想法当中，一直倍感沉重的自身的存在也变得轻盈起来，那种感觉我一直都记得。夜空中看似成群的星星也完全是孤独的，凝结成一个点的物质在膨胀的宇宙中也会迅速地远离彼此，这一切似乎都在讲述着我从小就感受到的那些悲伤。但是，那份纯真的爱在读研究生的过程中渐渐失去了光芒，那个位置现在已经被世俗的愿望所代替。曾经的"一缕阳光"成了我的工作，而我的可能性也很快到达了极限。

"组长为什么选择了天文学呢？"

"小时候在剧院看过《E.T. 外星人》。"

这是个冷笑话，我正在想该怎么回应，组长接着说：

"E.T. 是个善良的孩子。它用发光的手指治疗人们的伤口，还和人类做朋友。当时我跟着妈妈去电影院看了那部电影，忘了是在哪一幕，E.T. 看到了我。不是看镜头，也不是看着所有人，而是看着坐在电影院最前排的我。我脸上露出知道它在看我的表情。我现在还记得那个瞬间。E.T. 最后回到自己星球的时候，我哭得不知有多伤心，妈妈都觉得不好意思了。从那以后，我就养成了夜晚仰望天空的习惯。我小时候没有朋友，但当我仰望天空时，会觉得我的朋友就在那里。"

送完组长回家的路上，我想象着仰望天空时年幼的组长的脸。她是那么彬彬有礼，说话经过深思熟虑，很少说自己的私人感情，但这次让我看到了她的弱点。她的话带给我些许安慰，我有些惊讶。躺到床上我才意识到，也许这正是她安慰我的方式。

妈妈寄来了和明姬阿姨一起旅行时拍的照片。有在仙人掌农场品尝龙舌兰酒的照片、在海边晒太阳的照片、在广阔的原野上打球的照片以及吃各种食物的照片。妈妈晒出了健康的肤色，脸上没有化妆。以前妈妈曾说过，女人上了年纪不化妆就是民害，就算去趟超市也一定要化好妆再去。我给妈妈回信说，看起来真不错。如果知道我又开始去精神科了，妈妈会说什么呢？可以确定的是，不管那是什么话，都会对我造成伤害。

星期六下午，祖母来电话了。我起得晚，煮了速食乌冬面吃完，刚服了药。祖母说，有时间的话，想不想一起去以前她住过的房子那里看看。本来觉得什么都不想做，只想躺着，但听到祖母的话，我心动了。我有些好奇，再看到那座房子会有什么样的感觉？

祖母住过的那座老房子经常出现在我的梦里。那是一座有着天蓝色石板瓦屋顶、刷着白色油漆的混凝土住宅。小小的院子里有祖母种下的辣椒、生菜和矮小的花朵。爬上围在房前的低矮的石墙，就能看到山坡下的大海。站在那里可以闻到草的味道，还有被水浸湿的泥土的味道。

我和祖母在小区入口处见了面，一起慢慢地走着。走了一会儿，右侧出现了大海。我们站在那里默默地望着大海。

"你最近好吗？"

"嗯。"

明知骗不了祖母，我还是说谎了。

"可是，你看起来不太好。"

"我没事。"

我的声音在自己听来也有些不礼貌。祖母很长时间没有说话。

"要不要在这里坐下休息一会儿？"

祖母坐在公交车站的长椅上，抬头看着我。我也到祖母身边坐下了。祖母身上散发出生姜和大蒜的味道。她带着难掩担心的神情，看着我开口说：

"如果我一直在开城生活，可能一辈子都见不到大海。这么美的大海。"

"您是在战争时期来到南边的吗？"

"在战争爆发那年的冬天。我和妈妈爸爸一起……在一个滴水成冰的日子里上路，离开了开城。"

那是一个寒风刺骨、雪粒纷飞的日子。祖母收拾好行李，把剩下的食物都给了阿春。阿春狼吞虎咽地吃着那条半干的鲻鱼，祖母默默看着它，什么都说不出来。捆起行李出门时，阿春吭哧吭哧地跟了出来。平时它摇着尾巴跟在后面的话，只要让它回家，它就能听懂回去。但那天，不管祖母怎么说别跟着，阿春还是一直追到了公路上。它好像意识到大家要离开自己了，哼哼唧唧地坚持不回去。曾祖母在公路拐角处蹲下，抚摩着它说：

——阿春啊，我们的阿春。

阿春肚子贴着地面趴下，抬起头看着曾祖母。

——咱们就此分手吧。不要再跟着我们了，对不起……

曾祖母的话音刚落，阿春就从地上站了起来，逐个闻了一下每个人身上的味道，然后便往家的方向走去，直到走出很远才回头看了一眼。祖母担心阿春再返回来，不敢叫它的名字。看着阿春远去的背影，祖母无声地哭了，脖子上的围巾都湿透了。从那以后再也没有人提起过阿春，就像它从未存在过一样。它只是一条狗而已。祖母努力这样想着，却无法用这样的谎言安慰自己。

三人的目的地是曾祖父在惠化洞的叔叔家。此前他们听说，曾祖父的父母也去那里避难了。出来以后，曾祖父才听说，首尔人也都到南边避难去了。世道真的乱了。推着牛车出来的人们，背着、抱着孩子或扛着行李的人们，小孩子和老人们，成群结队地走在公路上和田埂上。祖母说，她至今还清晰地记得路旁倒下的柳树和电线杆，以及断落在地上的电线等。每当军用越野车驶过，人群就仓促地分开。路面上散落着弹壳和砖头，经常能看到被烧到一半或被炸毁的房子。曾祖父和曾祖母虽然有道民证，但每次经过宪兵队检查站的时候还是很紧张。

三人用家里带来的炉子生火做饭，太阳落山以后就在民居的厨房或仓库里睡觉，没有位置就在院子里睡。一家三口盖一床棉被，靠彼此的体温抵御寒冷。有时又饿又冷，虽然身体很累却睡不着。有飞机从低空飞过的时候，没有人不胆战心惊。就这样走了几天，他们到了首尔。

那天他们经过旧把拨，往独立门的方向走。祖母感到底裤湿漉漉的，全身都要被冻僵了，去小便的时候才发现自己来了初潮。上小学的时候听一些大姐姐说过关于初潮的事，她知道的只有那些，现在也不知道该怎么办才好，只好忍着。直到内裤冰凉得实在无法忍受，才告诉了曾祖母。

曾祖母一时慌了，随即从行李中找出新的内裤和一些布片递给祖母，并告诉她，如果觉得布片变重了，就换一块。腰疼得好像要断了一样，还非常恶心。祖母离开队伍，在电线杆前面把吃下去的东西都吐了出来。

那天晚上，他们在一处民居的仓库里躺下，正睡得迷迷糊糊的，曾祖母叫醒了祖母。

——英玉啊，跟我来。

曾祖母把祖母带到井边。

——有水的时候就洗一下。

曾祖母打满一桶水，提去后院，然后从怀里掏出那些沾有血的布片，让祖母往上面倒水。手接触到水，刺骨的冰冷。尽管严冬的酷寒几乎让手失去了知觉，可还是冷得受不了。

——阿妈，水太凉了。

——还不赶紧倒水。

——阿妈。

——手冻僵的时候要摸凉水。如果这时摸热水，手会冻伤的。快倒吧。

祖母开始往沾血的布片上倒冷水，将布片洗净拧干后，晾在了后院不显眼的地方。她的手疼得就像要裂开了。

他们拖着快要冻僵的脚经过了新村和梨花女子大学，一路打听着去了曾祖父的叔叔家，却发现房子都被烧光了，几乎看不出原来的样子。一个年轻的女子提着桶经过时，对他们说：

——前天晚上遭炮弹轰炸了。早上出来打水，结果发现都烧成这样了。

——还有人在吗？

曾祖父用颤抖的声音问道。

——别说人了，连只蚂蚁都看不到。不去避难的人家很少……应该都走了吧。

女子说完这句话便离开了。曾祖父拿着一根长长的木棍在变成一片废墟的宅基上不停地翻找着，似乎在确认是否有人被埋在里面。祖母也用脚踢着被烧成木炭的木头和碎瓦片，做出寻找的样子。天气很冷，曾祖父还是汗流浃背地不停翻找着残骸。虽然又饿又冷，但他埋着头一直寻找，谁也开不了口说"别找了""离开吧"这样的话。待完全确定没有人被埋在下面时，太阳已经落山了。他们在附近找到一个空房子，在那里睡了一晚。后来一连好几天曾祖父都没有开口说话。

第二天他们再次踏上了避难之路。新雨大婶留下的大邱的地址成了新目的地。他们把草绳缠到鞋上，在结着厚厚冰层的汉江上走着。数不清的难民拥挤着穿过了冰冻的河流。

——新雨是在首尔坐了火车，还是步行去的……

曾祖母看着曾祖父问道，但曾祖父没有回答，她的问题更像是自言自语。

——一个弱女子带着孩子就那么走了……

曾祖母说到这里就沉默了。每次心里担心着新雨大婶，实在放心不下的时候她就会这样说，但很快就会沉默。祖母憎恨曾祖父不曾挽留要去避难的新雨大婶和喜子。不应该那样，不应该就那么让新雨大婶和喜子走，那是新雨啊，不是别人。

——不过，幸好有阿爸在。

曾祖母说。可祖母还是很害怕。在库房里、院子里，还有后院睡觉的时候，或者偶尔运气好在厢房或下屋睡觉的时候，恐惧感始终都在。对于正在避难的女子来说，是哪国军队并不重要。那些每晚出入民宅、强奸妇女的军人，区分他们来自哪一路没有任何意义。

就这样，他们又走了几天，到了大田，然后沿着京釜线铁路朝着大邱的方向走去。距离大邱越来越近，身上的粮食也见了底。虽然偶尔遇到一些人家能给一点饭团或水，但大部分时间都是一天只吃一顿饭。一天，他们吃着好心的人家给的饭团时，看到一个孩子。小女孩看起来最多五六岁，身边没有家人，孤零零的。她的一只眼睛长了麦粒肿[1]，鼓得很高，身上只穿了一件春天的薄外衣。孩子抓住曾祖母的裙角，一直望着她。

曾祖母从行李中取出祖母的外衣，给孩子穿上，用围巾给她把头包好，又用包袱包了几个煮熟的土豆和红薯，塞到孩子手里。最后她拉开孩子抓着自己的手，准备上路。孩子跑到曾祖母身边，又抓住她的裙角，她再次拉开孩子的手，大声说着"别过来，别过来！"

——阿妈，一起走不行吗？

孩子听到这话，紧紧地抱住了祖母。这期间无数难民飞快地从他们身边经过。一些人因为两个女孩站在路中间挡着路，非常生气。曾祖母放下行李，把孩子从祖母身边拉开了。

——阿妈。

——够了。

——我们就这么走开吗？

——对。

---

1 即睑腺炎，俗称"针眼"，是睫毛毛囊附近的皮脂腺或睑板腺的急性化脓性炎症。——编注

——阿妈，请不要这样。

话音刚落，曾祖母就打了祖母的脸。一下，两下，接着开始打头，祖母险些倒在地上，直到曾祖父出来阻止。孩子没有再跟着他们。他们缄口不语地走着，不觉间太阳已经落山。那是月末最后一天的晚上，星星是那么低，闪耀着光芒。看着它们，祖母想，我们是没有资格看到和感受这种美丽的人。禽兽都不如，无比卑贱，就应该从这个世界上消失。

祖母说起曾祖母的时候很能说，说到她自己的时候却犹豫了好几次。

沿着海边的道路走了一会儿，在路旁我们看到一家豆面馆。祖母指了指豆面馆后面的矮坡，爬上山坡，可以看到下面有一条双行道。车道右侧是种着辣椒和南瓜的旱地，左侧稀稀疏疏有几座小房子。看到那里，我已经能很清楚地记起以前的样子了。

"那里以前不是车道吧？"

"嗯。只是一条土路。"

"我们在那边一起打过羽毛球。"

我高兴地指着中餐馆旁边的停车场。祖母点了点头。

"祖母家在哪儿？明明就在这附近……"

听到我的话，祖母指了指路对面的空地。长长的野蒿花开得挨挨挤挤，地面上散落着一些碎砖块，空地后面可以看到大海。祖母向空地走去。

"就是这里。"

祖母对我凄然一笑。本以为祖母的房子肯定会留下来，即使不是以前的样子，至少还在那个位置上。我不知该说什么，向空地走去。不知从哪里传来一股烧干草的味道。

"我之后的房子主人可能把地卖了，可能是想做什么，现在……"

祖母说完，蹲坐在空地上。

"我也好久没来了。这里变成这样以后，我太伤心，就不想再看到了。不过今天，我突然想，如果和你一起的话，倒可以过来看看。"

祖母的话让我心头一暖。

"你曾祖母就是在一个这样的季节去世的。办完丧事回到家，我怎么都……没法踏进家门，最后我站在路边这里，不断徘徊着。当时真的很害怕。如果亲眼看到家里一个人都没有，就必须相信这个世界上真的没有妈妈了。所以我一直漫无目的地走着。古人说得对，女儿的哭声能一直传到阴间……这样难过了一年，你来玩的时候我别提有多高兴了。我以为世上的一切都会结束，但当我看到你的时候，我才知道我错了。"

祖母用手背拍打着野蒿花。"我知道现在你也在暗自哭泣，"我仿佛听到祖母这样说，"不要只想着结束的东西。"

"我要是能见到曾祖母就好了。"

"你们见过的。你可能不记得了，你三岁的时候，美仙带着你和你姐姐来过熙岭。那几天你可喜欢跟着我妈妈了。"

我望着空地后面的大海。三岁的时候，我和曾祖母、祖母还有妈妈，一起待在如今已成为一片空地的这里。我们一起吃饭，一起睡觉，还一起欢笑过吧。我还能回想起三岁时我住过的祖母的房子，还有一直形影不离的姐姐的样子。

9

五岁的我还不能理解死亡，因为姐姐依然在我身边。缺了两颗门牙的姐姐穿着她最喜欢的天蓝色 T 恤和牛仔短裤，"不能让大人知道你跟我一起玩儿。"姐姐小声跟我说。下过雨的第二天，我们在游乐场用沙子建造城市。我们把游乐场的大水坑叫作大海，还挖了沟渠形成水道，又做了桥梁。我们坐在空地的长椅上，一起看着坐过山车的孩子们。我骑自行车的时候，姐姐就坐在后座上唱歌。到了晚上她就钻进被子里，在我耳边讲有趣的故事，我尖声笑着。走在路上，抬头看树，就能看到姐姐坐在高高的树枝上冲我挥手。"智妍啊！"每次看到姐姐叫着我的名字，我就知道，姐姐现在在这里，同时也在别的地方。我觉得这一点都不矛盾。

当我说自己和死去的姐姐一起玩的时候，妈妈一边打着我的背一边哭："你不能说这种谎。你不能说这种恶劣的谎话让妈妈伤心。"看到妈妈这个样子，我没法再坚持自己的话不是假的。于是我对妈妈说了谎："妈妈，对不起。我撒谎了，对不起。"我不停地祈求着，直到妈妈原谅我为止。姐姐坐在房间的角落里看着我们，用被子蒙住头。

后来姐姐再到我身边的时候，我就把姐姐推开了。"不要靠近我！"姐姐看起来很悲伤。看着姐姐，我的心情也是一样的。没过多久，姐姐就从我的世界里消失了。偶尔我还会想起她讲过的有趣的故事，也会想起和她一起玩时的感觉。但是，所有的一切都像午觉时做过的梦一样，渐渐失去了真实感。

我上学了，学习了韩文和数字，学会了读钟表的方法，还学到了死人不可能复活的事实，以及不可能同时既在那里也存在于这里的明白无误的事实。我想起我告诉妈妈自己和死去的姐姐玩耍的那天。在经历了我无法想象的痛苦的人面前张扬自己的真实，这到底意味着什么？在妈妈的痛苦面前，我的真实没有任何价值。无论在什么情况下，我的不幸都无法与妈妈的不幸相提并论。于是我继续说谎。我说没事，我过得很好，睡得很好，吃得也很好，没有问题。我一直都是个爱笑的孩子，长大后则成了爱笑的大人。即使内心在哭泣，我的脸上也始终挂着微笑。

从夷为平地的祖母的家回来没多久，我患了热伤风。晚上穿着长袖衣裤盖着被子睡觉仍觉得冷，然后开始发烧。起床后嗓子肿了，每咽一次口水都觉得耳膜疼。

八月第一周的夏令休假就这样在病床上度过了。刚进公司的新职员很难开口请病假，所以休假时生病也许是一件好事。去内科输液时躺在那里，我感觉自己的一部分似乎从身体里流走了。本以为一个人生活没有问题，但突然发烧，身体不便，内心还是变得很脆弱。

吃了药，喝了水，一直冒冷汗，白天和晚上我都在睡觉。第二天早上我热了一下在超市买来的方便粥吃，再去内科输液。在这个过程中我才意识到，我是真的好久没有这样彻底地休息过了。撰写博士论文、做博士后、参与项目、得知丈夫的背叛、离婚、整理首尔的生活、来到熙岭适应陌生的环境，原来我一直没有好好休息过。过去的时间里，我只顾着往前跑。每次受到伤害，因为不想感受那种伤害，结果给自己带来了更大的伤害。

吃了感冒药睡觉就会做一些彩色的梦。我梦到自己身处祖母讲给我听过的难民群里，一刻不停地向前走着。好不容易找到一户人家，看到房子被烧成灰烬，我吓得从睡梦中醒来。在梦里，时间是没有意义的。一次，我还梦到了前夫。梦里的我们离婚后还是夫妻。我们走在昏暗的街上，我说："你会背叛我的，你会伤害我的。"我知道他的外遇已经是既成事实，但我还是一直用将来时说话。他生气地说："别瞎说。""已经无法挽回了，不要说谎！"我叫喊着从梦中醒来。

前夫一直相信，该发生的事总会发生。他总喜欢说，时间不是流逝的江水，而是冻结的江水。时间只是幻想，过去、现在和未来同时存在。他还说，人类的自由意志和选择可能也是一个巨大的幻想。这种想法有一个优点——这一信念可以使人从悔恨的枷锁中解脱出来，比如"如果过去的我做出不同的选择，就不会有现在的痛苦"，它会赐予我们从这种思考的空转中摆脱出来的力量。他欺骗了我那么久，当时也是这样想的吗？想着这是一定要发生的事情，没有办法？

休假快结束时，热伤风终于好了。时隔一周后回到办公室，我正在整理自己的工位，上司 P 前辈过来递给我一个文件。

"智妍小姐在休假前收集的数据不准确。"

是很机械的那种作业，本以为不会出现错误，但检查过后我发现前辈的话是对的。前辈表示，自己因为错误的数据白忙活了好几天，希望以后不要再出现这类失误。我向来做事谨慎，就算是简单的工作也会反复确认两三次，犯下这样的失误，连我自己都无法理解。我羞愧得脸都红了，只能再三道歉，说有机会一定要还人情。P 前辈直视着我，似乎对我感到非常担忧。

"可以理解的。以后别这样就行咯。"

他微笑着接着说：

"智妍小姐的事情我也有所耳闻。但是，不能让私人的感情影响公事啊。"

我再次向他道歉。P 前辈回到自己的位置后，我又看了一遍他递来的文件。出现这样的失误太不应该。"智妍小姐的事情我也有所耳闻。"有所耳闻我的事情，这是什么意思？怎么能确定我的失误是因为我的私生活？又怎么可以把这种想法直接告诉我？不，是我的失误给他听到的传闻提供了证据，这才是问题所在。怎么可以犯这种错误？空调的冷风让我身体发抖。我必须清醒过来。我要比任何时候都要努力，不能再让别人挑到毛病。

强打精神工作了一整天，我筋疲力尽地回到家里，衣服也没换就趴在床上睡着了。不知道过了多久，我被一阵门铃声吵醒了。打开玄关门，只见祖母把拖车放在一边，正看着我。没有见面的这几天，祖母的脸晒成了黑红色。

"不是让我今天这个时间过来吗？"

看着糊里糊涂站在那里的我，祖母用责备的口吻说。这时我才想起自己吃了感冒药后，晕晕乎乎地和祖母通过电话的事。祖母走进屋，把车里的东西都拿出来摆在客厅的地板上——巨大的保温瓶、装着切成小块的西瓜的"乐扣乐扣"保鲜盒、菜盒、生姜茶、三个香瓜。祖母拿起保温瓶到厨房里找着什么。

"碗在哪里？"

我拿出唯一的碗，放到台面上，祖母用水冲了一下碗，然后把保温瓶里的东西倒了进去。厨房里立刻弥漫着鲍鱼粥的香味。夕阳拉长的余晖顺着客厅照进厨房，光线落在祖母的手和粥上。饥饿的感觉袭来，我等不及热粥凉下来，就狼吞虎咽地喝起来。和祖母做的其他食物一样，粥的口味也有些重，但是风味醇厚，比速食粥不知好喝多少倍。

"真好喝。"

我说。祖母轻轻地笑了。

"您不吃吗？"

"我吃过了。"

说着，祖母打开带来的菜盒，递给了我。里面是辣炒泡菜和凉拌黄瓜腌菜。我吃东西的时候，祖母把保鲜盒、香瓜和生姜茶放进了空荡荡的冰箱里，然后走到阳台上，望着窗外。喝了粥，心里变得热乎了，身上出了汗，也有力气了。我喝完一大碗后，连保温瓶里剩下的粥都刮干净喝掉了。快吃完的时候，祖母来到饭桌前，看着我。

"吃得好饱啊。"

听到我这样说，祖母赶紧从冰箱里拿出保鲜盒，打开盖子。

"再吃点西瓜。"

我坐在那里把西瓜也都吃完了。生病以后，还是第一次吃那么多东西。我不再觉得食物里有苦味，嘴里也不像以前那么干涩了。

"今天工作一定很辛苦，你休息吧，我走了。"

祖母的表情很僵硬。看到我脸上的妆都花了，头发也乱成一团，我能感觉到她对我的担忧。我很希望她能多陪我一会儿，哪怕只有很短的时间，也想一起待着。我不想一个人。

"吃点东西再走吧，要不喝点茶？"

不知不觉中我已在哀求。祖母看看我，坐到餐椅上。我从架子上拿出两个马克杯，把祖母带来的生姜茶舀出一些放进去。她背对着我坐着，看着外面的风景。咖啡壶里的水开了，其间我们什么话都没说。我把姜茶递过去，祖母温柔地笑了笑，说：

"你喜欢喝姜茶吗？"

"嗯，我本来就怕冷。"

"我妈妈也喜欢，她夏天也煮姜茶喝。可能从开始避难时就那样了。"

祖母呼呼地吹着，喝了口茶，然后望着我。

新雨大婶的姑妈家在大邱一个叫飞山洞的地方。由于这里是难民收容所的所在地，胡同里就不用说了，大街上也总是人挤人，非常嘈杂。

背着或抱着孩子的人、头上顶着包袱走路的人、叫着"今淑啊，今淑啊"的人、卖麦芽糖的、卖饭团的、坐在角落里卖蔫苹果的、孕妇、大声叫喊的人、默默哭泣的人、拄着拐杖行走的人、军人、失魂落魄的人、赤着脚走路的人和气急败坏地吵架的人，所有这些人都混杂在一起。首尔方言、忠清道方言、庆尚道方言、黄海道方言等各种口音也混杂在一起，偶尔还能听到日语和英语。就像粥里的米粒，都被混合在一个大碗里。但是这种紧密又是何其苍凉。所有人都是为了活下去，才聚集到这举目无亲的地方。

到达新雨大婶姑妈家时太阳已经落山了。房子位于村子里最高的地带，木制的门牌上刻有"朴明淑"三个字。门牌上刻女人的名字在当时很少见，祖母觉得很是惊奇。曾祖父敲了几下门，里面一点声音都没有。祖母真想直接在路边躺下。终于到达目的地了，巨大的疲惫感袭来，她感觉身体都要散架了。

——新雨啊！

——新雨大婶！

曾祖母和祖母大声叫着新雨大婶，但是里面还是没有任何声音。天上开始下起小雨。

——新雨大婶！

祖母一家人的眼神里都写满了未曾流露过的恐惧。他们想，新雨大婶一定不在里面，她肯定没能成功避难。

——新雨啊，你在里面吗？开一下门吧，是我啊，三川。

曾祖母的声音越来越小。雨变大了，三人发着抖走到屋檐下。曾祖父说再等一下，如果还没人回答，就去难民收容所。曾祖母没说什么，点了点头。祖母站在曾祖母身边，想着新雨大婶和喜子。把来到开城的两人送上避难之路的正是她的家人。她尽量不去想，但还是想起了留在开城的阿春。一路上避难看到的那些情景在眼前一一掠过，她尽量不让自己去想，但站在屋檐下看着雨的时候，深藏在内心的思绪就像一直都在等待一个出口那样，接踵而至。那些不可能变出一粒米，也不可能变出一片柴的毫无用处的思绪。

这样站了半天，祖母开始咳嗽。喜子说过大邱冬天也很暖和，可现在身体变差了，衣服又被雨淋湿了，她浑身都在瑟瑟发抖。祖母看着胡同里地面上流淌的雨水，仿佛看到独自留在避难路上的小女孩的脸和喜子的脸重叠在一起，头顶感到一阵冰冷的刺痛。不知过了多久，远处传来女人们低声说话的声音。慢慢地，声音越来越近了。那压低的声音听起来很像新雨大婶的声音，但祖母不敢去看声音传来的方向。

——英玉啊！

听到有人叫自己的名字，祖母才抬起头来。新雨大婶、喜子还有一位从未见过的女人站在他们眼前。喜子透过雾蒙蒙的眼镜看着祖母。

——英玉姐姐！

祖母没等说一声"喜子啊"，就瘫坐在地上，用手捂着脸哭起来。不仅仅是因为高兴，这段时间虽然没有说出口过，但是每天都要无数次提心吊胆，那些恐惧在这时终于能释放出来了。恐惧是一种神奇的情感，因为它在消失的那一瞬间感觉最为强烈。祖母终于明白，自己从未相信新雨大婶和喜子能平安到达大邱。因为无法承受希望破灭时的打击，所以自己是放弃了一切希望踏上了避难之路。她哭着，久久无法抬起头来，最后站起身抱住了喜子。喜子也在祖母怀里哭起来。雨渐渐变成了雨雪。

——这样下去都会感冒的。好了，都冷静一下，进屋吧。

初次见面的女人用责备的口吻说完，打开大门让他们进了院子。

——长话明天再说，先睡觉吧。喝点锅巴汤……

祖母看着语气冷淡的女人，觉得她好像不欢迎自己一家。女人看上去已过花甲之年，穿着白袜子和黑皮鞋，头发向后卷成圆形，用发夹固定着。这就是新雨大婶的姑妈，明淑奶奶。

祖母坐在炕头上喝完明淑奶奶端来的锅巴汤，之后便坠入沉沉的梦乡。那一天，祖母自避难出来以后第一次睡得那么香。她衣服都没换，只喝了锅巴汤，就酣睡过去。

第二天早上，祖母听到一种从未听过的声音，便睁开眼睛。房间的一角，明淑奶奶坐在椅子上，正用脚踩着缝纫机的踏板做活儿。房间里充满了线的味道和缝纫机散发的机油味，祖母从被窝里爬出来，有些不好意思地整理起被褥。房间里只有明淑奶奶和祖母两个人，她斜瞟了祖母一眼，又把目光转向衣服。连一句"睡得好吗？"都没有说。

——阿妈呢……

听到祖母的问话，她停顿了一下说道：

——去领救济品了。你这个丫头，怎么摇都不醒。

明淑奶奶小声地说着，依然没有正眼看祖母。她没有义务让祖母一家住在这个房子里。虽说自己对明淑奶奶来说什么都不是，可她冷淡的态度还是让祖母有些耿耿于怀。

——那边烧好开水了，洗一下换换衣服吧。

祖母打开推拉门来到檐廊上。昨晚可能下过雨，天空很亮。站在檐廊上，祖母这才看清房子的样子。院子很小，从檐廊没走几步就是大门，高高的围墙上嵌满了尖尖的瓷器碎片。祖母在开城的时候从未见过墙这么高的房子。不过是两个房间、一个厨房、一个茅厕，这么小的房子为什么需要那么高的围墙呢？祖母经过院子来到厨房，在明淑奶奶烧好的热水里倒上凉水，久违地洗了澡。换好衣服走出去，只见曾祖母、新雨大婶、喜子已经回家，正坐在地板上聊天。卧室里仍然传出缝纫机转动的声音。

——这一路太不容易了，英玉啊。这该有多累啊，睡得这么死。

新雨大婶笑着对祖母说。一切都不像是真的。新雨大婶和曾祖母身旁放着装了粮食的袋子。她们看起来很幸福，最重要的是看起来很放松。喜子静静地坐在新雨大婶身旁看着祖母。如果是以前，喜子早就喊着"姐姐，姐姐"跑过来了，此时她却像个陌生人一样看着祖母。几个月的时间里，喜子的眉毛变浓了一些，脸变得瘦削了，个子好像也长高了。祖母站在院子里愣了一会儿，走到喜子旁边坐下了。喜子这才冲祖母轻轻地笑了。

明淑奶奶于朝鲜王朝末期在新雨出生，在日帝统治下度过了年轻时代。十八岁时，她亲手剪掉了自己的辫带，加入了开城的修女会。修女会的总院在法国，当时在开城和大邱设有分院。明淑奶奶在见习修女期结束后被派到大邱，从那时起便一直在大邱生活。她手很巧，除了做司祭服，休息时还帮其他修女缝补衣服。就这样，她当了二十年修女，三十八岁的时候脱掉了修女服。

——为什么呢？

祖母问，喜子摇了摇头。明淑奶奶离开修女会后，没有回到老家，而是留在了大邱。她利用做修女时攒下的钱和家里补贴的费用租了一座小房子，把围墙改造得高高的，开始专门给人修补衣服。因为手艺好，不少人慕名远道而来找她做活儿，还有一些客人找她定做洋装等比较昂贵的衣服。明淑奶奶不管什么衣服的活儿都接，每天都踩着缝纫机工作到太阳落山为止。

明淑奶奶并非因为祖母一家是寄住的外人所以就对他们冷淡，她对谁都一样，哪怕是对客人也很少笑。一起度过了一个季节，祖母知道了，明淑奶奶是一个不太会表达感情的人。

——姑妈是个特别的人。

新雨大婶经常这样说。不是特殊的人，而是特别的人。仔细想来，她能带着祖母一家一起生活就是如此。幸亏有明淑奶奶，祖母一家在战争中才能绝处逢生。从大邱市政府向南延伸的三德洞公路、新川洞对面和大区火车站后面、东部、北部地带和飞山洞等西部郊区，都挤满了难民。从全国各地涌来的难民无法都进入难民营。与此相比，在窗明几净的家庭中过着安逸的生活，还能喝上大麦粥，这种待遇简直就像做梦一样。如果不是明淑奶奶，也许他们只能在桥下生活。新雨大婶说得对，明淑奶奶对祖母一家来说也是特别的人。

家里每天都要来好几位客人，都是土生土长的大邱女性，她们的模样不一，有的梳着发髻、穿着白色的韩服；有的穿着旧短裙、梳着东洋髻；有的剪着短发，有的背着或抱着孩子；有的妆容艳丽、拎着手提包。有的人不多说什么，只把要修补的衣服放下便离开；也有的人会在踩着缝纫机的明淑奶奶旁边闲聊上一阵。大家好像都和明淑奶奶认识很久了。明淑奶奶和客人聊天时说的是地道的大邱方言，刚开始祖母听不太懂大邱话，但慢慢熟悉了客人们的口音以后，多少也能听懂一些了。偶尔会有客人向明淑奶奶问祖母的事情。

——这是谁啊？

——我侄女的女儿。

——那她也是从北边过来的吗？

——嗯，从开城来的。

——哎哟哟，我的大姐，真是看不出来啊，侄女也收留，侄女的女儿们也收留，世上哪还有这样的人哪。我说，你应该感谢你这个奶奶才成啊，不信你到外面看看，乱成啥样了都，乱了套咯简直！

——孩子听着呢，你瞎说什么呢。

明淑奶奶整日踩着缝纫机工作，新雨大婶则去批发市场买一些水果，然后在路边找一个角落卖。曾祖母也一起，后来她们还进了一些洋烟和美国口香糖卖。曾祖父靠做脚夫打打零工。喜子上了临时学校，窝棚里一百多名孩子挤在一起，上课也没有课本，喜子总是坐在最前面，她的眼镜是几年前在开城配的，现在度数已经不够用了。

喜子再也不跟祖母说一起在开城生活的时光了，说话的时候如果提到开城，她就不再言语。也许因为这样，她的话越来越少。以前的喜子几近聒噪，喜欢叽叽喳喳地说个不停，可祖母现在已经回想不起她那时的样子了。

第二年春天到来之前，曾祖父自愿加入了国军部队。

那天，大家正吃着午饭，曾祖父说他周末就去训练所。他说，大邱不少难民都加入了国军，训练所就在附近，亲属会面也不难。祖母不知该说什么，怔怔地看着曾祖父的脸。曾祖母像是什么都没听到，在曾祖父旁边慢慢地吃着面片汤。面片汤里放了土豆。祖母说每次吃面片汤的时候她就会记起那一天。

　　四月的一天，阳光明媚，天气温暖。喜子拿了一本书出来坐在檐廊上。因为近视严重，她把书拿得离脸很近，读了没一会儿就把书合上了。祖母走到喜子身边，轻轻地摸了摸那本书。明淑奶奶似乎很宝贝这本书，所以她一直不敢轻易碰它。书的封面上写着《鲁滨孙漂流记》。祖母把书拿到鼻子前闻了闻，她想起了上小学的时候。

　　——鲁滨孙·克鲁索，丹尼尔·笛福。

　　祖母大声念出书名，然后看看喜子。

　　——继续读吧。

　　喜子说，然后看着祖母。祖母开始朗读起来。喜子专心听着，时而轻轻叹息，时而感慨着"太好笑了""太有意思了"。很久没有看到喜子这么有生气了，于是祖母更加卖力地读起来。不知过了多久，蓦然回头，她发现明淑奶奶在后面伸开腿坐着。

　　——继续读吧。

　　听到明淑奶奶这样说，祖母又接着读起来。明淑奶奶入神地听着。祖母也难得扫除心头的阴霾，享受着轻松的时光。从那以后，每天喜子放学回来后祖母就去檐廊上读书。每当这个时候，明淑奶奶也会放下手中的缝纫机，坐在祖母身边听她朗读。

　　有天也像往常一样，祖母读完书后正在喝水，明淑奶奶说话了。不是看着祖母的脸，而是看着大门，样子就像在自言自语。

　　——小时候也有人经常读故事给我听。我们在书斋里读过《洪吉童传》《谢氏南征记》，还有《壬辰录》。我特别喜欢听，每次听得都很入迷。阿妈说，古话里讲，沉迷故事就会变得贫穷。可这是没有办法的，我真的太喜欢了。

这样说的时候，明淑奶奶的脸上露出温柔的微笑。

10

妈妈从墨西哥回来的周末，我去了首尔。那天感觉自己不能长时间开车，所以轮番坐长途汽车和出租车回了家。妈妈的皮肤晒黑了，看起来气色不错，表情也比以前明朗。

"妈妈穿耳孔了吗？"

"嗯。以前就想穿来着，这次明姬姐的朋友帮我穿的。"

妈妈带着漫不经心的表情晃了晃头，耳朵上的珍珠耳环闪闪发光。

"这是明姬姐送我的耳环，戴着感觉真好。"

妈妈拿出手机给我看她在墨西哥拍的照片和视频，里面戴着宽檐帽和墨镜的妈妈很自然地笑着。她谈论着旅行的事情，看起来比任何时候都开心。

妈妈把从墨西哥买来的纪念品摆了出来。印有弗里达·卡罗头像的冰箱贴、唐胡里奥龙舌兰酒、墨西哥鳄梨酱和萨尔萨辣酱，还有用各种颜色的线编成字母形状的手工艺装饰品。她一一指着它们告诉我，墨西哥的鳄梨酱和在韩国吃过的有多么不同，那里鳄梨的种植规模有多么大。之后她递给我在瓜达卢佩买到的圣珠，说她还去了瓜达卢佩教堂为我祈祷。妈妈本是没有宗教信仰的。

"为我祈祷什么了？"

"祈祷你能坚强起来。"

"我还要怎么坚强？"

虽然妈妈的话让我非常抵触，我还是努力让自己微笑着看着圣珠。由黑色塑料珠子穿成的闪亮的念珠上，挂着一枚披着蓝色斗篷的瓜达卢佩圣母的纪念章。

"怎么了？"

妈妈看了看我的脸，问道。

"没什么。"

"还说没什么。说吧。"

"我能说什么？你不是说不要再说那种话吗？离婚的事也不要提。那我还能跟妈妈说些什么？"

"你能对我说的就只有那些吗？我是让你往好的方面想，过去的事情已经结束了，总是揪住那些有什么用？要往前看啊。你从小就有这个习惯，喜欢揪住以前的事不放，所以才总是看到没有的东西……"

说这些话的时候，妈妈的情绪似乎有些起伏。透过她脸上的表情，我又看到了年轻时的妈妈望着年幼的我的表情。那是一种混杂着恐惧和厌恶的表情。

"你太懦弱了，总是沉溺于过去。精神一直是飘的，还经常自言自语。我怕你又那样……"

妈妈这样说着，脸上掠过惊慌的表情。她一时冲动说出这些话，好像自己也吓了一跳。

"我累了，要休息一下。不要打扰我。"

我面对墙壁侧身躺下，闭上了眼睛。妈妈离开了房间。外面传来水槽的流水声、碗碟的碰撞声、冰箱门的开关声。我努力地想分散一下注意力，但心脏又开始狂跳，感到一阵恶心。

没过多久，妈妈又打开房门走进来。

"你最近真的没事吗？"

妈妈坐在我旁边问。

"没事。"

"你看起来不太好。你真的停药了吗？"

"我都说了，停了。"

可是我想说，我试着停药了，却变得更不好受，所以又开始重新服药，我的康复速度远远追不上妈妈的愿望和我的决心。但我知道，如果这样说，立刻又会受到指责。

"那这是什么？"

妈妈拿出半透明的药包。我从她手里抢走药包。

"我不是故意翻的。因为你手机响了，我看了一下你的包，然后看到里面有这个。"

"就不能装作不知道吗？"

"不要总想活得太简单。活在世上这是不可能的。"

还在首尔生活的时候，一次妈妈回家发现了我在精神科开的药。用手机一一搜索了印在信封上的药名后，妈妈冷冷地说，她对我感到很失望，还说遇到一点困难就盲目吃药是不对的。我不想吵架，答应她会停药。如果我和妈妈争论，她一定会说，虽然她经历了我无法与之相比的痛苦，但她没有依赖精神科。

　　"我什么时候总想活得太简单了？"

　　"因为你放弃了自己本可以承受的一切。结婚也是……"

　　"别说了，妈妈。都结束了。您还是觉得我轻易就放弃了婚姻，是吗？"

　　"是。"

　　妈妈似乎觉得这样说还不够，接着说：

　　"我和你爸爸即使经历了你姐姐的事，也没有放弃我们的家庭。但是你……"

　　"你还不如放弃呢。与其生活在那个阴影下，还不如放弃。需要医院的人是妈妈，哪怕是吃药撑着也好，需要这么做的人是妈妈！"

　　回过神来我才发现，我在妈妈的脸前晃着药包。妈妈用手背擦干眼泪，避开了我的视线。

　　"对不起，妈妈。"

　　妈妈没有做任何回答，低着头流着泪。

　　"我疯了。对不起。"

　　我哭着走向妈妈。妈妈用手推开我。

　　"我们暂时不要见面了。"

　　妈妈说完就走开了。带着包出来的时候，我的心脏又开始快速跳动。为了不制造这样的矛盾，妈妈和我都为对方放弃了很多东西。可是为什么我们又发生矛盾了呢？我再次陷入为了自我防御，最终却攻击妈妈的循环里。妈妈不想伤害我，却始终固执己见，求全责备，我没有力量忍受这样的妈妈。

午夜过了才到熙岭车站，我坐出租车回了家。从公寓入口往下走的时候，不知从哪里传来了狗哼哼唧唧的声音。我朝声音传来的方向转过头去，看见一只小狗在公寓的花坛里看着我。我走过去朝它伸出手，它却往杜鹃花后面退了几步。我装出要离开的样子，小狗这才朝我这边走了出来。是一条眼角发黑的黄狗。我用两手抱抱它，发现它骨瘦如柴，身上散发出的味道证明它很久没洗过澡了。可能是因为不太有力气，它并没有尝试挣脱。我抱着它回了家。

我把小狗放在客厅，在碗里盛了一些水，它急急地喝起来。来到明亮的地方一看，原来是一只刚刚褪去稚气的小奶狗。我拿出冰箱里的鸡胸肉，烤好后给它吃，它顾不上好好咀嚼，狼吞虎咽几口就吃下去了。"你饿坏了呀。"没有其他好吃的了，递过去一片面包也被它几口吃完。我又煎了两个鸡蛋，它吃得干干净净，碗底都舔了好几遍。"现在没有可以吃的东西了。"我看着狗狗说，"今天太累了，我俩都先休息吧。以后的事早上起来再想吧。"

洗完澡出来，小狗已经趴在水槽的脚垫上睡着了。它到底经历了什么？小狗睡得很死，我到旁边看它都不醒。可能它在外面游荡了很久，脚掌黑黑的，鼻子也干干的。"晚安。"我对小狗说，然后上床睡觉了。

"你是谁呀？"

祖母看到小狗，喜欢得跟什么似的。刚开始小狗还对祖母很警惕，后来发现对方很喜欢自己，便用两只脚站起来扑在祖母身上。我把事情经过告诉了祖母，我说，正在帮小狗寻找主人，如果找不到合适的人，我也可以养着它。

"它叫什么名字？"

"叫燕麦。我带它去医院做检查时，人家问我它叫什么名字，我就随口说了这个。"

"原来你叫燕麦。燕麦呀，燕麦呀。"

祖母做出用四脚走路的样子，向燕麦走去。

"如果你要去什么地方或者需要人帮忙，就交给我吧。我帮你看着。"

说完祖母把带过来的我的衣服放到了餐桌上。她把掉了纽扣或下摆破了的衣服都为我缝补好了。上次祖母看到我家里随处散落的衣服，就把需要修补的带回了家。再带回来的时候这些衣服都焕然一新，完全看不出缝补过的痕迹。

"谢谢您。"

听到我这么说，祖母连连摆手。

"这都不算活儿，相反还很有趣。还有没有了？"

祖母的声音里分明透着自豪。小时候在祖母家的时候，她经常做针线活。她的手特别巧。

"我还记得十岁去熙岭时，您用缝纫机给我做过连衣裙。还用画纸给我做了个皇冠。"

听到我的话，祖母微笑着点了点头。

"针线活是因为眼睛……才不做的吗？"

我小心地问她。

"眼睛也看不清楚，最重要的是手……"

"手怎么了？"

"有点痛。偶尔拿拿针是可以的，但如果拿久了……"

她好像不太愿意说这些。

"您是什么时候开始学针线活的？"

我换了个话题。

"在大邱的时候。"

她回想着当时的情景，脸上露出了微笑。

一天，祖母正用扫帚扫地，明淑奶奶招手示意祖母。

——你拿着这个。

明淑奶奶递过来一根小针。

——把线穿上。

祖母在白色棉线的末端蘸点口水，把线穿进针孔。明淑奶奶又让她把线放在食指上，把针放上去。祖母又照做了。

——然后把线在针上绕三圈，对。现在用大拇指使劲捏住，把针抽出来。

于是，线的末端出现一个小圆疙瘩。

——你的手很巧。

明淑奶奶看着小圆疙瘩说。

——好，现在把针从布后面拉出来。进去的针脚和出来的针脚间距要一致。

明淑奶奶做了一遍示范，祖母便慢慢开始练习缝平针。手里拿着针，昏昏沉沉的心情竟然神奇般的平静下来。明淑奶奶接着又教了祖母回针缝、锁边缝和暗缝的方法。祖母——按照她教的做了。

——很不错。

虽然明淑奶奶的语气漫不经心的，像在自言自语一样，可听到这句称赞，祖母的心怦怦跳了起来。在明淑奶奶看来，祖母缝的那些针线一定非常糟糕，她的意思应该是，第一次做成这样还不算太坏。即便如此，听到这句话，祖母也突然觉得自己也许真的有什么特别的才能，毕竟这是她第一次受到这样的称赞。从那以后，她就天天待在明淑奶奶身边，这样慢慢学会了做针线活。

明淑奶奶既不是那种感情丰富的人，也不是那种善于表达自己感情的人。她工作的时候因为要集中精力，所以总是皱着眉头，而且一直沉浸在自己的世界里，人们跟她说话她也听不到。不仅仅是工作的时候这样，就算曾祖母讲笑话，大家都笑了，她也一个人摆出严肃的表情，完全不会调节气氛。

在人前说好听的话，但在背后说不一样的话，或是脸上带着没有任何恶意的笑容，实际上却心怀鬼胎，这样的人比比皆是。也许这才是人类具有的普遍性格。从这个意义上说，明淑奶奶与其说是人，不如说像猫。安静地走路，不发出任何声音，对待人的方式也是如此。在猫当中，也绝对不是坐在人类的膝盖上，去纠缠人类的猫，而是总背对着人类坐着，在人类不看自己的时候远远地望向他们，一旦发现对方看自己，就装出不理睬的样子的猫。明淑奶奶就像这样的猫。会熟练地踩着踏板进行缝纫的猫？想到这里，祖母笑了。

祖母喜欢在明淑奶奶身边一边做针线活儿，一边聊各种事情，有一些话是她对曾祖母和喜子都没说过的。不管祖母说什么，明淑奶奶都不去评判她的想法，也不做任何干涉。大多数时间她都不接话，但她从没有打断过祖母的话。

——来避难的时候我看到过很多疯女人。

明淑奶奶一边取下缠在缝纫机压脚上的线一边说。

——奇怪的是，看到那些疯女人，我很想接近她们。感觉很亲近。

明淑奶奶停下手中的动作，望着祖母岔开了话题：

——不知道你会不会一辈子攥着针过日子。不过根据我的观察，我觉得这取决于你的决心。

然后她从椅子上站起来，向祖母招招手。

——坐下吧。

看祖母有些迟疑，明淑奶奶又说：

——怎么不坐？

祖母小心翼翼地坐到椅子上。那天，明淑奶奶第一次教给她用缝纫机缝线的方法、踩踏板的方法、压脚上缠线时取线的方法，最重要的是注意不要伤到手的方法。

——走神的话针会扎进手里哟。

明淑奶奶皱着眉头说。

——您有过这样的经历吗？

明淑奶奶的脸上露出淡淡的微笑。

——我一直觉得，偶尔打瞌睡时这样过。

——妈呀！

祖母缩起肩膀。明淑奶奶随即恢复了原来的表情，接着说道：

——好了，现在站起来吧。我得干活儿了。

此后，明淑奶奶每天都会抽出一点时间教祖母使用缝纫机。祖母喜欢线轴旋转的感觉，还有脚踏着踏板在布料上走针脚的感觉。

晚上祖母睡着以后经常梦到曾祖父。梦里，战争结束了，她正在迎接曾祖父回家。一直都是开城的那个家。奇怪的是，阿春的耳朵还没有舒展开，还是小时候的样子。"阿春过了战争时期又变回小狗了啊。"她一边感叹着一边和阿春一起迎接曾祖父。虽知道他是曾祖父，但他的脸总是看不清。每当做完这样的梦醒来，她的心里就会直打寒战，同时陷入曾祖父再也无法回来的预感之中。她不知道决定加入国军的曾祖父是怎么想的，只希望曾祖父不要死。

吃饭的时候，做针线活儿的时候，看着曾祖母和新雨大婶出去干活儿的时候，和喜子说着话的时候，祖母都有一种奇怪的负罪感。说着话笑起来的时候更是如此。她总是尽量不让自己笑，就像有法律规定笑声不能传出墙去一样。

入冬的一天，新雨大婶带回来一瓶清酒。一位老奶奶在买苹果的时候想用酒付钱，新雨大婶不知怎的有些动心，就收下了酒。新雨大婶、曾祖母、祖母、喜子，还有明淑奶奶把萝卜块泡菜放在小饭桌上，围坐在正房里一起喝起酒来。为了好玩，曾祖母让祖母也尝了一口，又苦又呛。喜子也喝了一口，喝完便皱起眉头。新雨大婶喝了一杯酒，拍着手笑得喘不过气来。她的脸和脖子都变红了。

——你确实像你爸爸啊。我的爸爸和哥哥都不能喝酒，喝完也是这样。

明淑奶奶对着新雨大婶咂了咂嘴。她把萝卜块当成下酒菜，喝得很快。

——姑妈你是在修女会学会的喝酒吗？

新雨大婶指着明淑奶奶笑了。

——欸，疯丫头。喝了酒你就使劲笑吧。

祖母还记得当时明淑奶奶是带着怎样的表情看新雨大婶的。从明淑奶奶的脸上，祖母看到了明淑奶奶平时很少表露感情的脸上透出的悲悯之心、想要靠近却不知道该怎么做的焦虑之心，以及深藏在这颗心中的深深的爱。

新雨大婶笑了半天，把胳膊搭在曾祖母的肩膀上靠了过去。

——我们三川，我们三川。

然后她枕着曾祖母的膝盖躺下去，闭上了眼睛。曾祖母把手放在新雨大婶的额头上。

——真不知道你这么不能喝酒……

曾祖母说着，感到很有趣似的笑了一下。

不知道是因为酒的关系，还是因为新雨大婶笑了，那天大家聊的话题很轻松，都笑得很开心。曾祖母的脸上也重新浮现出往日天真的表情，躺在她腿上的新雨大婶也像孩子一样大声说笑着。这一刻，家里沉重的氛围难得地变轻松了一次。

但是那天祖母感到了不安。一种在放松警惕的时候、缺乏紧张的时候、以为不会有什么事的时候、摆脱悲观想法的时候、享受某个瞬间的时候，就会担心不好的事情再次降临的不安。祖母总觉得，因为即将发生的事情而战战兢兢的时候，即使暂时风平浪静，可只要稍微放松一些，就会挨一记闷棍，这就是生活。不幸似乎很喜欢那种环境——当你好不容易松了一口气的时候，心想着现在应该可以活下去的时候。

这种想法也受到过曾祖母的影响。只要祖母说一句"真好""真幸福""真满足"这类话，就会被曾祖母说晦气。她说孩子越漂亮就越是要说丑、越是幸福就越要少说自己幸福的话，这样恶鬼才不会嫉妒。祖母说，现在回想起来，人生中最后悔的事情就是那些。不能尽情地一起笑、一起开心、一起分享温暖，而是深陷不安之中。因为世上有些事情是想逃避也无法逃避的。无论多么不安，无论多么回避美好的瞬间，有些事情也是无法逃避的。

就像在嘲笑祖母的不安似的，那晚过去以后什么事情都没发生。只有住在同一个胡同里的一名儒生第二天头戴着纱帽找上门来，大声呵斥说大晚上的女人们轻浮的笑声都飘出了围墙。明淑奶奶瞥了他一眼，低头踩着缝纫机。曾祖母用夸张的动作道歉后，儒生离开了。喜子用手捂着脸笑了。

时间流逝，一九五三年七月宣布停战了。

祖母和曾祖母拉着手哭了，但没有提起曾祖父。她们害怕自己乱说话会真的失去他。在曾祖父打开大门走进来之前，一切都是未知的。祖母曾梦到过很多次曾祖父回来……他的脸看不分明，不知为什么看起来不是很高兴……做了太多次这样的梦，祖母现在已经想不起来他的脸到底长什么样了。

曾祖父没有死，也没被俘虏，也没受伤，他回来了。那是在宣布休战不久之后。曾祖父站在院子里，曾祖母不敢走近，只是慢慢地打量着他。曾祖父也犹豫了一下，用一只胳膊抱住了曾祖母。祖母、喜子、新雨大婶围在他们身旁，擦着眼泪。明淑奶奶也停下了手里的缝纫机，静静地看着他们。

与祖母梦到的不同，回到家里的曾祖父有着具体的面孔。剪得很短的头发下面是晒得黝黑的脸，上面是熟悉的五官。他的脸上带着以前从未见过的满意的微笑。曾祖父看着祖母，仿佛看到了什么令人惊讶的东西。祖母被曾祖父抱在怀里，心想她永远也不会忘记那一刻。

曾祖父回到家后睡了一整天。醒来后他吃了两碗大麦饭，然后才对都看着他的大家开口说：

——我在军队里遇到了一个老乡。老乡说他在首尔见到过我的二哥，还有阿爸、阿妈，他们已经离开首尔，去避难了，不是死在首尔了。

祖母以前从未见过曾祖父那样兴奋地说话。

——他问阿爸要去哪里，回答说是去一个叫熙岭的地方。他们知道很多黄海道人去了那里。

——所以呢？

曾祖母小心翼翼地问。

——我们也应该去那里啊。

——去哪里……

——去阿爸在的地方。英玉你现在也得离爷爷奶奶近一些才行啊。

——要离开大邱吗？

祖母这样问完，自己也觉得这个问题是多余的。大邱是避难地，不是可以一直停留的地方。虽然知道总有一天要离开，但是她已经适应了和新雨大婶、喜子、明淑奶奶一起生活，现在要离开这里了，她的内心受到很大的冲击。

——我们暂时是不能回到开城了。不过在熙岭见到爷爷奶奶以后，说不定以后还会再回去。

在祖母看来，曾祖父乐观得有些不可思议。他就像在云端行走，嘴里说着过度乐观的话，描绘着如何在熙岭开始新生活。他吃得很多，笑得也过分频繁，喜欢抓着路过的人说话。不止祖母一个人看出，曾祖父的这些行为并不仅仅是出于战争结束后他活着回来的喜悦。曾祖父表面上看起来没有任何问题，但也许在他的某一处已经出现了裂痕，他就这么带着裂痕回来了。直到去世时为止，曾祖父一直在云端行走，然后像陷入泥淖一样挣扎，之后又在云端行走。

祖母不相信曾祖父说的父母在熙岭的话。

我怎么就不相信阿爸的话呢？

祖母坐在檐廊上想。也许是因为不想离开大邱，不想离开有着高高围墙的房子，不想离开新雨大婶和喜子，不想离开明淑奶奶。也许问题不在于父亲，而在自己身上。在准备离开大邱的那一个月里，祖母经常对新雨大婶、喜子和明淑奶奶无端发火。她不想那样，却控制不住自己。

那天祖母又一整天都在使性子。新雨大婶走过来，对祖母说：

——不要这样。

祖母说不出话来，望着新雨大婶。

——还记得我去新雨的时候吗？我们不是分开过一次吗？

——……

——我知道你和姑妈的感情很特别。

没有想到新雨大婶会这样说，祖母咬了一下嘴唇。

——我也知道你有多疼喜子。

——大婶，我……

——哭出来吧。

祖母用手背勉强擦干眼泪，新雨大婶看着她继续说道：

——我不是故意说好听的，英玉啊。我们还会再见面的，我知道
的。所以这样一想就不觉得难受了，因为我们最终还会再次相见。

祖母不信新雨大婶说的，但还是点了点头。

明淑奶奶没有说过什么。直到离开大邱的前一天，明淑奶奶还在
教她用缝纫机。和往常一样，祖母想到什么就说个不停，明淑奶奶则
一边踩着缝纫机，一边默默地听着祖母说话。一切都和平常一样。

那是九月的一个清晨。都没来得及吃早饭，祖母一家便提着行李
来到院子里。新雨大婶和喜子也跟了出来。

——吃了这个再走吧。

他们站在院子里，吃下了新雨大婶递过来的饭团。

——慢慢吃。来，喝点水。三川，你把那个行李给我，我来提。

新雨大婶说。

这时，明淑奶奶从里屋走出来，站在檐廊上。然后她打开正房的门，坐到缝纫机前，双手放在膝盖上，看着祖母一家吃饭团。

——姑妈，您过来一下吧。英玉他们说要走了。

明淑奶奶像没听见新雨大婶的话一样，坐着不动，然后轻轻张开嘴说了些什么。声音太小，新雨大婶只好让她再大声一点。明淑奶奶沉默了好一会儿才重新开口：

——你们走好。

说完就把头转向了墙那一边。

曾祖母和曾祖父向明淑奶奶久久地行了礼。说感谢明淑奶奶收留了自己一家，自己到死也不会忘记这份恩情。将来无论用什么办法，都会报答她。明淑奶奶挺直身子坐在那里的姿势有些动摇，她低着头说：

——走吧。

——奶奶！

祖母叫着明淑奶奶。本想走近一些告别，但想到明淑奶奶也许不愿意，她于是止步不前。她怀着悲伤和畏怯的心情，又叫了几声明淑奶奶。明淑奶奶好像没听到她的声音似的，沉默了好一会儿，皱着眉头朝院子的方向看了看，做了个让他们离开的手势。明知那不是明淑奶奶的本意，可祖母还是无可奈何地感到一阵心痛。那一瞬间她几乎就要撑不住了。

——阿妈，走吧。

祖母说。

——向奶奶告别吧。奶奶那么照顾你，你不打声招呼就走吗？

祖母转过身向明淑奶奶鞠了一躬。

——您多保重。

祖母小声地说了一句，随即走出大门。

出了家门走下斜坡，祖母只觉得心仿佛在燃烧。是因为与明淑奶奶的分别，还是因为明淑奶奶对自己的冷漠，祖母自己也不知道。

就这样，祖母流着泪来到了车站。新雨大婶从口袋里掏出手帕帮祖母擦了擦眼泪，然后在祖母耳边小声地说：

——想来想去，我觉得我们还是会再次相见的。大婶在你裙子的里兜放了一点路费，你留着自己花吧。

然后把手帕塞进祖母手里。

——姐姐，一定要写信啊。

——好。

——好好吃饭。

喜子摘下眼镜，用手擦着眼角。

——喜子你也是。

——以后再见了。

——嗯，以后再见。

——再见，姐姐。

——好，好，以后再见。

等车的时候，曾祖母和新雨大婶紧紧拥抱在一起。新雨大婶劝说着强忍泪水的曾祖母，努力挤出笑容。

——你去开城避难时……

——我知道。

新雨大婶打断了曾祖母的话。

——我知道，都知道，三川啊。

新雨大婶知道曾祖母内心的想法。她知道，自己母女去开城找他们寻求庇护的时候，对方却把她们送上了避难路，曾祖母一直对此心怀歉意。

因为车窗上的渍痕，看不清正在挥手的新雨大婶和喜子的身影。也许无法看清彼此的表情反而更好。对祖母来说，新雨大婶一直是离开的人，而自己和曾祖母是送行的人。祖母又想起在开城站送新雨大婶一家回新雨时的情景。没有想到，随着时间的流逝，自己成了离开的人，而新雨大婶成了送行的人。车子开动了，祖母紧靠在车窗上，看着越来越小的新雨大婶和喜子的轮廓。

11

　　燕麦是个小淘气，也是我的跟屁虫。不管我走到哪里，它都摇着尾巴跟在后面。它还喜欢用嘴叼着那个小小的兔子玩偶，玩得不亦乐乎。每天我下班回家按号码键的时候，它就兴奋地用前爪挠着门。这条小狗的存在迅速改变了我的日常，我不再害怕待在家里。早晨起床和下班时都有迎接我的存在，这让我感到既陌生又高兴。

　　连续两天燕麦都拉肚子、呕吐，刚开始我没太在意，因为把它带回来的第二天，我带它去医院做过基本检查，当时没有任何问题。但过了几天，它的状态仍不见好转，于是我又带它去了医院。是麻疹。医生说，最好让燕麦住院，给它输液，再输上具有麻疹抗体的狗的血，进行治疗。

　　燕麦住进了动物医院的一个很小的房间，和普通住院室不在一起。燕麦的病房前铺着喷洒过杀菌剂的垫子，进出病房时要在垫子上擦一下鞋底。手和门环也需要消毒。燕麦无法理解自己身上发生的事情。可能是嫌输液管太碍事，它用牙齿咬断了输液管，最后医生不得不在它头上戴上伊丽莎白圈。把燕麦留在医院回家的时候，我几乎迈不开脚步。如果可以和燕麦沟通，我会告诉它必须待在医院里的原因，但我做不到。我担心它被关在一个没有窗户的小房间里，以为自己被抛弃了。想到这里我的心里非常难过。

第二天一下班我就去了动物医院。擦鞋底的时候，燕麦听到我的动静后在里面"汪汪"地叫起来。它脖子上戴着伊丽莎白圈，一只前脚还插着针头，但仍然抬起两脚迎接我。

"小家伙力气很大呢。"

医生似乎想告诉我还有希望。

"今天输了血，明天早上检查白细胞计数后我再联系您。"

我久久地抚摩着燕麦。为了不流露出悲伤的表情，我故作轻松地说："再坚持一下吧，听说这个病好了以后还能健健康康地活很久呢。燕麦啊，你见过大海吗？改天我们一起去吧。虽然现在有些孤单，你再稍微忍耐一下。今后我们要一直生活在一起。"到这一刻，我已经不再想把燕麦送给别人了。

我接到电话说燕麦的细小病毒复查呈阳性。因为白细胞数值再次恶化，所以进行了检查，结果出现了这样的情况。医生说燕麦从早上开始已经不吃东西了。

我在网上搜索"犬细小病毒"。

"买了一只两个月大的狗狗，查出有细小病毒。可以退款吗？"

"是的，顾客。退款或换货都可以。"

诸如此类的内容数不胜数。我望眼欲穿地寻找着，希望在这类留言中看到感染了犬细小病毒后又被救活的狗狗的事例。

燕麦一天一天地变了样子。几天的时间里它瘦了很多，也不像以前那样大幅地活动了。我问治愈的概率是多少，医生回答说，还不能确定，但最好不要抱太大希望。

第二天，燕麦四脚站立都很勉强，头也抬不起来了。我不想再把它关在连窗户都没有的房间里，于是对医生说要把燕麦带回家。医生说："再观察一天吧，如果实在不行，就明天早上把它带回去。"那天我一直陪着燕麦，直到医院关门。我努力不让自己哭，但是看着连头都抬不起来的燕麦，却根本做不到。燕麦把下巴靠在我的鞋子上。

"今天是你在这里度过的最后一天。明天早上我就来接你回家。今天在这里再输一次液吧。"

最开始把它送进医院的时候我以为一定能治好。直到这一刻，我都没有放弃希望，我以为这对燕麦是最好的选择。关上病房的门转过身，我看到燕麦一动不动地趴在地上。

"智妍。"

祖母在公寓前的亭子里叫我。祖母穿着亚麻材质的藏青色无袖连衣裙和粉红色拖鞋，手里扇着扇子。

"燕麦怎么样了？"

我走进亭子，坐在祖母身边。

"不好，今天连头都抬不起来了。已经很久没吃东西了。"

我强忍着眼泪，艰难地说。祖母拍了拍我的背。

"我应该把它带回来的，但想着说不定还能治好，就把它留在医院了。不该把它留下的。可现在医院也关门了……"

"明天早上我陪你去接它。"

祖母说。我点了点头。

"它也不懂为什么自己待在那里，不知道会不会难过……"

"燕麦会好好睡一觉的。它现在很虚，好好睡上一觉，明早看到我们去接它的话，肯定会很高兴的。我得煮点明太鱼汤，明天至少让它喝点汤。"

祖母从黑色的塑料袋里拿出一串葡萄。

"去帮工的时候人家给的。洗过的，吃吧。把皮和籽扔袋子里就行。"

我吃了一颗葡萄。葡萄很甜，舌根微微有些发麻。

祖母默默地朝我这边扇着扇子。

"如果有什么是我能为你做的，你只管说。"

"没有。"

"你再想想。"

向他人求助对我来说是最难的事。尽我所能帮助别人很容易，勉为其难帮助别人也是可以的，但是请求别人帮助我这件事对我来说几乎是不可能的。因为不管自己多辛苦，我都不愿跟别人发牢骚，也不想给别人添麻烦。但那天不一样。我拜托祖母：

"您给我讲讲吧，到了熙岭以后，您是怎么生活的。"

祖母静静地看着我，然后用扇子拍打了几下亭子的地面。

来到熙岭以后，祖母第一次见到了大海。上小学时，老师曾给大家讲过大海，但那些解释太过苍白，在大邱时从黑白照片上看到的大海也没有走进她的心里。直到亲眼看到大海，她才明白，原来大海存在于一个非亲眼所见则不可想象的领域。大海是祖母在那之前所看到的一切事物中最为庞大的。起初，祖母为海的广阔而震撼，但时间久了，就对大海细微的部分产生了感情。下雨第二天的大海的味道，涌上白沙滩的海水的声音，白色的泡沫，薄薄的贝壳内侧那光滑的手感，被冲上沙滩的成堆海草，走在沙滩上的感觉，日落时海平线上方不停变换的颜色……祖母常常想，如果能和新雨大婶、喜子，还有明淑奶奶一起看到这些景象，就别无所求了。她经常失神地看着太阳落向海面，直到天黑以后才回家，为此还被曾祖母狠狠训过好几次。

曾祖父四处寻找父母，但没有找到任何目击者。熙岭不是个大城市，去了三个月左右，曾祖母和祖母已经明白，曾祖父的父母根本不在熙岭，不肯接受这一事实的只有曾祖父自己。祖母找不到他们在熙岭生活的理由，每天去看海的时候，她都觉得内心的空洞越来越大，到最后自己似乎都要被它吞没了。

祖母几乎每天都写信，曾祖母也每周都给新雨大婶写信，祖母每周一都会去邮局寄信。每次邮递员送来大邱的来信，她们都无比高兴。祖母拿到信总是先闻一下它的气味，然后才一遍又一遍地读喜子的话。

时光流逝，祖母二十岁的时候，收到了喜子考上大邱最有名的女子高中的来信。喜子在初中的时候就一直是第一名。祖母比较着只会拿针做针线活的自己和穿着有海军领校服的喜子的样子，心里酸酸的。

也许，喜子会飞到一个自己所不知道的、遥远而巨大的世界。最后喜子会忘记我吧。信来得越来越少，祖母觉得自己好像一点一点地丢掉了喜子。我总有一天会成为对喜子而言毫无意义的人。也许我对开城和大邱思念太久了，但是我的生活既不在开城，也不在大邱。我的人生在熙岭，我得在熙岭生活。祖母以这样的方式努力将自己从喜子、新雨大婶和明淑奶奶身上分离出来。就像喜子的人生进入了下一个阶段一样，祖母想让喜子知道自己的人生也并非停滞不前。那年冬天，祖母和同乡的一个男人结婚了。

他的名字叫吉南善。第三次汉城战役[1]时，他只身来到熙岭，坐着渔船打过鱼，也在市场干过活，就这样度过了战争时期。他说家里其他人也打算跟着他来熙岭，但后来断了联系。和祖母结婚的时候他二十七岁。

当时他在熙岭最大的水产市场工作。曾祖父在运送货物的过程中认识了他，后来发现两人在很多方面都际遇相似：都从开城出来、都没找到家人，等等。所以曾祖父很喜欢他。虽然两人年龄相差不少，但一直互称"大哥""老弟"，经常在家里一起喝酒。

他们在耳房里一边抽烟，一边谈天说地，尤其喜欢谈论政治。曾祖父和南善进行这类对话的时候，曾祖母和祖母就要准备下酒菜、出去买米酒。那个时候，南善只是父亲为数不多的几个酒友之一。他没有说过任何让祖母听起来不舒服的话，而且对曾祖母也很客气，但曾

1　即原文所称的"1·4后退"，指朝鲜战争时期的1951年1月4日，韩国政府从首尔撤离的事件。

祖母似乎不太喜欢他。

一天，祖母回家经过市场时，有人叫了一声"英玉啊"。祖母回过头来，是南善。他穿着藏青色的工作服，正在市场入口那里抽烟。

——今天我要去见你爸爸。一块儿走吧。

他熄了烟头，向祖母走过来。一起走回家的路上，他落后几步跟在后面，一直找着话说。比如曾祖父是多么了不起、在市场工作时有过什么困难事、出来避难时自己的心情如何，等等。祖母一只耳朵进，一只耳朵出，那天她已经很累了，实在没有余力听他说话。快到家的时候，他朝祖母走近了一些。

——英玉啊，那个……

那一瞬间祖母感到一阵强烈的疲惫感。

——你有婚约了吗……你父母有没有给你找过婆家？

——问这个干什么？你去问我阿爸吧。

他没再吱声。祖母不知道他是想向别人介绍自己，还是对自己有意思。

那次的对话过去半年后，南善向曾祖父表达了想和祖母结婚的意愿。那一次曾祖父喝米酒喝得醉醺醺的，听到南善提出想要娶自己的女儿，欣然应允。

在祖母很小的时候曾祖父就经常像开玩笑似的说："英玉，只要有想和你结婚的男人，我都无条件欢迎。不管是谁，我都不反对。"

祖母的内心深处一直记得曾祖父的话。只要对方要我，不管是什么样的男人，我都得接受。对祖母来说，曾祖父的话不仅仅是一句玩笑。南善借着酒劲想和祖母结婚，曾祖父再三道谢，让南善把女儿带走。

——南善这样的条件绰绰有余嘛。

第二天吃早饭时，曾祖父对祖母这样说。

——你已经二十岁了。如果不想成为老处女给别人做填房，就感恩地接受吧。

他称赞南善，说他不像现在的年轻人，诚实、尊敬长辈。而且都是同一地区出身，可以互相依靠。祖母什么都没说，只默默吃着饭。曾祖母的表情很不好。

祖母和曾祖母一起收拾完桌子回到厨房时，曾祖母开口说：

——不要在意阿爸的话。

——那要怎么办？

曾祖母疲惫地看着祖母。

——我本来不想说这种话的……

曾祖母叹了一口气，接着说：

——南善和你爸爸是差不多的人。如果我不是你英玉的母亲，我可能也会觉得南善待人客气，是个不错的男人。可是……他不是，不是能待你好的人。

——阿妈怎么知道的？

——你看看一起吃饭的时候。鱼也好，肉也好，他总是最先去夹最大的那一块。如果珍惜你，他会这么做吗？他能说会道，这个我也知道，但我从未见过他认真听你说话的样子。

——男人不都这样吗？

——英玉啊，其他的我就不知道了，我只希望你不要骗自己。

——我骗什么了?

——你想想新雨大叔。

曾祖母的这句话击中了祖母的心。新雨大叔长长的脖子,微笑着的样子,看着新雨大婶时那温暖的眼神和语气,喊自己"英玉啊,英玉啊"时那温柔的声音。"大叔是太阳一样的人呢。""我们英玉将来一定能当诗人啊。""英玉很勇敢,吃饭认真,笑得大声,还会踢球,还很能跑,和喜子也玩得好。还会讲故事。"祖母不想再回头看到当时的自己。

——这都什么时候的事了?我不记得了。

——不要说谎。

——阿妈,我们不要纠缠过去的事了。开城的事情我已经都忘了。

因为曾祖父喜欢南善,所以祖母接受了他。

曾祖父一辈子都对祖母不满意。虽然知道因为自己不是儿子,所以不管用什么方法都不能满足曾祖父的期待,但祖母还是想讨好曾祖父。为了得到哪怕是微不足道的一点认可,她平生都在看曾祖父的眼色。她觉得,如果让南善做自己的丈夫,就可以通过南善间接地得到曾祖父的认可。

很久以后,祖母终于承认自己确实在骗自己。曾祖母看到的南善的那些缺点,祖母也不是不知道。她一点都不喜欢南善,只是不想成为老处女,只是为了告诉别人自己在正常地生活,所以她欺骗了自己。她认为南善完全有资格成为自己的丈夫,因此便无视了心中的警告。祖母用曾祖父的声音想了想:"我有什么了不起的?"

祖母下定决心以后,婚事便水到渠成了。曾祖母也没有再阻拦她。祖母趴在桌上开始写信："喜子啊、新雨大婶、明淑奶奶，我要结婚了……"

很快，喜子寄来了回信。"姐姐，对不起。阿妈要干的活儿太多，实在抽不出时间。明淑奶奶坐车的话晕车很严重。我说我一个人也可以去，但大人们不允许。恭喜姐姐了……"

几天后，大邱那边寄来了包裹。打开一看，里面有一件明淑奶奶做的深蓝色的冬季连衣裙和两副银匙筷，还有一封信。"英玉啊，恭喜你要结婚了。我给你寄去了银匙筷和衣服。好好生活，好好生活英玉啊……"

祖母的幼年就此结束了。

因为南善没有家人，所以婚礼办得很简单。祖母穿着明淑奶奶做的深蓝色连衣裙举行了婚礼。说是仪式，其实就是二十几号人聚在中餐馆一起吃了顿饭而已。吃完饭，祖母穿着从照相馆租来的简式婚纱，手里拿着花束和南善一起拍了照片。那是十一月初旬，天气还不是特别凉。

新婚夫妇租了一间带小院子的房子，祖母在新房子里做起了修补衣服的活儿。

南善的口碑不错。无论是在市场还是在村里，没有人不说他心地善良、待人有礼。"新娘子真幸福啊，能嫁给这样的老公。"不知有多少人这样对她说过。"是啊，我们家那位人真的很好。"祖母说完苦笑了一下。他是这样的人——在酒桌上总是带头付钱。同时，他还是这样的人——所有的开销用的都是妻子的钱，后来干脆定好数目，让她提前准备好。他没有给过祖母任何东西，在感情方面也没有让祖母感到满足过，哪怕是一个瞬间。祖母在她和曾祖父的关系中已经非常了解那种渴求的感觉。曾祖母说得没错，他在很多方面都像极了曾祖父。

祖母的记忆中，自己从没收到过曾祖父送的任何一件小礼物。出来避难的时候，他也是睡在最好的地方，什么东西都不会让给女儿。祖母穿着薄薄的外套冻得瑟瑟发抖，他都没想过脱下自己的外套给祖母。由于对曾祖父的这些行为太过熟悉，祖母甚至都感受不到生气。祖母和南善的关系也因为这种熟悉才能维系。祖母无法把一个体贴的男人、在夫妻关系中不计得失的男人想象成自己的伴侣。比起期待和失望，祖母选择了放弃，因为这样做要容易得多。完全放弃了对丈夫的期待，彻底死心，于是这样的生活也变得可以忍受。

喜子有时会来信，祖母却几乎没有回过信。给喜子写信时，祖母会觉得哪里出了很大的问题。越是对自己诚实，就越难以承受那种心情。之前隐约感受到的那些情感和想法在写信的时候变得越发清晰，而这只会威胁到祖母的日常生活。

明淑奶奶寄来的信，祖母也没有回信。信里流露出的明淑奶奶的爱让祖母感到吃力。因为读着明淑奶奶的信，就会知道，原来自己也是想要得到别人的爱的人；就要承认，原来自己也是非常热切地、急切地需要被爱的人。南善的话再刻薄也能忍受，但是读到明淑奶奶的信，祖母的心里总是很难受。是爱让祖母流泪了，是爱触动了连侮辱和伤害都无法撼动的祖母的心。

第二年春天，祖母发现自己怀孕了。

那个时候，南善经常带着一群朋友回家，所有人一边吞云吐雾，一边对总统、国会议员、政党和时事展开激烈的讨论。他口口声声地说自己梦想着能让世人少受些痛苦，过得更好，却丝毫不关心祖母的脚肿得有多厉害，每当肚子鼓包的时候，祖母有多害怕。他张口闭口都是工人的权利，却每每面不改色地拿走祖母赚来的钱。每当看到这样的他，祖母的内心深处都在笑。是充满愤怒的笑。

见到二十岁以后的祖母的人都说，她是个凉薄的人。因为发生不好的事情时，比起生气、伤心、惋惜，她更喜欢嘲笑或冷言冷语。没有几个人知道，在那冷笑的面具背后，是她不想受伤、不想再哭的心。

直到怀孕中期，祖母才给喜子、新雨大婶和明淑奶奶写了信。她说自己怀孕了，秋天的时候就要生孩子了。没过多久，新的包裹又送到了祖母的手里。里面装着用漂亮的棉布精心缝制的婴儿偏襟衫和包被、婴儿袜子和帽子，还有手帕什么的。"英玉啊，你有喜了，恭喜你。我做了几样东西寄给你。要健健康康的，英玉啊……"

祖母于一九五九年九月生下了我的妈妈，在经历了十五个小时的阵痛之后。

不久之后，阳光明媚的一天。祖母正用胡枝子扫帚扫院子。

——朴英玉女士。

邮差把一个包裹交给祖母。打开包裹，熟悉的那本书映入眼帘。是红色精装版的《鲁滨孙漂流记》。祖母把胡枝子扫帚放在院子的一边，来到檐廊上拆开了包裹里的信。

写给英玉姐姐

英玉姐姐，好久不曾联系了。身体还好吗？姐姐真是做了件了不起的大事啊。我收到了三川大婶的信，说你生下了一个健康的女儿。真想看看宝宝啊。

姐姐，很抱歉这么晚才告诉你。

中秋的时候我们给姑奶奶办了丧事。三川大婶知道这事。姑奶奶走的时候没受太多罪。我知道告诉你这些，你也免不了伤心。姑奶奶在去世之前嘱咐我们不要告诉姐姐。她说自己对姐姐来说已经是过去的人了，过去的人不能一直抓着姐姐的脚不放。她怕姐姐知道了会影响身体的恢复。

姑奶奶病了一个月左右，然后就走了。她还说想为姐姐的孩子做周岁时穿的衣服，后来还说很想姐姐，说这些话的时候她一直笑着。

我们都知道姐姐一定很忙。我不是在埋怨什么，但我还是想告诉你，姑奶奶一直在等你的信。姐姐可能不知道，姑奶奶真的很想念你。姐姐对姑奶奶来说是如此珍贵的人。希望姐姐能记住这一点。

我也经常想起姐姐。咱俩在大邱的胡同里形影不离地玩耍的情景仿佛就在昨天，如今姐姐已经成为孩子的妈妈了。我们什么时候能再见呢？熙岭很远，但我长大了一定会去找姐姐。如果姐姐来了大邱，去给姑奶奶上炷香吧。姑奶奶一定会很高兴。

姐姐，保重身体。

喜子

另，把姑奶奶的遗物一同寄给姐姐。

祖母翻开那本摸得锃亮的书。最前面的一页上用正正规规的字体写着一些字。

写给英玉的信

你在熙岭过得还好吗？我挺好的。奇怪的是，每次踩着缝纫机的时候，仿佛就能听到你在我身边叽叽喳喳说话的声音。你这个丫头，就是话多。你的声音那么洪亮，好像一百里以外都能听到呢。你用这个声音给我们读了好几遍这本书。不管听几遍我都觉得很有意思。

英玉啊，从第一次见到你我就知道，今后我会一直记挂这个孩子。我叫你走开，都没正眼看你，你却像小狗一样跟过来。物换星移，我现在只想静静地等死……就算你嘲笑我，我也无话可说。

我在战争中遇见了你。现在什么时候才能见到你呢？我活着的时候还能再见到你吗？英玉啊，英玉啊。我这样呼唤着你。要一直健健康康的。健健康康的，英玉啊。

奶奶

从前自己一边叫着"奶奶，奶奶"，一边在旁边随口咕哝着些什么的时候，明淑奶奶总是一直听着，脸上不时浮现出隐隐的笑容。她的脸又浮现在眼前。还有读《鲁滨孙漂流记》的时候，她总是走过来竖起耳朵细心倾听，时不时点头的样子；每次打开大门回到家里，她问"英玉回来了吗？"时候的表情。尽管明淑奶奶总是装作漫不经心，但祖母知道她看到自己回来很高兴。

喜子说，明淑奶奶一直在等祖母的信。

"我不是在埋怨什么。"喜子在信中这样说。

但对祖母来说，那句话是这样的意思——

姐姐根本没有可以被埋怨的价值。今后我不会再对姐姐有任何期待了，因为你不值得我期待。我不愿去理解你不给明淑奶奶回信的那份冷酷和无情。

眼泪一旦流出来，就没有那么容易停下。新雨大婶为什么那么说呢？说我们终究还会再见。哪怕只有一次，假如时间可以倒流，祖母真想回到离开大邱家的那个时候，紧紧地拥抱一下明淑奶奶。哪怕只是短暂的一瞬间。

后来祖母才明白，目送自己离开时明淑奶奶为什么看起来一点都不亲热。由于担心在那一瞬间被拒绝，都没有拥抱一下明淑奶奶便转身走出家门，这成了祖母永远的遗憾。"奶奶，谢谢您教我做针线活。""您嗓子不好，多喝点热水……"至少要这样说啊。

但是，祖母知道，有些事情是无法挽回的。让在大邱的家人和祖母越来越远的不只是时间和距离。从祖母离开大邱的那一瞬间开始，她和大邱的家人之间就产生了某种斥力。自己试着努力拉近彼此的距离，那种力量却让彼此越来越远。

祖母没有回信。

祖母把所有的注意力都放到了孩子身上。越是专注于孩子，对明淑奶奶、喜子、新雨大婶等人的记忆就越模糊。祖母觉得自己不是被过去束缚的人，而是活在当下的人。给孩子洗尿布，给孩子喂奶，给孩子洗澡，陪她玩耍，祖母在自己创造的小世界里感到非常满足。

孩子平安地过了周岁，又到了新的一年。

南善说自己因为工作不能回家，已经两晚没有回来了。第二天，祖母背着孩子正在扫院子，两个梳着发髻、身穿韩服的女人走进了院子。一个是和祖母同龄的年轻女子，另一个看起来和曾祖母的岁数差不多。

——你们是……

祖母问。二人并不作答，而是目不转睛地盯着祖母背上的孩子。

——这孩子就是美仙吗？

年轻女子指着孩子说。她们可能走了很久的路，脸都红了。

——您是哪位……

年纪大的女人看着祖母说：

——我是南善的母亲。

说完她把视线转向孩子。

——什么意思……

——还有，这个是南善的内人。

祖母一脸荒唐地笑了一下。

——我不知道您在说什么。我才是南善的妻子。

——风吹得怪凉的，可以进屋吗？

年轻女子说。祖母还没有搞清楚眼下的状况，但还是慢慢地点了点头，身体不由自主地颤抖起来。两人坐在炕头上，抬头看着祖母。

——南善十七岁便和她结了婚。后来打仗南善便先南下了，结果大家断了消息……当时我们去了束草。前些时候我们听说了南善的消息，就来了熙岭。南善已经决定跟着我们去束草了。

祖母默默地听着年老女人的话。按照她说的，南善已经在北边有过一个儿子，见到找来熙岭的母亲和妻子非常高兴，已经说好了要和她们一起去束草，还把熙岭家里的地址告诉了她们，让她们见到朴英玉以后把事情的原委告诉她。

　　——如果你愿意，你可以抚养你的孩子。

　　据说是南善妻子的那个年轻女子说。

　　——如果是儿子的话，可能就要另当别论了。

　　年老的女人说。

　　——所以你们想干什么？

　　祖母轻轻问道。

　　——柱成爸爸，你以后别想再见到他了。

　　听了年老女人的话，祖母轻轻地笑起来。看到祖母的反应，两个女人显出吃惊的样子。

　　——话说完了你们就走吧。

　　祖母打开门，把两个女人赶了出去。她们一定预想过祖母央求着说自己不能失去丈夫的样子，她们至少希望看到祖母在"正妻"面前像受到惊吓的兔子一样睁大眼睛的样子。看着她们走出自己的家门，祖母终于明白了，和南善结婚对于自己来说没有任何意义。祖母不愿和她们争夺丈夫的所有权，她的心变得比任何时候都要凉。即使对隐瞒自己是有妇之夫并重婚的南善的愤怒，在那一瞬间也几乎感觉不到了。

　　祖母用暖和的衣服把孩子裹好，背着孩子去了南善工作的市场。他正在搬纸箱，看到祖母后便停止了动作。祖母走近一些，他身上散发出熟悉的烟味和体味。

——你没有话对我说吗？

祖母说。

——假如我知道柱成妈来了南边，就不会有这样的事情了。我还以为他们在北边。真的，如果我知道他们也南下了，怎么还会再结婚呢？

——我爸爸也知道这件事吗？

——是啊……他说没什么问题。

——所以你和他串通好了来骗我。

——你冷静一下。

他面露难色地环顾四周。

——打仗那会儿，柱成妈一个人伺候生病的阿爸和阿妈，还要带柱成。现在我得去束草了，我阿爸在那里。

——你去不去束草都不关我的事。

听祖母这样说，他脸上露出轻蔑的神色。

——所以你想让我怎么办？

去找他的时候，祖母以为至少他看到自己会表现出惊讶或害怕，她以为他会跪下来道歉。但他只是解释说，自己的行为是有正当理由的。从他身上丝毫看不出对祖母的歉意，也看不出欺骗了祖母的负罪感。祖母说直到现在有时还会想，他是怎么可以做到那样的，但结论只有一个。那就是，他本就可以做到那样。

——两天后我就要去束草了。

——好啊，你去吧。但是你别想带走美仙。

——你好像还没搞清楚状况，即使这样你这辈子也成不了美仙的妈妈。法律规定就是这样的。你以为孩子的户籍能登记在一个没有丈夫的女人那里吗？

——不行就是不行！我不能让你这种人夺走美仙！

那是祖母第一次对人歇斯底里地大喊，也是最后一次。祖母告诉我，即使有人要夺走她的生命，她也不会那样拼了命地抵抗。他好像没听见祖母的话似的，在围裙上擦了擦手就进了店。

他始终没有向祖母道歉。

"我也没有接到道歉。"

听着祖母的故事，我不知不觉地说出了口。

"我已经知道他瞒着我有了别的女人，可他竟然把错误都推到我身上。"

"……"

"他说自己的心已经不在我这里，留不住他的心是我的错。如果我们早早地分手，他也就不会有外遇了。"

说到这里，我哽咽着说不下去了。

"'对不起！对不起！'他大声喊叫着，说已经道过歉了。祖母，我希望听到的是真诚的道歉。"

"我知道，我知道。"

"我们不能继续在一起生活了。"

"当然，你可是我的孙女。你可以头也不回地离开那里。"

"您是怎么活下来的，祖母？经历了那样的事情，您是怎么坚持下来的？"

我忍不住捂住脸，流着眼泪。

"总有一天，这些事会变成微不足道的东西。你可能不相信，但是……真的会的。"

祖母说。

第二天早上动物医院打来了电话，燕麦昨天夜里走了。医生说没想到会这么快，语气里难掩惊愕。如果昨天把它带回家，让它在自己喜欢的方格毛毯上离开，也许我就不会这么伤心了。如果燕麦从一开始就没有遇到我，如果它因为气力衰竭最后像睡觉一样死去，是不是就不用受这么多苦了？我知道这是毫无意义的假设，但这些想法始终在脑海里挥之不去。本以为自己救了燕麦，结果是我给它带来了更大的痛苦。

燕麦侧卧在一个一次性垫子上。看起来会不会就像睡着了一样？看起来会很安详吧？我努力往好处想着，然后打开了门。燕麦那生命已经消失的身体俨然显露着痛苦的痕迹。发黑的嘴角、合不拢的嘴里露出的牙齿和舌头……它的身体已经凉了。我久久地抚摩着已经离开了的燕麦的身体。早知道结果会是这样，我绝对不会让它住院，至少昨晚会把它带走。"对不起！"我大声地说，"对不起！对不起！"

我把燕麦装进纸箱，付清了这几天的医药费。我在医生面前也无法停止哭泣。

"它在被收养的时候就已经患病了。不过托您的福，它接受了治疗，虽然时间很短，但它是被爱过才走的，请您这样想吧。"

"是在哪里得的病呢？为什么会瘦成那样待在公寓的花坛里呢？"

我根本不知道自己在说什么，对医生大声地叫嚷着。医生露出尴尬的表情。这是一个毫无意义的问题，他没有义务回答。我鞠了个躬，走了出来。眼泪止不住，心里却很平静，我的大脑正在计划着以后的事情。我打算用燕麦最喜欢的方格毛毯把它包起来，埋在天文台附近。回到家里，我把装着燕麦的箱子放在客厅，坐下来久久地看着它。

看了一下手机，发现有很多祖母的未接来电。这时我才想起她说过要一起去医院。我给她打去电话，很快，她就拿着一把花铲过来了。

祖母默默地望着箱子里的燕麦。我说："燕麦在最后一刻独自待在黑暗的房间里一定非常孤独，等待的人一直不来，它一定觉得自己被抛弃了。"

"有可能是这样。但也有可能不是。都说狗不愿意让喜欢的人看到自己生病的样子，所以临死之前都会离家出走……所以也说不准。不要认定燕麦在最后的时刻只感受到了孤单。"

祖母把花铲递给我，问道：

"一起去埋吗？"

我摇了摇头。

"我想一个人去。"

"好。去送送它吧。"

我在燕麦旁边躺了一会儿。前一天几乎没睡，又哭得太厉害，此刻困意全部袭来。我沉沉地睡了一觉，睁开眼睛一看，已经快到傍晚了。我把燕麦用格子毛毯裹好，放进纸箱，又把它喜欢的小兔子玩偶和零食放进箱子里，然后上了车。

就像前夫所相信的那样，时间是冻结的江水，所以过去、现在和未来都已成定局了吗？难道燕麦住院后死去是在我见到燕麦之前就已经"结束"了的事情吗？虽然我知道，如果那样想心里会好受一些，但我还是无法相信。

我去了祖母以前的宅基地。不知为什么，我很想让燕麦看看那个地方。我抱着箱子久久地站在那里，看着太阳落到海平线下面。最后我从宅基地上一丛长长的野蒿上面摘了一束花。

我慢慢地开着车，向天文台驶去。在停车场停好车，我来到一棵不太引人注目的树下。可能是下午刚下过雨的缘故，土很容易挖。土里有两块拳头大小的石头，把它们取出来，内部顿时出现一块不小的空间。我把包在毯子里的燕麦放进去，在上面放上兔子玩偶和一些零食，然后盖上土。我用脚踩了很多下，把土踩实了，又把从祖母宅基地上摘来的野蒿花放到上面。

我坐了下来。还记得那天早上医生告诉我燕麦死了的时候，我感受到的不仅仅是悲伤。我松了一口气。我的某个部分松了一口气。因为燕麦的痛苦已经消失，看到它受罪我所感受到的痛苦也已经结束。我无法否认自己自私的心情。

我拍了拍手上的土，站起身去了停车场。我慢慢地开着车，沿着夜晚的山路向下行驶。走到半山腰时，一辆开着前灯的汽车加速驶上了山顶。直到彼此非常接近时我才意识到，那辆车已经越过了中线，正朝着我驶来。我立刻向右打方向盘。刹那间视野一片明亮。发生事故了！怎么没有疼的地方？柔和的风吹来，我睁开了眼睛。出事的时候是晚上，而现在是白天。

祖母用脸盆在院子里的水管下接好水，给姐姐洗脸。是祖母以前的家。祖母把手放到姐姐的小鼻子上，给她擤鼻涕。看到这样的情景，我非常安心。我听到孩子"咯咯"笑的声音，走近一看，声音来自妈妈背上年幼的我。我想仔细看清楚那个孩子的脸，但四周阴沉下来。

姐姐和我骑着自行车下山。姐姐踩着踏板，我紧紧抱住她的背。姐姐身上散发出草莓泡泡糖的味道。好舒服、好平静的感觉，我已经不记得自己什么时候悲伤过，什么时候痛苦过。"不要走！"为了抓住这个瞬间，我大声叫起来，"不要离开我，姐姐！"

接着，天空倒过来了，我看到吊在操场单杠上的中学时代的我。她总是想方设法地拖延回家的时间。我能像读纸上的字一样读懂她的内心。现在她觉得，和她在一起的孩子们都以她为耻。她在跟自己说悄悄话："我长得太丑了，没有人喜欢我。""不是那样的……"正想告诉她的时候，有人把我拉到了后面。

睁开眼，又是深夜了。深夜的公共汽车上，我爱的人坐在我身边。二十二岁的我对他充满了渴望，不知所措，但我知道他很快就会开口说要离开我。他终于开口了。"我知道，我知道。我就知道你会这样说。我知道，我知道。"他下了公共汽车，我还在这样说着，"我知道，我知道，你们最后都会离开我……"我好想醒来。我按了下车铃，汽车却没有停下。我喊司机，用拳头拼命砸门，车还是不停。没有人看我。

背后传来玄关门关上的声音。我知道那是丈夫离开我后关门的声音。我以为只有你……只有你不会离开我。我坐在地板上颤抖着哭起来。

"智妍啊。"

这时，掉了两颗门牙的八岁的姐姐过来拍着我的背。

"智妍啊，智妍啊。"

姐姐叫着我，世界越来越明亮。

太阳好像越来越大了。

我忘了刚才还在哭的事，对姐姐说：

"太亮了，好刺眼。怎么这么亮呢？"

听我这样说，姐姐像是听到什么有趣的故事一样，在明亮的光线里大声笑起来。

"傻瓜。"

姐姐说。

"傻瓜，我从没离开过你。"

第四部

12

发现事故现场的是一位坐着卡车回家的木匠。她发现我昏迷了，就拨打了119。在救护车来之前，努力叫醒我的人也是她。我在急诊室呕吐后，终于慢慢恢复了意识。与汽车严重受损需要报废的程度相比，我受到的外伤并不严重。

医生问我监护人的联系方式，我犹豫了一下。我不想跟妈妈或爸爸联系。最后我在监护人的联系方式一栏写下祖母的电话号码，并在与患者的关系栏里写下"祖母"。第二天早上，医生和护士走进病房，拉开床帘，这时我才看到蜷坐在陪护床上的祖母。她的后脑勺上还挂着两个没来得及解开的荧光粉色发卷。

医生说我可能有脑震荡，问我是否还想呕吐，有没有头晕。我说还有点恶心和头晕，呼吸时胸口和脖子会感到疼痛，在床上起身时也非常吃力。

"因为身体受到惊吓才这样的。颈椎的疼痛是椎间盘脱出还是扭伤，需要分别进行检查。"

医生说。

"我需要住多久呢？"

我问。

"需要休息几天。先不要想别的。"

医生和护士走了出去，祖母才从位子上站起身，走了过来。祖母盯着我看了半天，最后开口说：

"真该把那些酒后驾车的家伙都杀掉。"

她脸上是我从未见过的表情。

"狗崽子差点要了你的命。"

"我没死呢。"

我想缓和一下气氛，于是这样说。可祖母皱起眉头，出去了。

"祖母。"

我躺在床上叫她。

"祖母。"

我又提高声音叫了一遍，祖母还是没有回来。我感觉自己的身体似乎被人用橡皮筋牢牢地绑在了床上。又过了好一会儿，祖母回来了，用稍微恢复平静的表情看着我，然后小心地把手放到我的肩膀上。开车越过中线的那个人酩酊大醉，根本不记得当时的事情。我避开了酒驾者的车子，却撞向了路边的山坡。所幸的是当时我开的速度不快，安全气囊也及时打开了，事故发生后有目击者及时发现了我。但如果和那辆车正面相撞，结局就不一样了。祖母可能是从医生那里听到事故情况的。

"车很危险的。不管我们开得多么小心，如果运气不好，也会发生这样的事。"

"我知道。"

我试图保持微笑，却没能做到。

"我送你去厕所吧？"

祖母手伸到我背后，把我扶了起来。然后一只手挽着我的胳膊，另一只手推着吊瓶支架，一直把我送进卫生间。

"你自己进去能行吗？"

我点了点头。洗手间的镜子里映照出我的样子，脸肿得厉害，额头和眼角都有瘀青，左眼皮上的瘀青最为严重。医生说，在这种程度的事故中，没有受到严重的外伤已经非常罕见了。

"真是不幸中的万幸啊。您很幸运。一般发生事故的话身体会条件反射性地紧张，伤势也会更重。事故发生时您的身体好像没有用力，不过也可能会有后遗症，我们继续观察吧。"

为什么当时身体没有用力呢？我看着镜子，静静地回忆着事故发生的瞬间。

中午吃的是医院里的午饭，祖母吃的是给监护人提供的饭。这期间我们什么话都没说。吃完饭，我又躺下，昏昏沉沉地睡着，祖母则趴在那里一直看手机。睡了一觉醒来，祖母还在看手机。仔细一看，原来祖母在玩糖果传奇。玩了很长时间糖果传奇，祖母又玩起了消消乐，玩完消消乐重新玩糖果传奇。虽然动作不快，但她是个有毅力的玩家。妈妈也喜欢玩糖果传奇和消消乐，我好奇地看着祖母。

"我都不知道您也爱玩游戏。"

"有时间就玩一下。你不喜欢玩游戏吗？"

"我没有那么入迷过。"

"还以为我们家的女人都喜欢呢。"

我上高中的时候，妈妈经常到我们读书室那座楼的一个网吧里玩星际争霸。名义上是因为我总是学习到很晚，需要等我，事实却是妈妈打游戏总是入迷，往往需我去网吧找她。后来妈妈在小区文化会馆举行的"星际争霸中年组"比赛中获得亚军。想到这里我笑了，于是告诉祖母妈妈有多喜欢玩游戏。

"美仙花牌打得很好。美仙、我和我妈妈一起打过很多次花牌。三个人玩花牌正合适。美仙去了首尔以后，妈妈和我玩过那种两个人打的纸牌，但没意思。两个人玩花牌实在是没意思，但想着那也算是尽孝道，就陪妈妈打了几局。不过后来，我还很怀念那个时候……"

躺在挂着帘子的床上，听着这样的故事，我突然感觉祖母比任何时候都要亲近。床边的小冰箱发出"嗡嗡"的声音，旁边床上的两个女人小声地说着什么。我突然很想走走路，哪怕会很累。

"我想到外面看看。"

祖母站起来，把手放在我背后，把我扶了起来，然后伸出另一只手。我握住祖母的手，她的手很大、很厚、很凉。我们乘电梯下到一楼，走出医院的大门。风呼呼地吹着，有些凉，让人不由得打了个寒战。天阴阴的。

"坐这儿吧。"

祖母指着放在门前的塑料椅子说。我们坐在椅子上默默地望着远处的山，三个男人穿着丧服在抽烟，有卡车"哐啷哐啷"地经过。这时，乌云迅速聚集，四周变得昏暗起来。风刮得越来越大。

"和你说着话，总觉得非常可惜。"

祖母开口打破了沉默。

"可惜什么？"

"就是，就算不是很亲近，如果我们能经常见面会怎么样呢？这样想着就会觉得，过去的时光非常可惜，而且我知道这一刻也会成为过去，所以很可惜。"

就像对于狗和人来说时间流逝的方式不同那样，三十岁的我和七十岁的祖母，时间流逝的方式也不一样。一道闪电划过，接着传来了雷声。

"去年这个时候，我根本没有想到我会来熙岭；也没有想到会和丈夫分开，独自生活；当然也没有想到，我有机会和祖母这样并肩而坐。"

说完，我看着祖母笑了。

"医生说，发生这么严重的事故，伤得这么轻很罕见，说我很幸运。我无法否认我很幸运。我好像一直都是这样的，但总是不开心。没有什么时间是珍贵得让我想要抓住的。我好像觉得一切都结束了。"

风吹得有些冷，我缩了一下肩膀。

"在你这个年纪的时候，我也是这样。不敢期待任何事情。如果可以的话，我想把自己剩下的时间都浪费掉……"

又是一道闪电，祖母抱住了自己的肩膀。不久下起雨来，我们去了医院的休息室。祖母说要回一趟病房，我自己在那里看电视。屏幕里，一位厨师正在介绍有助于肝健康的烹饪方法。我已经不记得上次买回食材做饭吃是什么时候了……料理曾是我为数不多的爱好之一。那天早上我照例洗好米、下锅，用淘米水煮了汤，收拾好章鱼，煮熟后和丈夫一起吃了早饭。可当我得知他吃了这些出门去和情人一起过夜后，便从此对做饭失去了兴趣。处理食材、洗净、调味、烤、蒸、煮……整个过程都全神贯注、无比投入，多么可笑。我为什么要全心全意地为做出那种事情的人做料理呢？在此之前，我并不知道费尽心思做的东西到头来却变得让人蔑视的感觉是怎样的。正这样想着，肩膀上忽然传来温暖的感觉。回头一看，我的肩上多了一件紫色的披肩。披肩散发出淡淡的樟脑丸的味道。

"这是用羊毛线织出来的，轻便保暖。披上它会越来越暖和的。"

祖母说得没错。一直盖到胸部的披肩让我的身体越来越温暖。

"这也是祖母织的吗？"

"这是给我妈妈织的，偶尔我也用。你披着它，可真像我妈妈。到现在看到你我还是会惊讶，感觉就像是妈妈变回年轻时的样子回来了。"

原来祖母在我的脸上寻找着已经去世的曾祖母的模样。很长一段时间里我还是对此感到惊讶。

"那您一定知道我老了会变成什么样子。"

祖母点点头，说：

"不只是脸，眼神和表情也一样。如果有人想把你踩到脚底下，你绝不会乖乖就范，所以就会很痛苦。不是吗？"

祖母说得没错，这是我的天性。我可以为对方输得一败涂地，但如果对方想把我踩在脚底下，我绝对无法忍受。

"曾祖母当时是怎么做的，当知道了祖母的婚姻属于重婚以后？"

祖母仔细想了想，说：

"妈妈知道的时候，那个男人已经去束草了。他把美仙登记在自己的户籍上，作为在北边结婚的那个妻子和自己生的女儿。"

"那么祖母……"

祖母抚摩着我披的紫色披肩，过了一会儿才说：

"在法律上，我一辈子都不是美仙的妈妈。连一个普普通通的存折我都没法给她办，因为我们不是母女关系。"

祖母面色凝重地看着我。

"算是一种交易吧。作为允许我抚养孩子的代价，美仙必须登记在他们的户籍上。"

"没有办法登记到祖母的户籍上吗？"

"以前的法律就是那样的。如果生父主张登记在自己的户籍上，我就没有任何权利。"

吉南善去了束草以后不久，喜子寄来一封信。那时来信已经断断续续地停掉一段时间了。喜子在信中说，自己以第一名的成绩考上了梨花女子大学数学系，还说她获得了首席奖学金，可以不用为学费担心，还可以住学校的宿舍。这封信祖母读了好几遍。在此之前，祖母从未听说过女子考上大学的事情。喜子竟然以第一名的成绩考上这么好的大学，还不用交学费。祖母无法想象，喜子这是做成了多大的一件事。

祖母为喜子感到自豪，内心深处的一个想法却是——现在只会和喜子越来越远了。喜子成了大人物，自然会忘了我。对她来说，我算什么？祖母给喜子写了回信。她比任何时候都更用心地写起字来。喜子的字看起来工整、清秀，祖母非常羡慕她的字体。不知不觉间祖母也模仿着喜子的字体写着回信。"喜子，祝贺你。"这样写了一行，祖母心里咯噔了一下。"喜子，你会忘了我吧。"写完祖母又用橡皮擦去了这句话。她决定不写自己的婚姻是如何结束的。一方面，她不想让喜子的心情变得沉重；另一方面，不想自己被同情。她不想让喜子看到自己落魄的样子。祖母用手中最好的布做了一件衬衫和一条裙子，连同自己的回信一起寄到了大邱。

祖母背着孩子在村子里到处找工作。主要是修补衣服，但也接到了一些量身定做衣服的活儿。渐渐有了一些口碑，她便挤出睡觉的时间来工作。她知道，这样才能养活自己和孩子。

顾客们有时会问："你丈夫去哪里了？"祖母直言不讳地说："他是重婚，后来选择和在北边结过婚的女人一起生活了。""那孩子的户籍呢？"如此解释完，便会出来后面这样的问题。每当祖母说孩子登记在丈夫的户籍上了，女人们就叹息不已。"美仙妈真了不起啊。"对话大多都是以这样结束。起初说出实情很难，但一次次听到这些问题，然后回答，最后竟也没有什么特别的感觉了。就像在说其他人的故事。

还有人公然指责祖母。男人怎么可能神不知鬼不觉地欺骗她，祖母肯定是知道他有老婆还跟他结婚的。"这女的也好不到哪里去。"祖母知道，这是众人的最终结论。因为人们一直都是这样。丈夫打了妻子，人们会说女的也有不对的地方；丈夫出了轨，人们会说女的也有过错。这些话的核心向来便是，是女人为男人创造了这样做的机会。

那段时间曾祖父在做送货的工作，经常几个月不在熙岭。他不知从哪里听到消息，来到祖母家里。只听他的呼吸声，祖母就知道曾祖父要为此事责骂自己。对着卧病在床的祖母，曾祖父口若悬河地责怪起她来，嫌她无能，没能把丈夫留在熙岭。

——自己抓不住男人的心，现在被人抢走了，没什么好委屈的。

祖母闭着眼睛，忍受着他言语的鞭笞。

——这句话你再说一遍。

坐在一旁的曾祖母平静地说完，起身朝他走去。

——你若敢再说第二遍，我就跟你拼命。再敢这样说英玉，就从我们眼前消失吧！

——你算什么，敢这样跟我说话？要不是我你早就……

——是，要不是你，我可能根本活不成。我并不是不知道这一点，所以我才能跟着你过了这么多年。你一直当我是来讨债的对吧？觉得是我欠你的。

——当着自己丈夫的面你竟敢！

——是我让你逃跑的吗？是我让你抛弃自己的父母的吗？是我要和你结婚的吗？凭什么我一辈子都不能说个"不"字呢？我犯了什么罪？就因为我是白丁的女儿？那你不要管我就是了。我们英玉，我的命根子英玉也要成为你的出气筒，她这么难受你还要出言羞辱她，如果非要让我看到这一幕，当初还不如把我留在三川，不要和我扯上任何关系！

——任凭你怎么胡闹，我可从未打过你啊。

——这也值得夸耀吗？

听到这里，曾祖父拾起地上的一本书就要往曾祖母身上扔，曾祖母用双臂抱住头。这时祖母张开干枯的嘴唇，说：

——爸爸，您去死吧。死掉吧，不要再出现在我们面前。

听到这句话，曾祖父手里的书掉到地上。曾祖母静静地注视着祖母。祖母用红肿的眼睛注视着曾祖父。

——您死了我不会掉一滴泪，也不会去给您上坟。我会忘掉您。您走吧，去一个我们看不到的地方结束自己吧。

这是祖母那一瞬间的真心话。虽然她从没在心里想过这样的话，也一直奉行着要恭敬生父，就像不可杀人一样的绝对准则，但是那一瞬间，她打破了这一信条。不是因为生曾祖父的气，也不是为了激怒他，说那些话完全是出于绝望。

几个月后，曾祖父在束草的马路边被一辆公交车撞死了。

目击者说，当时车以很快的速度开过来，但是曾祖父仍在慢悠悠地过马路。司机踩了刹车，但为时已晚，下车查看时，他已经当场毙命。

葬礼在熙岭举行。由于曾祖父与家人失去了联系，葬礼险些在没有丧主的情况下举行，住在熙岭附近的新雨大叔的大哥听到消息后赶了过来，充当了丧主。"所以说家里一定要有男人啊……"前来吊唁的人们窃窃私语。

我叫爸爸去死，他就真的死了。

祖母神情恍惚地站在那里，心里反复想着这句话。

说完这些，祖母用双手揉了揉眼睛。

"不是因为您的话……"

听我这样说，祖母耸了下肩膀。

"我妈妈也这样说过，说让我不要那么想。即便如此……有时候真的会那么想。当我想惩罚自己的时候，莫名想对自己不好的时候。那种时候常常会有这种想法——我到底做了什么啊？那是我对爸爸说的最后一句话，就算我再恨他，最后一句话竟然是这个……真的会有人认为这不算什么吗？"

"是他把已经和别的女人结婚的男人介绍给了自己的女儿。不仅如此，他还说丈夫离开了是祖母的错。这不是别人，而是您的亲生父亲啊。"

"是啊。"

"因为受到很大的伤害，太难过了所以喊了出来，这不是罪。"

"我知道，我很清楚。真的有过那样的时候，感觉一颗心摇摇欲坠。但还是谢谢你，智妍。"

"我也没做什么……"

"你能听我说话，真的非常谢谢你。"

说完，祖母努力扬起嘴角笑了。

我看着祖母的脸，回忆着不由自主地对别人大喊着"去死吧"时的心情。前夫始终不肯向我道歉时，我也对他说过"去死吧"。我说着自己以前从未说过的恶言恶语，却感觉自己受到了这些话的暴击，可是他并没有因为我的话而受伤或内疚。我说出的那些话从他那不接纳任何事物的光滑表面被弹回来，打到了我自己的身上。

虽然用眼睛看不到，但这个世界上一定有一个没有得到真心道歉的人们的国度。那里生活着这样的一群人——想要的东西并不多，只希望得到真心的道歉，希望对方承认自己错误的人；凄然注视着对方，希望对方就算是装装样子，至少装作很抱歉的人；心如死灰地想着，如果对方从一开始就是可以道歉、不会让自己受到这种伤害的人；再也无法像以前那样安然入睡的人；被别人质问"为什么这么控制不住自己的感情，一定要表露出来"的人；面对着无法得到任何人理解的高墙而束手无策的人；在众人畅谈的酒桌上像疯子一样放声大哭、让所有人惊慌失措的人。

举行三日葬[1]的时候，以及挖地埋棺的时候，曾祖母都没有流一滴眼泪。前来吊唁的人都要尽量出声哭丧，这在当时是一种礼仪，可曾祖母连这种形式上的礼节都没有遵守，令所有人无比吃惊。新雨大叔的大哥恳切地请求曾祖母哭几声，但曾祖母不听。

葬礼结束一周后，曾祖母带着祖母和妈妈去了教堂。曾祖母在弥撒意向上写上了曾祖父的名字，自她们离开开城后第一次做了弥撒。那是她可以为信奉上帝的曾祖父做的最后一件事了。他过去常跟曾祖母提起他的祖先，他讲述着祖先们被捆绑着带到沙南基，然后被斩首的故事。这比曾祖母从前听过的任何故事都离奇和令人震惊。

他说过，世人在上帝面前都是平等的，没有人一出生便更尊贵或更卑贱。尊贵和卑贱取决于人的选择，同时会从行动的结果中显现

1　死后三天举行的葬礼。

出来。当时的他还不到二十岁，曾祖母觉得他说的那些云里来雾里去的话既好笑又动听。像鸭子成群飞行的声音，像暴雨落在湖面上的声音，像一阵风吹过树叶的声音，像远处传来的火车的声音——曾祖父的声音传进了曾祖母的心里。靠着那些记忆，曾祖母活了下来。

曾祖父的葬礼结束后不久，新雨大婶来到了熙岭。

当时新雨大婶在大邱的一家印刷厂上班，据说星期天和公休日也经常要工作。可新雨大婶还是抽空来熙岭了。曾祖母和祖母，还有妈妈一起去公共汽车站接新雨大婶。那是一个潮湿闷热的日子，裤管似乎都被汗水湿透了。

新雨大婶从汽车上下来了，她穿着白衬衫、黑裤子和胶鞋，头上顶着用粉红包袱包着的一大件行李，正望着曾祖母这边挥手呢。曾祖母走到新雨大婶面前，紧紧地抱住了她。新雨大婶用双手抓着头顶上的行李。客运站入口弥漫着公共厕所的味道、人们身上的汗味还有烟味，曾祖母紧紧地抱着新雨大婶，久久不肯松开手。

——把行李给我吧。

听到祖母的话，新雨大婶把行李递给了祖母，这才用双臂环抱住曾祖母。新雨大婶轻轻拍打着曾祖母，祖母看着新雨大婶，感觉她老了很多，就像变了个人似的。她的脸上布满了粗大的皱纹，手也像老人的手一样。大婶瘦了很多，身材好像变得更瘦小了。为什么会变成这样呢？祖母惊讶地望着新雨大婶。

曾祖母依偎在新雨大婶怀里很久，然后脱出身子抓住了新雨大婶的肩膀。

——是新雨吗?

——是啊,是我,新雨。

——咱们这是有多久没见了? 喜子还好吗?

——都好好的呢。三川你忙活那么大的事,一定很辛苦。

——没有,没有。新雨你走这么远的路才辛苦。

曾祖母对新雨大婶的变化没说一言半语,但是祖母从曾祖母的脸上看到无法掩饰的惊慌。

——这孩子就是美仙吗? 长得真漂亮啊。

新雨大婶看着三岁的妈妈露出灿烂的笑容。

——美仙啊,这是姨祖母。说,"您好啊,姨祖母"。

妈妈抓住祖母的裙角躲到祖母身后。

——一路上很累吧,现在咱们走吧。新雨啊,跟我来。

从客运站回家的路上,新雨大婶说她在公共汽车上第一次看到了大海。本来在打盹儿,睁眼时一看,好大一片水啊,大婶说刚开始都不知道那是大海。

——到时候我一定带您好好看看大海。还要带您去吃蒸鱿鱼和鲜美的烤鲽鱼,大婶。多尝尝只有在这里才能吃到的东西……

——英玉不用太费心了。你父亲去世还没过多久,不用为我考虑那么多。

——大婶,您这样说我可就难过了。

——知道了,知道了,英玉啊。

新雨大婶一到家就打开了包袱,里面装的各种东西撒了出来。有糖果、蕨菜干、辣椒面、柿饼、一包松子、一打铅笔、精装版

《简·爱》、黑色的皮球、十双袜子、一双白色运动鞋、一瓶营养霜、兔子玩偶、三块香皂、两件羊毛衫、两条棉裤、两套内衣、一副婴儿手套、一件婴儿棉夹克、一个日式不锈钢锅……每拿出一样新的东西妈妈就大声感叹着，拿到兔子玩偶和给自己的夹克更是开心得不得了。曾祖母的表情却很凝重。

——你哪儿来的钱，买这么多东西？

——就是一点点攒的。我们这么久没见过面，难道我连这点钱都攒不出来吗？

——大婶，这也太破费了，又不是一两分钱……

祖母拿起闪闪发光的不锈钢锅说。

——英玉你刚才对我说什么来着？你说我再这样你就要难过了。我才难过呢，英玉啊，你结婚的时候我也没有为你做过什么，生孩子的时候也一样。这是我的一片心意，你高高兴兴地收下好吗？

——可是大婶……

——英玉啊，听我的话。就当是帮我实现一个愿望吧。

听到大婶这样说，祖母只好点点头。

——书和兔子玩偶是喜子从首尔买来的。

新雨大婶小心翼翼地提起了喜子。因为当时祖母家里接连发生了不好的事情，新雨大婶不想让人以为她在夸耀自己的孩子，所以说话很小心。大婶说喜子正在适应首尔的生活，而且在大学里学习很愉快。看着新雨大婶说起喜子时的表情，祖母知道新雨大婶不只是单纯地为女儿感到骄傲。毕竟独自赚钱为女儿创造学习环境在当时绝不是一件容易的事情。在连想都不敢想上大学的那种环境下，跨越了大学入学这一障碍的绝不仅仅是喜子一个人。

虽然不想这样，但一想到喜子，祖母就对自己感到很失望——轻易放弃了学习；什么都没有梦想过；试图通过结婚逃避困难；不管是对事还是对人，一次都没有为了什么而努力过。这一切都让祖母感到羞愧。尽管在当时，她做出的所有选择都是合情合理的。

祖母精心准备了饭菜。把早上从集市上买回的鱿鱼蒸上；把鲽鱼裹上面粉，放很多油来煎；拿出腌得入味的越冬泡菜，盛了冒尖一碗；还做了大麦饭。新雨大婶流着汗津津有味地吃着祖母做的饭菜，连连称赞，说祖母准备这些真是辛苦了。新雨大婶就是这样，看到别人努力，总不忘抚慰对方的苦心。看到别人在大冬天洗衣服，她会问手冷不冷；买菜回来了，她会问一路上累不累。看到新雨大婶还是像从前一样照顾自己的感受，祖母的眼泪差点就掉下来了。

太阳落山后，四名女子在上房铺好被褥睡下了。除了妈妈，其他人都没有立刻入睡。曾祖母低声说了句：

——新雨，我能问你一个问题吗？

——嗯，问什么都可以。

——你吃饭什么的都还好吧？

——每天都按时吃饭的。刚才你不是都看到了吗，我吃得多香。

曾祖母犹豫了一会儿，又开口道：

——倒不是别的，就是看你瘦了很多，所以问问。

——三川你净担心些没用的。我住的地方在山坡上，每次回家都要走很久。还有那印刷厂的老板也把我当狗使唤……就算吃再多，这么累，能不掉肉吗？

——新雨啊。

——嗯。

——我觉得好可惜。

——什么？

——和你在一起的这些时间太可惜了。

新雨大婶好一阵没有回应。

——觉得可惜的话就会难过。已经足够了，你就想着这样已经足够了，不行吗？你就想着我们能成为朋友已经足够了，这样想不行吗？

——……

——我不希望三川你感到可惜、惋惜，然后难过。

听了这句话，曾祖母没有做出任何回答。

新雨大婶提议一起照张相。她说，因为不能经常见面，希望想念的时候可以拿出照片看看。曾祖母和新雨大婶穿着白色的韩式短袄和黑裙子，带着祖母和妈妈去了照相馆。

祖母还记得曾祖母一边看着镜子一边整理头发的样子，以及曾祖母和新雨大婶不自然地坐在那里看着摄像机的样子。摄影师说："请笑一下。"两人不好意思地笑了。"我再照一次。"摄影师说完，新雨大婶把一只手放在了曾祖母的手背上。闪光灯一响，两人像小孩子一样眨了下眼。

走出照相馆，她们去了乌龟海岸。天气很热，但海边吹着凉爽的风。新雨大婶一屁股坐到沙滩上，望了一会儿大海，然后脱下胶鞋和布袜，把裙角拉到膝盖处，向大海走去。一个大浪打过来，水漫到了小腿，新雨大婶尖叫着大声笑了。她又试着走到更深的地方，当海浪扑过来的时候，就像孩子一样大叫着跑回沙滩上。她向看着她的祖母、曾祖母和母亲挥着手，在海边玩儿了很久。

"那天，新雨大婶在海边玩儿了很久。"祖母以这样的方式记住了那一天。那一天，有"新雨大婶"，有"大海"，还有"玩儿"这个词。这些词都是祖母喜欢的，因此她无法忘记那一天。

玩了一会儿，新雨大婶一边拧干湿透的黑裙子，一边来到沙滩上。祖母把一个黑色的皮球扔向新雨大婶，新雨大婶捡起落在脚前的皮球，扔给曾祖母。曾祖母后退几步接住球，把球扔给祖母，祖母又把球扔给新雨大婶。就这样，三个女人在沙滩上相互传着球，看着彼此为了接住球而手忙脚乱的样子，哈哈大笑。

那天的大海不再是祖母印象里熙岭的大海。既不是思念着明淑奶奶、新雨大婶和喜子，觉得自己好像被囚禁在熙岭的年幼的祖母的大海，也不是抱着发烧的妈妈瑟瑟发抖地去找医院的途中看到的汹涌冷酷的大海。那一天祖母不需要看任何人的眼色，只是尽情地笑着，喊着。

新雨大婶又住了一晚，第二天一大早就回了大邱。她嘱咐说照片出来了一定要寄到大邱，下次大家在大邱见。可能是在海边玩了一天的缘故，新雨大婶苍白的脸晒得通红。她拎着粉红色的包袱上了公共汽车。这次包袱里装满了干鱿鱼、干贻贝、干海带、干昆布、干鳀鱼、干明太鱼。祖母知道，曾祖母为了准备这些礼物，用掉了一部分攒了很久的钱。汽车驶出车站的时候，曾祖母看着汽车的背影不停地挥手。那一天大家都笑着说了再见。

回到家后，祖母犹豫片刻便拿起铅笔开始写信。"喜子啊，是我，英玉。好久不见了……"

祖母寄出信后不久，喜子回信了。

写给英玉姐姐

姐姐，你过得好吗？已经是炎热的夏天了。熙岭那边怎么样？阿妈从熙岭回来后，告诉了我大叔的事情。

这几天我经常想起大叔，走在路上的时候，吃饭的时候。我有时还会想起在大邱一起生活的日子。不知道姐姐现在的心情是怎样的。本来也不知该说什么，正犹豫的时候，姐姐来信了。姐姐是不是哭了很久？有没有好好吃饭？我很放心不下。

姐姐说很担心阿妈。其实我也害怕，姐姐。虽然我努力不让自己想这些，可阿妈的样子一直在眼前晃。阿妈总想让我去首尔，说回大邱没什么好的，可是我每个月只回去一次，她又对此很不满意。

上一次见到阿妈是刚放假的时候。我说阿妈看着比以前瘦多了，有些担心，结果她生气了。她说自己很好，干吗老是担心，把她当成病人。

我知道阿妈为了让我上首尔的大学吃了多少苦。我说可以在家里上走读的大学，我想和阿妈在一起，但她还是希望我能去首尔。我不能违背阿妈的愿望，所以也尽力了。虽然内心有些害怕，但我还是来到了首尔，一节课不落地用功学习。虽然有时候觉得只有自己一个人，但我努力不让自己这样想。

可是，姐姐，有时候我想，这一切都有什么用呢？我知道这样说有点身在福中不知福。和我住一个房间的学姐说她也是这样，过一段时间就会适应的。可我还是很想阿妈。在路上看到妈妈和女儿挽着胳膊并排走的样子，有时还会忍不住流下眼泪。

我的家人就只有阿妈了，可她说我的房间已经租出去了，叫我别回大邱。阿妈离我这么远，我能知道什么呢？姐姐，很多时候我都不知道自己现在在哪儿。这个周末我想回一趟大邱。现在给姐姐写着信，更是感觉一定要这样做。

姐姐，保重身体。

为大叔的冥福祈祷。

一九六二年八月

喜子

读着喜子的信，祖母总是想起最后一次见到新雨大婶时的样子。祖母告诉曾祖母，新雨大婶看起来不太好，还说了喜子的来信。

——得病的人哪有那么能吃、活蹦乱跳的？我没见过这种。

——喜子也在担心。

——你和喜子都不了解新雨。别说这么不吉利的话了。新雨健康着呢。

说完，曾祖母从抽屉里拿出一个小纸袋。

——照片洗出来了。拿出一张用纸包好，寄给新雨吧。

那是一张明信片大小的照片，黑白的。照片中，新雨大婶把自己的手放在曾祖母的手背上。祖母寄照片时给新雨大婶写了一封短信，新雨大婶也很快便回信了。她说，用熙岭的海带煮了汤喝，味道不是一般的鲜美，还有她永远不会忘记一起在海边玩球的事情。后来，大家又像以前那样断断续续地互相写信，新雨大婶讲述着自己的日常生活——印刷厂同事结婚、去八公山赏枫叶、和出租房的同事一起烤土豆吃……新雨大婶看起来和以前别无二致。

喜子来的信比在大邱时还多。

"在路上相遇的话，我们还能认出彼此吗……"

喜子这样写道，然后把一张很小的高中毕业照寄给了祖母。照片中的喜子戴着度数似乎很高的黑色镜框的眼镜，微微笑着。祖母把喜子的照片放进钱包，想起来就拿出来看看。祖母没有可以送给喜子的照片。不过，祖母把自己经历过的事情毫无保留地写下来寄给了喜子。丈夫的重婚、自己对父亲说过的带有诅咒的话……把孩子哄睡后，坐在饭桌前写信的时候，祖母反而会感到轻松。能把这些都写出来是件好事，而且对方是近十年没有见面的人，这一点也不错。

祖母回家后，病房里只剩我一个人。我拿出手机看着曾祖母和新雨大婶的合影。不同于祖母所说的，看新雨大婶的脸，感觉年纪并不大，尽管她很瘦，嘴角和额头上的皱纹很深。我看着照片中新雨大婶的眼睛，她的眼睛闪着光。这一瞬间，她看起来比任何人都要鲜活。

妈妈说要来熙岭照顾我，我说不用。我不想妈妈因为我受累，也没有信心和妈妈在这么小的空间里相处。我担心我们会像上次那样，又触动彼此的神经，给对方造成伤害。我把这些如实告诉了妈妈。刚开始妈妈得知我出了交通事故，十分着急，执意要过来。后来她说知道了，让我自己看着办，然后挂断了电话。不到一个小时她又发来了短信，写着"如果你觉得不方便，我就不去，但我会等你的消息的"。还说爸爸去旅行了，所以没有告诉他我住院的事情。

我和智友说了自己的事。对妈妈说的时候我把事故描述得很小，但对智友把一切都原原本本地说了出来。智友很长时间都说不出话来，最后狠狠地表达了对肇事司机的愤怒。激动了一阵，智友又补充说，幸好我的伤势不太严重。我能感觉到她在努力不表露出惊讶的样子，但她的声音在颤抖。第二天，她坐公交车来看我了。换作以前，我会说"很抱歉让你大老远跑来这里"，但这次我没那样说。我只是说了声谢谢，还诚实地提到了自己感受到的疼痛。这是因为我希望智友遇到困难时也不要假装坚强、隐藏自己的痛苦。

过了几天，不用别人搀扶，我也可以毫不费力地活动了。除了脖子疼痛，其他的都还能忍受。大部分时间我都像昏倒似的酣睡着，吃完早饭睡觉，吃完午饭睡觉，晚上继续沉沉睡去。是不由自主地入睡，就像有人按下了我背后的电源开关那样。

每次醒来，感觉头脑比任何时候都要清晰。我看着病房窗户上太阳升起的样子，又想起了那天的事情。姐姐对我说的那些话，我知道那不是幻想和梦。我决定一辈子都不向任何人说起这些。我知道，我一直在等待那个瞬间。我也知道，再也不会有那样的瞬间了。

因为已经足够了。不能再奢望了。

住院最后一天，祖母决定晚上来病房睡觉。祖母躺在陪护床上睡着后，半夜时分我的手机突然来短信了。是妈妈发来的，她说想帮我办理出院手续，明天会坐第一趟班车过来。我回复说我会看着办的，妈妈却说不管我说什么，她都会来。我知道再拒绝也没用，只好同意了。

第二天早上，听到我说妈妈要来，祖母说那自己这就走，她收拾了下包便离开了。我透过窗户看着祖母往医院门口走去，前面停着一辆出租车。身穿象牙色开衫和同一色系长裙的母亲从出租车上下来了。祖母看到妈妈，停了下来。妈妈也看着祖母，静静地站在那里。两人站在那里互相看着，然后向对方走去。妈妈对祖母说了些什么，又点头听着祖母的话。

祖母转过头来指了一下我所在的病房。可能是因为窗户反光，祖母和妈妈好像都没看到我，然后两人又说了些什么。远远地能看到妈妈的表情很柔和，虽然看不到祖母的脸，但看得出谈话的氛围很好。祖母和妈妈到底是什么关系呢？如果两人表情严肃地针锋相对，也许我会感到压抑，但可以理解。可是，在那么长时间里几乎没有联系，见面后还能这样正常地对话，这让我无法理解。

看着她们的样子，我想，也许妈妈和祖母会一起来病房。可是，她们保持着一定的距离，短暂地聊了几句后就分开了。祖母向妈妈挥了挥手，妈妈则轻轻地垂下头向祖母告别，然后没有回头，向医院大厅走来。

"脸这是怎么弄的……"

看到正在整理东西的我，妈妈惊慌地问。虽然肿基本消下去了，但额头和眼角还有大片蓝色和紫色的瘀青，左眼还不太能睁开。

"你对我说谎了吗？不是说只是轻微的交通事故吗？这还叫轻微吗？"

"就是怕妈妈这样才没说的。不用担心，都处理好了。"

听了我的话，妈妈瘫坐在陪护床上。

"你真的没事吧？到底是什么程度的事故？"

"都过去一个多星期了。拍了 CT 也没发现什么异常。"

妈妈静静地看着我，似乎马上就要哭了。

"回家以后定期再来医院接受治疗，会慢慢好起来的。"

我向妈妈大致说了一下事故的经过。她久久地呆坐在那里。

"怎么会……让你遇到这种事呢？"

妈妈无力地问道，就像我知道那个问题的答案一样。

办完出院手续，我们去防波堤附近的饭店吃午饭，这期间妈妈也是失魂落魄的样子。吃完午饭，我们在餐厅停车场各喝了一杯速溶咖啡。前方是防波堤，堤岸尽头是灯塔。我拿出手机打算叫一辆出租车，这时妈妈指着灯塔说：

"去那里看看吧，就当是促进消化了。"

我摇了摇头。

"躺了那么久，得多走走路了。去吧，很快就回来了。"

"又不是来这里旅游的。"

我又开始看手机。

"满足妈妈一个愿望就那么难吗？"

妈妈突然大喊起来，停车场的其他人都盯着我们看。妈妈拿着纸杯的手在颤抖。她把还没喝完的咖啡连同纸杯扔进垃圾桶，一下瘫坐在地上，用胳膊抱住自己的头。妈妈的长裙碰到停车场地面的水坑，裙边被脏水打湿了。

"大婶，我得把车开走，请你让开点。"

一位中年男子说。我扶起妈妈去了停车场的花坛。妈妈坐在花坛边上，双手捂着脸哭了很久。这是我第一次看到她哭得这么厉害，而且还是在大庭广众之下发泄自己的情感。妈妈不是这么容易冲动的人。我递上纸巾，等待她的哭泣平息下来。

"去一趟灯塔那里吧。就像妈妈说的，促进一下消化，活动活动。"

"算了，我不该固执。"

"不是的。走吧。"

妈妈把身体稍微靠在我身上，慢慢地走着。过了一会儿她离开我，走到前面，步子很快。妈妈用双臂抱住自己的身体走着，短发随风飘舞。海风很凉爽。

在通往灯塔的路旁，海浪猛烈地拍打着堤岸，海水溅到我们的身上。妈妈快步走过去，把背靠在灯塔上。

"要给你拍照吗？"

听到我的问话，妈妈用哭笑不得的表情笑着摇了摇头。妈妈的脚下，一群长得像蟑螂一样的虫子爬来爬去。防波堤或海边的岩石上经常可以看到这种虫子。我带着厌恶的表情远远地站在一旁，妈妈却蹲在地上看着那些虫子，脸上带着隐隐的微笑。看了好一阵子，妈妈向我走来。

"是海蟑螂。"

妈妈露出调皮的表情。

"海蟑螂？"

"让你害怕的这种虫子。你小时候也很怕它们。"

"看起来那么恶心，谁能不害怕。"

"我喜欢它们。"

妈妈的表情仿佛在说，这是个非常重要的问题。

"海蟑螂生活在海边的石缝或防波堤上，它们能清洁滩涂。"

妈妈用像介绍朋友一样的语气继续说道。

"小时候独自坐在海边，总觉得勤劳地跑来跑去的海蟑螂非常亲切。我总是在心里叫它们，'海蟑螂呀，你们从不做坏事，可人们总说你们恶心、吓人'。"

妈妈用哭得红红的眼睛看着我。她的眼睛好像比以前更凹陷了。没有化妆的脸上，斑斑点点看得非常清楚，头顶也花白了。海风把妈妈的短发吹得东倒西歪。

去灯塔的时候是背风走，从灯塔出来时却要全身迎着风。风很凉，我们走路的时候都抱着胳膊。

回家的出租车里，妈妈把头靠在车窗上，看起来好像在专心思考着什么。小雨点打在妈妈头靠着的车窗上，大风把路边的各种垃圾都吹到空中，一个黑色的袋子飞得很高很高。

那天我们睡得有些早。拉上遮光窗帘，我静静地躺着，听着妈妈呼吸的声音。妈妈好像也没有立刻入睡，她问我：

"睡不着吗？"

"需要一些时间。"

"小时候你头一碰到枕头就睡着了。"

"有时没睡着，是装作睡着了。"

"是吗？"

我喜欢妈妈一边看着我，一边嘴里说着"智妍睡着咯，好像睡着咯"。她看着熟睡的我，眼神是那样温柔。这些我不用睁眼也能感受得到。

"在墨西哥的时候，我经常梦到你。"

"是吗？"

"嗯。

"也梦到过妈妈。"

"祖母？"

"嗯。"

然后，妈妈什么话也没说。我犹豫了一下，说：

"和祖母在一起的时候我还听说过祖父的事情。祖母可能不知道妈妈没跟我说起过那些。"

过了一会儿妈妈才开口说：

"你也有权利听的。因为那也是你的故事。"

妈妈曾告诉我祖父在她出生后不久便去世了。其实这句话也不能说是假的。对妈妈来说，他从来都不是活生生的人。因为扮演父母角色的从来都只有祖母自己。

妈妈说过，平凡的生活就是最好的生活。还说因为和爸爸结婚，自己也组建了平凡的家庭，因此她很高兴。以前我不太理解总是把这些话挂在嘴边的妈妈。我在脑海里画了一个圈，在里面写下"平凡"这个词。与其他人没什么不同的人生、不突出的人生、不显眼的人生，因此是不会成为任何话题、不会受到任何评价或审判、不会被排挤的人生。不管那个圆圈有多么狭小和令人感到痛苦，都不能从里面出来。也许这就是妈妈的信仰吧。听着熟睡的妈妈的呼吸声，我这样想。

13

出院以后我还需定期去医院接受一些治疗。秋天到了，参加堂妹惠珍的婚礼时，天气已经变凉了。妈妈在婚礼前一天给我打来电话说，如果不方便见到亲戚们，就不要来了。"大家都还不知道你的事。"她这样补充道。

"还"，这个字有点意思。一年不算很短的时间，在这期间会有节日或祭祀之类的活动，所以应该有好多次传达我的事情的机会。与其说"还"，不如说"永远"不打算告诉他们。父母似乎不打算对我隐瞒这一想法——我的离婚是一件对亲友们难以启齿的、丢人的事。我已经想好了，如果父母不愿意说，只能由当事人亲自出面解决。

婚礼在一处度假别墅举行，从那里可以看到忠州湖。那是一个带游泳池的豪华联排别墅。据说新郎家租下了整套别墅，共两天一夜，先在那里摆婚宴，第二天举行婚礼。

惠珍是小叔的小女儿，大学毕业后就进了银行工作，然后在那里认识了现在的未婚夫。打开喜帖，惠珍戴着大大的皇冠，身穿美人鱼婚纱，正俏皮地笑着。

　　惠珍家里总是洋溢着欢声笑语。记得惠珍上小学的时候，婶婶经常让她坐在自己的腿上并亲吻她，每每看到这样的情景我总是有些恍惚。我还记得接到邀请去惠珍家时，看到叔叔系着围裙正在准备晚饭，妈妈和爸爸惊讶不已、双双红了脸的情景。而惠珍总是围绕在叔叔的身旁。"爸爸！爸爸！"我也记得惠珍就像叫自己的朋友一样，一边叫着爸爸，一边畅所欲言的情景。每次见完惠珍一家后，在回去的路上我都会想，哪怕十秒也好，真希望有人能紧紧地抱住我。那时的我还不知道"寂寞"这个词是什么。

　　婚宴在别墅的院子里举行。新郎新娘背对着忠州湖，坐在长桌子前面，宾客们围坐在几张圆桌前，吃着食物，喝着香槟。在主持人的邀请下，宾客们一个一个地上台，拿起麦克风说一些祝词或者唱歌。我和爸爸妈妈一起坐在桌前观看。

　　天渐渐暗了。待完全黑下来时，院子里挂着的乒乓球大小的灯泡一个个亮了起来。这时大叔叔到了，他走到我们桌子前。似乎觉得这种场合有些尴尬，他露出牙齿笑了一下。爸爸和大叔叔凑到一起时，我总是很紧张。他们两人似乎一刻都无法忍受对方，当着年幼的我的面，他们也曾多次高声争吵过。爸爸认为得亏自己牺牲了上大学的机会，两个弟弟才能上大学。这是事实。问题在于，小叔叔一直都对父亲的牺牲表示感谢，而大叔叔并非如此。大叔叔还说奶奶只偏爱长子，忽视了作为老二的自己，因此对爸爸表现出极大的敌意。大叔叔对爸爸的反感直接导致了他对我的各种刁难，但是爸爸决计无视大叔叔的这些攻击，总是假装没看到，妈妈也同样袖手旁观。

"智妍，好久不见了。怎么没看到你老公？"

大叔叔问。

"我应该告诉您的。大叔叔，我离婚了，已经一年多了。"

"嫂子，智妍在说什么？离婚？都一年多了，怎么没听你们说起过？"

大叔叔好像感觉无语极了，笑出声了。妈妈什么都没说，只看着盘子里的食物，咬着嘴唇。

"是我说要自己告诉大叔叔的。离个婚也不是件普通的事，要整理的东西那么多，一年的时间都觉得不够用呢。"

我往杯子里倒了些香槟酒，接着说：

"还有，大叔叔，是大嫂，不是嫂子。[1]"

大叔叔的脸扭曲了。爸爸用两个拳头捶打桌子，筷子和叉子掉到了地上。

"你在说什么？必须这样让父母丢脸，你心里才痛快是吧？妈的，离了婚很自豪吗？你有什么了不起的，敢教训大人？"

爸爸用喝醉的声音咆哮着。大家都过来劝爸爸，他深深地垂下头。大叔叔来回打量爸爸和我，笑了。我一直不能理解，这样的人竟然也能写文章，也能在大学里教学生们文学。他对他人的痛苦产生过哪怕一次共鸣吗？

---

1 韩文原文是"형수님"和"형수"，前者是敬语。

我坐在关了灯的房间的床角，望着窗外，没脱鞋子，也没换衣服。人们收拾好婚宴场地，挂在院子里的灯随即熄灭。眼前陷入一片黑暗，只能看到湖周围的建筑物发出一点微光。由于紧张，我喝了很多香槟，头疼得厉害，嗓子也很干。一个人坐在黑暗的房间里，感觉醉意比刚才更浓了。

当着父母的面告诉亲戚们我离婚的消息，这一目的已经达成，却并不像想象的那么畅快和满足。我只是想证明我没有做什么羞耻的事，结果却是，我终于明白了父母因为我离婚的事感到多么羞耻。虽然也不是意料之外的事情，但是亲眼看到那幅情景，感觉心就像在柏油路上被剐蹭一样痛苦。

眼睛渐渐适应了黑暗，我环视了一下房间，看到有椅子、冰箱、玻璃杯和一次性拖鞋。我反复告诉自己要开灯洗澡了，身体却迟迟不能动弹。

外面传来了敲门声。

我假装不在。心想，毕竟灯也关着，只要不回答，应该就不会再敲了。

又是一阵敲门声。

"智妍，是妈妈。开一下门吧。"

我侧着身在床上躺下。

"我知道你在里面。你开一下门，一会儿就好。"

接着传来了门铃声。我只好爬了起来。妈妈是个非常固执的人，如果我不开门，她一定会一直按门铃。打开门，妈妈也不看我就进了房间。她还穿着刚才的衣服和皮鞋。她坐到窗边的安乐椅上。

"我去洗手间的工夫，你就不见了，我一直在等你。等了很久很久。我没想到你不说一声就回房间了。

"你没打声招呼就先走了，所以我很生气。"妈妈拐弯抹角，为的就是向我传达这一信息。我躺在床上盯着天花板。

"你来这里就是为了这样吗？我都说了可以不来的。"

"意思是不要来吧。因为妈妈会难堪。"

"不是那样的。我说的是你今天的态度。"

妈妈低声说道，像是怕被别人听到。

"我的态度有什么问题吗？"

我的声音里写满了挑衅，心开始剧烈地跳动，我已经做好了战斗的准备，而且我知道，我绝对不能输。

"非要那么跟大叔叔说话吗？叫我嫂子也好，大嫂也罢，有什么问题？为什么要教训长辈？'我离婚了'，这样说完，就该好好听着大人怎么说。你可倒好，在长辈面前昂着头……"

"头本来就该昂起来，妈妈。我做错了什么，要低下头去？"

妈妈脱下夹克放在桌子上，打开了窗户。凉凉的风吹进房间。

"你以前不是这样的。你一直对长辈很有礼貌。"

"什么礼貌？无论听到多么不爽的话也要闭着嘴安静地坐在那里？这就是礼貌吗？没有礼貌的是爸爸家的那些人。醒醒吧，妈妈。叫大嫂有什么问题，你不知道吗？大叔叔一直以来是怎么对待妈妈的，妈妈真的一点都不在乎吗？"

"说话要注意分寸。"

"说话要注意分寸的人不是我，而是妈妈的婆婆和小叔子，妈妈该对他们说这句话。"

妈妈在黑暗中冷笑了一下。

"去了熙岭之后，你好像变了一个人。我不知道你祖母对你到底产生了什么影响，总之你现在看我就像看待仇人一样。"

"不是那样的。"

头疼得厉害，每说一句话就开始脑鸣。

"智妍，一一对抗是没法活的。只要避开就可以了。那才是有智慧的。"

"我全都避开了，妈妈。所以才会变成这样。我已经不知道自己是什么心情了。眼泪哗哗地流，心里却空荡荡的，什么感觉都没有。"

"我不知道你在说什么。我的意思是，避开那些才可以保护你。"

"别人打我的时候，我就乖乖地挨打，这是在保护我？"

"反抗的话会挨两拳、三拳，而且不会赢。不对抗的话，挨一拳就可以结束。"

"妈妈怎么知道我不会赢？"

妈妈没有回答。

"要活得善良，说好听的话，不要哭，不要顶嘴，不要生气，不要吵架。这些话听得我耳朵都要起茧子了，以至于我不管生气或难过都会有负罪感。感情没有被消化，像垃圾一样被扔到心里。因为没能及时清理，我的心都变成了垃圾桶，里面装满了又脏又臭、无法收拾的垃圾。我不想再这样生活了……我也是人，我也有感情。"

泪水顺着太阳穴流进耳朵里，我静静地抽泣着。是吗？这样啊，我也很心痛……我在期待吗？期待妈妈用哪怕很简单的话向我表示理解？

"你好像喝醉了。休息吧，明天见。"

我听到妈妈穿夹克的声音。妈妈不想和痛苦的我、悲伤的我在一起，哪怕只是一瞬间。我感受到了熟悉的愤怒。我坐起来，看着妈妈，心里掂量着要说什么残忍的话。

"妈妈每次来熙岭的时候，我都感到很讨厌，很烦。"

这完全是假话。

"告诉我不要来不就行了。"

邪恶鼓动着我。

"是啊，可能是我觉得妈妈太可怜了吧。"

通过已经熟悉了黑暗的眼睛，我看到妈妈就要崩溃的脸。

"你问过我为什么去熙岭。老实告诉你，因为熙岭是妈妈绝对不会去的地方。这就是答案。"

妈妈搓了一把脸，看着我说：

"你希望我怎么样？"

"你还不如哭、喊或是发火，有什么想说的话就说清楚。我受够了拐弯抹角的言语攻击。"

"我不知道你在说什么。"

"不，你知道。"

妈妈从座位上站起来，俯视着我。

"就这样生活也不难，不是吗？"

妈妈带着疲惫的表情这样说完，然后向房门走去。我知道说什么话可以阻止妈妈。

"知道吗，是妈妈让姐姐成为不曾来过这个世界的人。"

妈妈停住了脚步。

"妈妈从不说关于姐姐的事，连姐姐的名字都不提。就像姐姐从一开始就不存在一样……这像话吗？"

妈妈把手放在门把手上，蹲下来哭了。我陶醉于自己的残忍，毫无怜悯地看着妈妈。是因为说出了被禁止的话语而感到自由吗？还是享受着复仇的快感？但那只是一瞬间。待清醒过来，我开始越来越怕，不知道怎样才能得到妈妈的原谅。我无法靠近她，只那么看着她。妈妈哭了很久，最后擦了擦脸，出去了。门被关上了。

上小学的那一年，妈妈在 114 查号台工作。回到家里，总是一个人也没有，我玩着小孩子自己玩的各种游戏等着妈妈。实在坚持不住了，我就拿起电话拨 114。

"这里是 114。请问您要查询哪个号码？"

我怀着希望认真听着接电话的人的声音，心想这样一直打下去，总有一次妈妈会接起我的电话。

"请问您要查询哪个号码？"

我的电话一次也没有和妈妈连上过。

"金东星房地产。"

我随便说了个店名，然后听到报号的声音。我只有在实在受不了的时候才会打 114。说不定能听到妈妈的声音。如果能听到妈妈的声音，哪怕只是一会儿，我也别无所求了。我想象着以同样心态按下 114 的孩子们，想象着他们拨打那个肯定会失败的电话时的样子。至少在这样想象时，我不是彻底的一个人。

"这里是114。请问您要查询哪个号码？"

"妈妈，我是智妍！"

在我幼小的身体里，孤独像电流一样流动着。如果有人碰我一下，一定也会跟着感到孤独。我想也许就是因为这样，妈妈才不再抱我，不再抚摩我，才躲开我伸出的手。这样想象着，难过似乎就减轻了一些。

年幼的我不敢靠近妈妈，像只小狗一样站在旁边看着妈妈。等到妈妈坐在沙发上睡着时，我才小心翼翼地走过去，闻一闻她温暖的味道。妈妈近在咫尺，我却思念得想哭。妈妈唯一抚摩我的时候是给我编辫子的时候。我早早便起了床，手里拿着梳子，等着妈妈起床。她一定猜不出，我有多么渴望那个时刻。

我仍然忘不了那些事。

第二天上午举行婚礼。妈妈穿着在我结婚时穿过的韩服，和我坐在一张桌上。她看起来就像昨天什么事都没有发生过那样，对我说着"小型婚礼也不错""幸好天气好"之类的话。而我则回答着"是啊""确实"。妈妈又在佯装不知，假装什么事都没发生过。有时我会想，妈妈是不是得了选择性失忆症。只要是不舒服的事情，就无条件地相信那是没有发生过的。而我也总是一唱一和，以此来掩盖一切。

婚礼结束后我朝着停车场走去，妈妈跟了过来。

"如果你再像昨天那样说话，我不会再忍下去的。"

妈妈颤抖着身体愤怒地说。看到她这种陌生的样子，我突然有些心软，嘴里却说出了不同的话。

"有些事不是假装没有就会真的没有的。再说，我也有说话的权利。"

我不忍心大声，只这样喃喃自语着。

"事情都过去了。即使说了，她也不会活着回来。"

妈妈避开我的视线说。

"妈妈。"

我走近妈妈，她后退了一步。

"大叔叔看不起我？最看不起我的人是你，而不是别人。你一直在否认我的人生！"

妈妈近乎喊叫地说。停车场对面的人们一边小声地议论一边看着我们。妈妈整理了一下头发，加大步伐离开了停车场。深蓝色的韩服裙子被风吹起，里面的白色衬裙露了出来。我静静地看着妈妈的背影，直到她消失在大楼后面。

在公共场所对丈夫或子女发脾气的女人、在公交车上抽抽搭搭哭泣的女人、在路上对着电话发泄愤怒的女人，妈妈说她们不知羞耻，还说做这种不入流的低级事情是拉低自己价值的行为。可现在妈妈让我看到了她一生都想逃避的样子。她的指责烙进了我的心里，但看到她"不知羞耻"地发泄自己愤怒的样子，我体会到一种解放感。

结婚典礼过后妈妈就没有联系过我。我不时想起那天我对妈妈说过的话，还有在那个黑暗的房间里记起的伤心往事。那时，我以为我是为了伤害妈妈才恶意编造了一些谎话，可是过了一段时间回过头再看，我觉得那些想让妈妈伤心的话并不是纯粹的谎言。我来到熙岭分明就是为了远离离婚后伤害过我的妈妈。那句"是妈妈让姐姐成为不曾来过这个世界的人",其实也是因为我无法承认,甚至都没能意识到的无意识的一部分。

妈妈说我看不起她。最开始我觉得这是无稽之谈,但仔细想来,我对妈妈的态度中确实总是带有一种轻蔑。难道是因为在潜意识里我知道,这是攻击她的最有效的方法,只有这样她才能更认真地对待我?无论我怎样渴望、哭泣、哀求、埋怨,她都无动于衷,直到我隐隐开始无视她的时候,她才会以某种方式做出反应。难道我是喜欢这样的吗?给妈妈的短信写了删,删了写,到头来我还是没有先跟她联系。我不知道该用什么话来道歉,更害怕即使我道歉,妈妈也不会接受。

除了去扔可回收垃圾时碰到过一次,我已经很久没见到祖母了。我工作很忙,祖母也一直忙着去果园和农场帮工。下次再看到祖母一大早就坐上面包车出去干一整天活儿,我一定会说:"不要再干了,以后好好休息吧。"那天,在分类回收站前面,祖母扬起晒得黑红的脸一直强调说,到了冬天,休息的日子就多了,因此在那之前要尽可能多干些活儿。虽然自己不如那些七十岁出头的老人,但她自豪的是,自己能凭本事保持着和果园、农场主的联系。看着乐观开朗的祖母,我想,不知祖母是否有像样的保险,也不知她到现在存了多少钱,而且,祖母明年就是八旬高龄的老人了,在农场和果园里来回奔波是不是太辛苦了?

不知不觉已是晚秋。上下班的路上开始变得昏暗,偶尔刮起的冷风让人浑身发抖。大田的一个研究院发布了招聘公告，那是我很久以前就梦想去工作的地方。为了准备材料，我忙得昏天黑地。递交上所有材料后，周末我终于抽出时间去看祖母。

我把在冰箱里放了很久、熟透了的水蜜桃拿出来，仔细洗干净，又用热水给玻璃瓶消了毒。把桃肉和白糖放进锅里，开小火一直搅拌，做成桃子酱。再把从面包店买来的面包和鲜奶油装进纸袋，把在家里冲好的咖啡装进保温瓶，我带上它们去了祖母家。我想对住院期间为我受累的祖母表示一下心意。

出院的时候我曾给祖母送过一个红包，结果很尴尬。我拿出信封，祖母的脸上露出受伤的神情，但随即恢复了正常，然后努力笑着让我把钱收回去，说自己有钱。其实祖母还不如一直用受伤的表情看着我。我的做法明明让她受伤了，只是她不便表达，甚至想隐藏自己。那一年的秋天，我总是回忆起自己递去红包时，祖母的表情一下子暗了下去，然后又若无其事地重新露出笑容的样子。

"这是用您给我的桃子做的。"

我在面包上依次抹上鲜奶油和桃子酱，递给祖母，又把装在保温瓶里的咖啡倒进马克杯，放到桌上。祖母咬了一口面包，喝了一口咖啡。

"你脖子不好，还一直站着做果酱啊？"

"现在不怎么疼了，再说做果酱很有趣。"

"和黑咖啡一起喝，味道真不错。本来我还想，不加糖的咖啡有什么好喝的，但和甜的东西一起吃真不错呢。你怎么光看？你也吃。"

我也咬了一口面包。下午一点了，这是我今天的第一顿饭。喝了热咖啡，感觉身体慢慢暖和起来。

"我还记得我十岁来熙岭的时候，您给我吃过桃子罐头。我们把罐头倒进碗里，放一些冰块进去吃。不是特别甜，咯吱咯吱的，可好吃了。"

祖母似乎想说什么。她喝了一口咖啡，然后又看着我。

"我是不舍得把桃子一下子吃完才那么做的。喜欢的人来了也会给他们一些。"

"妈妈特别喜欢桃子。她说怀着我的时候也吃了很多。"

"美仙怀着你的时候，来熙岭住过一段时间，带着正妍。记得我们还坐在一起吃过桃子。"

这是我第一次从祖母的口中听到姐姐的名字，以往她都是含糊地说着"你姐姐"。我已经很久没有从别人口中听到"正妍"这两个字了。透过阳台可以看到一部分大海，在阳光的照射下，大海就像白色的玻璃纸一样闪烁着。

一九六三年一月，从大邱来了一封电报。发信人是喜子。

祖母说自己也要去大邱，但曾祖母劝住了祖母。她说，背着孩子换乘公共汽车去大邱不是一件容易的事情，还有，客人预订的团体服装的交货日期也快到了。祖母知道曾祖母说的是对的，可还是像孩子一样要起赖来。

——我说过，新雨大婶好像病了。可妈妈听进去了吗？"新雨没事，新雨没事"，这就是妈妈的回答。妈妈为什么总是这样？为什么就不能认真听我说话？

正在收拾行李的曾祖母冷冷地望着祖母。

——你以为我真的不知道吗？新雨她这个人，最讨厌的就是别人担心和同情自己。她向来便是这样。她想随心所欲地过完剩下的日子，我能说什么呢……如果装作一无所知是新雨所希望的，那么无论多么难，我也会那样做。

曾祖母用手背擦干眼角的泪水，继续收拾行李。

是啊，妈妈不可能不知道。我的眼睛能看到，妈妈也不可能看不到。祖母呆呆地看着曾祖母收拾好行李然后站起身。

——祖母，您要去哪里？

妈妈醒了，躺在炕头上问曾祖母。

——我去看朋友。

——要在那里过夜吗？

——是啊，要在那里过夜。

——睡一晚就回来吗？

——睡十晚再回来。

听到这个回答，妈妈哼哼唧唧地哭了起来。曾祖母转过身，推开门走了出去。

新雨大婶隐隐还有一点意识。她躺在褥子上，在曾祖母说话时能用眼神做出一些回应。

新雨大婶的目光穿过曾祖母的身体，穿过她的心灵，到达了一个也许该称之为"灵魂"的地方。在那里，不到五岁的年幼的曾祖母抱着被太阳晒热的石头，嘴里说着"朋友啊，朋友啊"。那么一点温暖也让她充满渴望，但是人真的太可怕了。曾祖母蹲在院子的角落里，看着自己的影子。

从她的视线中，曾祖母明白了，当时自己也不知道叫的是谁，却还是那么恳切地呼唤的人就是新雨大婶。你听我说话，还说我做的菜很好吃。你叫我三川，新雨你总叫我三川。

——新雨啊。

新雨大婶的眼睛眨了一下。

——是我啊，三川。

新雨大婶的脸上似乎闪过一丝温柔的微笑。过了一会儿，她闭上眼睛睡着了。

喜子的房间租给了一位叫景顺的女人住，她是新雨大婶印刷厂的同事。她看到新雨大婶的情况不好，赶紧叫来了医生，还给喜子发了电报。她留着短发，看上去二十多岁，穿着灯芯绒裤子和黑色手工毛衣。她蹲在院子的一侧边抽烟边说：

——医生也不知道是什么病，能有什么法子呢？我也在想，是不是闭经太早也是问题。喜子妈说过，自己三十多岁的时候月经就停了，这不太正常吧？

她抬起头看着曾祖母。曾祖母对此一无所知。

——是从什么时候开始卧床不起的……

——给喜子发电报的时候还可以一个人上厕所。喜子回来以后，连这都不行了……一直告诉我绝对不要叫喜子回来呢，结果喜子回来了，她高兴得跟什么似的。她不想让孩子看到自己痛苦的样子，这个我能理解，可那样的话不是让孩子终身抱恨吗……

——喜子现在在哪里？

——去市场买吃的了。

两人在寒冷中蜷缩着身子，一言不发地望着不同的地方。

——啊，我介绍晚了。我是英玉她妈。

——我知道。经常听喜子妈提起您。

她的眼睛里布满血丝，用非常疲惫的眼神望着曾祖母。没过多久，大门开了，喜子走进院子。喜子冻得通红的脸皱着，眼睛也肿着。

——大婶，我们这是多久没见了？

喜子可能哭了很久，声音都变哑了。

——喜子啊。

——您大老远跑来辛苦了。不要站在这儿，进屋暖和暖和吧。

——好，好。

喜子、曾祖母和景顺都进了屋，一起盖上毯子，看着新雨大婶。

——已经两天没吃东西了。

喜子说。虽然炕下烧了火，但泥墙的缝隙里不断有寒气进来，让人鼻子发凉。

——说实话我很埋怨你们。阿妈也好，大婶也好，还有景顺姐，我都很埋怨。如果有人告诉我真相，我就能早点回来看阿妈。在阿妈清醒的时候，至少能和她说上几句话。

——小声点，让妈妈好好歇息一下。

景顺责备喜子。

——我就是要让阿妈听到。阿妈怎么能这样对我？一直告诉我不要欺骗别人的人怎么能欺骗我呢？早知道这样，管他是首尔还是大学我都不会去的。上什么大学，就为了让我一个人过上好日子吗？世界上只剩下我一个人，让我怎么活下去啊！

——喜子啊，喜子啊。

曾祖母抚摩着喜子的头。

——叫我怎么办……

——喜子啊，妈妈都能听到。

景顺压低声音拍了拍喜子。

——新雨会理解喜子的心情的。喜子啊，你继续说吧。你想说什么，想告诉阿妈什么，都说出来吧。新雨也不会希望你把它们憋在心里，你说吧。

曾祖母说。

——阿妈，战争中你牵着我的手从新雨来到这里，为的就是这么一走了之吗？你辛辛苦苦送我上学念书，又送我去首尔，现在就可以撒手了吗？阿妈，你怎么能这样？你以为这样忍耐和隐瞒下去，我就会觉得阿妈很了不起吗？不，阿妈。我不觉得阿妈了不起。

这样大声说完，喜子低下了头。喜子说得没错。新雨走了，就只剩喜子孤身一人。曾祖母不知道该对喜子说些什么，只望着对面的墙壁，眼泪顺着脸颊不住地往下流。

曾祖母、喜子和景顺决定轮流睡觉。两个人在里屋睡觉，另一个人在外屋照顾新雨大婶。景顺去上班时，曾祖母就和喜子轮流照看新雨大婶。新雨大婶的状况越来越不好，她对外界的声音已经没有任何反应，呼吸也变得越来越急促，经常需要别人确认是否还有呼吸。

来到大邱三天了，那个凌晨，曾祖母面对着新雨大婶躺下了。她靠得非常近，两人的鼻子和鼻子几乎都碰到了一起，她抱住了新雨大婶。薄薄的皮肤下面，可以感触到一根根嶙峋的脊骨。曾祖母把手指放到新雨大婶的脸上，感觉就像在摸冰冷的丝绸。新雨大婶抬着下巴，微微张着嘴。曾祖母把手放到新雨大婶的鼻子下面，可以感受到犹如孩子叹息般微弱和温暖的呼吸。"你就想着这样已经足够了，不行吗？"……曾祖母的耳边似乎又响起在熙岭一起躺着的时候，新雨大婶安慰自己的话语。

——好的，新雨。我会照你说的去做。你不用担心。

曾祖母看着新雨大婶的脸小声地说着。

风吹动窗棂。

——新雨啊……你的朋友三川为了活着，一辈子都在寻找生路。像野兽一样，像以泥土和尘芥为食的虫子一样，一辈子都在寻找生路。我是丢下阿妈跑出来的啊。

曾祖母停下来，听着新雨大婶微弱的呼吸声。

——抛弃阿妈前往开城的时候……在那个三九寒天，让新雨你出去避难的时候……都是没有办法啊，没有办法。虽然狠下心那么做了，可我知道不该那样。

胡同对面的房子里传来男人们大笑的声音。

——新雨啊……我死后应该见不到你了。虽说草绿同色[1]，但我们却太不一样了，不能说是一类人……如果我死了，肯定见不到阿妈，也见不到你。因为我们会去不同的世界。我绝对去不了新雨你所在的

1　即人以群分。

地方。所以这就是全部……这就是全部……

曾祖母用双手抚摩着新雨大婶的脸。

——我们的新雨，去一个不冷不饿的地方，不要再吃苦了，也不要操心了。去见所有你想念的人吧。

没过多久，曾祖母感到新雨大婶的身体微微颤抖，呼吸困难。景顺去上夜班了，不在家里，喜子在睡觉。曾祖母到里屋把喜子叫醒。在曾祖母和喜子的注视下，新雨大婶的身体渐渐起了变化。胸廓的颤抖消失了，脖子的颤抖也消失了。新雨大婶嘴里呼出了最后一口气，曾祖母和喜子抱着新雨大婶的身体放声大哭。时间是凌晨五点。

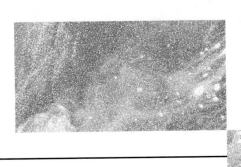

第五部

14

　　地铁正在穿过汉江。我听着列车轨道传来的轰隆声，望着窗外。太阳当空散发着光芒，阳光下的江水亮得有些刺眼。穿着杏色卫衣的小姑娘把头靠在我的肩膀上睡着了，她微张着嘴，似乎睡得很沉。

　　看着这一幕，我想起二十多岁时每天坐地铁往返三个小时走读的那段时间。那段时间我每天都很累，在地铁里的大部分时间在打盹儿。睡得太沉的时候，我也会不知不觉地把头靠向旁边的人。"同学，没关系，倚在我身上吧。"很多女人会这样说，然后把肩膀借给我。那时的我没有把她们的好意太当一回事。

　　婚后有段时间也是坐地铁上班。在研究生院的研究室里待了一整天，回家的时候，我经常想象自己乘坐的地铁不是去自己的家，而是去别的地方。回到有毒的家里，我努力花在丈夫身上的那点心力也日渐微弱。不知从什么时候开始，每次回家我都很紧张。

　　那天我也是蜷缩着肩膀，正神情严肃地用手机看着新闻。一个二十出头的女孩边打盹儿边把头靠在我的肩膀上。我气得扭动了一下肩膀，让她无法倚上来，可她还是一直靠过来。我用余光扫了一下，她的膝盖上放着一个大大的背包，脚上穿着一双似乎很久没有刷过的破旧的运动鞋。她的头总是碰到我，我觉得很烦，很生气，于是从座位上站了起来。

我曾以为是丈夫的外遇以及和他的离婚摧毁了我的精神支柱。但是，真的只有这些吗？像我曾经相信的那样，像我想相信的那样，他对我来说真的是有意义又有分量的人吗？在知道他有外遇之前，我真的像一直以来坚信的那样，没有那么痛苦，也没有那么病态吗？

我想通过和他结婚，逃避自己存在的问题和具有的可能性。我想远离我的原生家庭，远离看似难以解决的伤痛，远离受伤的可能性，最重要的是，远离真正的爱。我不想经历真心实意地深爱一个人的那种撕心裂肺的痛苦。我想远离这种感情上的可能性，在不冷不热的关系中安全地生活。还有比欺骗自己更容易的事吗？离婚后我经历的痛苦时光不只是因为丈夫的欺骗，也是我欺骗自己的结果。扪心自问，其中更让我痛苦的正是我对自己的欺骗。

在那段追求安定的时间里，我没有获得成长。就像被困在缸里的树木，不能尽情地伸展树枝，与世隔绝了。"看你说话真是恶心。像你这样的人谁会喜欢？"他的母亲这样对我说，而他面无表情地看着电视。你为什么看不到我的痛苦？他扔下独自流泪的我，关上了房门，然后播放音乐，做起了健康操。他看起来就像对我切断了感情线路。向他一一解释我的感情是没有意义的，是行不通的。不是应该到此为止吗？但是我又逃避了这个问题，装作没发生过那些事。我死心了。他不在家的时候，即使我正在哭，只要他的电话打进来，我也会清一清嗓子再接电话。如果他问"你的声音怎么回事"，我就会说："哦，刚睡醒。"

我对谁说过谎？

对我，对我的人生。因为不想承认，因为不想知道，因为不想感受。

黑暗就在那里。

靠在我肩膀上的女孩表情平和地睡着。正是晴朗的午后，肩膀上传来的重量让我感觉很好。我想起曾借给我肩膀的那些素不相识的女人。一定也有人把自己的肩膀借给过她们。该是多么疲惫才会睡这么沉，希望她能好好放松一会儿。我想，就是这种看似微不足道的心意，有时也会给人以活下去的力量。不管是对于靠在别人肩膀上的人，还是把肩膀借给别人的人。就像一缕阳光从云缝里照出来，这种心意也再次降临到了我的身上。我很欣慰。

我正在去国立中央图书馆的路上，打算去那里看一下一九九二年KBS[1]播出的纪录片资料。祖母说，一九九二年秋天在纪录片中看到过喜子，还说，别的不管，她只想知道喜子是否还活着。祖母说自己每年都会梦到一次喜子，最近则频繁梦到。她觉得如果喜子还活着，说不定也在寻找自己。祖母这样说的时候虽然看似漫不经心，但其实我也很想找到喜子。我一直牵挂着，新雨大婶去世后，喜子过着怎样的生活。

---

1 指韩国广播电视台，是韩国最早的公共广播机构。——编注

喜子办完丧事，和曾祖母一起来到熙岭。喜子烫了长鬈发，穿一件黑色大衣，脸色苍白，努力向祖母笑了一下。喜子在祖母家一连睡了好几天。虽然水壶和杯子就放在枕头边，但她好像一口水都没喝过。过了几天，她才走出房间，喝了祖母做的绿豆粥。喝粥的时候，喜子说：

——现在哪里都没有我的家了，姐姐。

——别这么想。我们不是一家人吗？你这么说太让人难过了。

尽管如此，祖母依然没有信心成为喜子的家人。她和喜子已经十年没见过面了，她几乎无法想象喜子的生活。喜子也一样，她们之间没有现实的公分母。虽然过去她们经常互相写信，但这与坐在同一张饭桌前、吃同一锅饭的时期相比，感觉是不一样的。不过祖母还是觉得自己是喜子的家人，"累的时候来熙岭玩儿"这句话也是发自真心。所以，喜子说现在哪里都没有自己的家了，可能让祖母的心里有了一些芥蒂。

对话的次日。祖母正在打扫掉在地上的线头和碎布，喜子打开房门说：

——我想看海。

祖母把妈妈交给曾祖母看，和喜子一起去了乌龟海岸。冬日的寒风凛冽，吹得人头疼，海面上波涛汹涌。喜子坐在沙滩上，用戴着手套的手划拉着沙子。祖母远远地站了一会儿，走到喜子身边，在她身后跪下，紧紧地抱住了她。也许是世界上只剩下风声和海浪声，所以才可能这样。祖母是不习惯做出这样的举动的。

祖母还记得，喜子从刚学会走路的时候起，不管走到哪里都像影子一样跟在自己后面。还有年幼的喜子一刻不停地叽叽喳喳，努力把自己所有的故事都讲给自己听，生怕有一丝遗漏的样子。还有喜子穿着露出纤细小腿的旧短裙在胡同里跳绳的样子。因为近视严重，喜子向前伸着头、眯缝着眼睛的脸。说着"姐姐，好好吃饭。再见，再见"，在汽车站告别时的样子。祖母把头埋在喜子的长发里，久久地抱着她，直到头被海风吹得像要裂开一样痛，直到戴着手套的手也被风吹疼。

坐了那么久，全身都冻僵了，祖母和喜子用像是跳舞一样奇怪的姿势从海边走了回来。两个人看到对方的样子，都"扑哧"一声笑了出来。

回家的路上，祖母告诉喜子，新雨大婶在那一带的海边一直玩到裙子被海水打湿。那时的她真的看起来比任何人都健康。

——玩的是扔球游戏。

——什么球？

喜子向祖母走近一些，问。

——拳头大小的橡皮球。是新雨大婶买给美仙的，从大邱带过来的。

——还做什么了？

祖母从新雨大婶踏入熙岭的那一刻起，直到她离开，把那期间所有的事情都一字不漏地讲了一遍。

——阿妈没有说过什么关于我的话吗……

喜子嘴唇嚅动着，低声问。

——她说有时会梦到喜子你变成了鸟。她说，看到一只特别好看的鸟立在高高的树枝上，于是激动地说："鸟儿呀，你下来好吗？"可那只鸟踩着树枝飞向了高高的远方，她有一些伤心，接着又无比地高兴，高兴得要流眼泪。

——怎么知道那只鸟是我……

喜子用沙哑的声音说。

——不管你变成一只鸟、一只鼹鼠，还是一棵柿子树，新雨大婶一眼就能认出来这是喜子啊，我们可爱的喜子啊。

——是啊，应该是吧。

喜子摘下眼镜，双手掩面哭了起来。

一周后喜子回了首尔。她给祖母写信的次数比任何时候都多了。暑假到了，喜子拖着行李来到熙岭，假期给村里的孩子们做课外辅导，还帮忙照顾妈妈。她经常和祖母一起拿着漏气的皮球出去玩，直到太阳落山。后来喜子也经常来熙岭玩。

一方面祖母对喜子的来访感到高兴，另一方面喜子又让她并不那么自在。喜子现在和祖母单独在一起的时候也说首尔话，祖母总是因为那种冷冰冰的语气而轻易受伤，也常因为一点点小事就生气。一天，喜子随口说道："真不知道该不该继续上大学。"这句话深深刺痛了祖母的心。难道喜子不知道自己所享有的特权吗？世界上到处都是因为没有饭吃而忍饥挨饿的人，她是吃饱了撑的所以在这里无病呻吟吗？祖母终日辛苦劳碌，才能让一家三口吃饱肚子。她不想对如今孤身一人的喜子冷酷无情，脸上的表情却骗不了人。

当喜子毁掉与未婚夫的婚约，说要去德国留学的时候，祖母也没有祝福喜子。"你一个女孩子真是胆子大。女孩子家孤身一人出门在外，能保全自己吗？"这是祖母出于担心说的话，喜子却因为祖母不支持自己感到生气，祖母也对喜子难掩气愤。直到喜子去德国，两人之间的隔阂也没有消除。

"为国争光的海外同胞"系列是一九八八年夏天至一九九三年夏天播出的纪录片节目。《密码学家金喜子博士》那一期于一九九二年九月二十八日播出。

她戴着一副圆圆的黑框眼镜，留着及肩的黑色直发。薰衣草色的衬衫塞进了古铜色休闲裤里面，脚上穿着牛津鞋。纪录片的第一个镜头，她坐在一家咖啡馆的露天座位上，在笔记本上写着什么。画面下方有"密码学家金喜子博士（五十岁）"的字幕。下一个场景中，她和三四个同事在一个闪烁的黑色大机器前用德语交谈着。其中一个褐色头发的男子说：

"在为一些大公司提供特殊的安全系统方面，她发挥了巨大的作用。她用自己的方式建立了一套信息访问控制系统。"

画外音讲述着她在德国取得的成就，然后介绍了她作为密码学家的生活：当年她以国家公费奖学金获得者身份前往德国留学，在获得数学硕士和博士学位后，成为密码学家，往返于美国和德国。中间穿插着对一些同事的采访，大家都对她进行了不错的评价。接下来镜头上出现了她工作时的样子，最后，她的家出现在屏幕上。小小的公寓里看不到什么家具，墙上也没挂任何相框。

"作为著名学者的家，这里显得过于朴素了一些。小小的厨房和客厅、一个房间，这便是全部，连基本的书房都没有。"

接下来是一个特写镜头。她坐在芥末色的沙发上，手里拿着茶杯开口说：

"我已经习惯了经常离开，所以不怎么买东西，东西多了打理起来也很难。工作都是在餐桌上完成的，这是从学生时代养成的习惯。"

她这样说着的时候，镜头拉远对向了周围，她坐着的沙发，旁边的台灯和床头柜同时进入观众视野。床头柜上有个小相框，我按下停止键，仔细看着相框里的照片。那是曾祖母和新雨大婶在熙岭照相馆拍的合影，和祖母手里那张照片一样。

我又按下播放键。采访者问起她的故乡和童年，这时镜头再次对准了她。

"我一九四二年出生于开城。'6·25'[1]时期我去了大邱的姑奶奶家避难，上大学之前我一直住在大邱。一九六一年我考入梨花女子大学数学系。"

她用从前的首尔口音说。

"您那个年代能上大学，家庭应该很富有吧？"

她苦笑了一下，摇了摇头。

"我是以第一名的身份考进去的。有奖学金，所以才能去。"

"父母把年幼的女儿送到外地上学，一定很不容易。"

"我的父亲很早就过世了，母亲独自抚养我长大。母亲经常说，要多学习，要走得远一些。也许这样说听起来像是自夸，但我确实天生头脑聪明。母亲可能早就看出来了。她出生于日本帝国主义时期，

---

1 即朝鲜战争。

在那个时代，'女人的命就是个空心葫芦'这句话对人们来说简直是绝对的信仰。从这个意义上说，我的母亲算是个异端了……我是这么想的。"

说到这里，她大声笑了。

"留学生活中一定很想念妈妈吧。"

听到这个问题，她的眼神晃动了一下。她喝了一口茶，示意对方提下一个问题。

"作为女性，专攻数学会不会很难？"

她没有回答，也没笑。虽然画面的清晰度不高，但还是能隐隐地看出她的愤怒。

"我的意思是，您很了不起，我想说的是这个。一个女人，而且是孤身一人在异国他乡，您至今未婚的原因是什么呢？"

"精力都用了学习和工作上，所以没有闲心谈恋爱。我原本也对男人没什么兴趣。"

采访者听到她的回答大声笑起来。也许这是采访者做出的有诚意的回应，但作为回答者的她，脸上却是一副不知道对方为什么要笑的表情。

"您打算什么时候再回韩国？"

"不知道。因为我总是很忙。"

"肯定有家人在等您的。"

"我不知道是不是还有人想见我。"

说完，她笑着耸了耸肩，似乎刚刚开了个玩笑。

采访内容转向了她作为密码学家的职业生涯。

祖母看这部纪录片的时候会想些什么呢？密码学专家金喜子博士依然在德国生活，从她所在大学的网站上找到她的电子邮箱地址不是什么难事。我给她发了一封很长的邮件，但是几天过去了，依然没有等到回信。

　　我经常和祖母见面，一起喝茶、吃饭，但我没说看过金喜子博士纪录片的事情，也没说给她发过邮件的事，当然也没有提在网上搜索她的信息时感受到的那种复杂而微妙的情感。祖母没有跟我再说喜子去德国留学的事。她大学毕业后，二十六岁的时候去了德国，祖母只说了这些。我一边回想着祖母说过的话，一边思考着金喜子博士不给我回复邮件的原因。也许是时间，最为强力的时间让她和祖母的那些记忆都褪色了吧。

　　祖母直到冬天还在工作。去泡菜工厂给腌白菜填料，参加市里的公共劳动。通过这一年的相处，我才知道祖母是那种什么都不会浪费的人。祖母拖着小拖车去市场买回一周要吃的蔬菜，然后做成小菜，做多少就吃多少。东西也不怎么常买，但是一个月一次的摇会[1]聚会是例外。每到这一天，她会穿上最好看的衣服，头发也梳得漂漂亮亮的，去和朋友们见面，还会用攒了几年的钱和大家一起去济州岛旅行。

　　说话的祖母、大声笑的祖母、打花牌时的祖母、坐上面包车去帮工的祖母、坐在亭子里听朋友们说话的祖母、拉着拖车上坡的祖母、偶尔拿出放大镜读东西的祖母……在所有这些形象中，我的脑海里总

1　民间的一种信用互助方式，会员定期聚会，每次各交一定数量的会款，轮流交由一人使用，借以互助。

是最先浮现出祖母坐在餐椅上，一只手放在杯子上，看起来好像在出神的样子。有时候祖母明明和我在一起，却似乎忘了自己身在这里。有时几秒钟，有时一两分钟，祖母好像总会离开所坐的位置，不知其终。每当这时我就一直等着，直到祖母回来。我在等待祖母回来喝下杯中的饮料，感受一下自己所停留的地方。每次这样等待着，祖母就像潜水后浮出水面的自由潜水员一样，慢悠悠地重新回到这里。

我没有告诉祖母我被大田的研究所录取了。我没有勇气告诉祖母，到了春天我就要离开熙岭。我和祖母打纸牌、做炒年糕吃、用望远镜观察月球表面、在去集市的路上打雪仗，可我依然无法开口说自己要离开熙岭。

我苦恼着该什么时候开口，不知不觉中睡着了。那天晚上，我做了一个很长的梦。我必须把斑马带到一个安全的地方，梦里是严冬，却下着倾盆大雨。因为没有雨伞，斑马和我被淋成了落汤鸡，但还要向前走。我再也撑不住了，睁开了眼睛，房间里的地暖竟然停了。起来查看了一番，发现家里的地暖全部停了。

原来，一直都有问题的锅炉再次发生了故障。现在是凌晨四点，我把被子和毯子都拿出来盖在身上，仍然冷得受不了。苦恼了一会儿，我给祖母发了条短信，说家里的锅炉好像坏了，不知道祖母家里怎么样。实际上我是想请求帮助。发完短信没过多久，祖母打来了电话。祖母说自己家里很暖和，让我过去睡。

祖母开着厨房的灯在等我。走进门，只觉得屋里的暖气瞬间拥抱了我的身体。我在祖母身旁已经铺好的褥子上躺下，盖好被子。身体好像在慢慢融化，肚子和腿开始发痒。祖母关掉厨房的灯，在黑暗中靠着墙坐了下来。

"我把您吵醒了吗？"

祖母摇了摇头。

"我吃完晚饭就睡着了。你发来短信的时候我刚起来。最近每天都醒得很早，然后就再也睡不着了，故意晚点睡也没用。"

"那么早醒了都干什么呢？"

"玩糖果传奇、看电视、打扫卫生、煮锅巴粥。每天不一样。然后等到太阳出来的时候，我就趴在窗户上看日出，看日出怎么看都不会腻。你快睡吧，还得上班呢。"

"今天是星期天。太冷了，感觉都没睡意了。"

"那也得睡。闭上眼睛就睡着了。"

我闭上眼睛，努力让自己入睡，但心里始终盘旋着再过不久就要离开熙岭的事实。总有一天，这一瞬间会成为无人记得的遥远的过去。那时候，就没有祖母了。和祖母一起度过的那些时光将会成为只属于我自己的记忆。我闭着眼睛对祖母说：

"几个月前我对妈妈说了很重的话，妈妈到现在都没有和我联系。"

"什么很重的话？"

"我说，是妈妈让姐姐成为不曾来过这个世界的人，连姐姐的名字都不提……我问她这像话吗？"

祖母久久地陷入沉默。我焦急地等待着她的回答。不知过了多久，她低声说道：

"美仙认为正妍的事情是自己的错，其实那完全不是美仙的错。也许到现在她还在那样想……美仙可能认为你说的是对的，她在恨自己，不是恨你。"

祖母说出的每一句话都刺痛了我的心。

"我不知道该怎么向妈妈道歉。"

"你和我不一样，你是她的女儿。妈妈原谅女儿是很容易的事。"

祖母安静地、一字一句地说道。

以前祖母因为活儿多而没时间照顾妈妈的时候，年幼的妈妈总是安安静静地自己玩，从没像别的孩子那样给大人惹过麻烦。她喜欢看书，还从学校图书馆借来小说送给祖母看。这样，祖母有空了就能看看自己喜欢的小说。两人坐到一起共同读一本书，这是祖母和妈妈之间为数不多的情感表达。

吉南善去了束草以后，一次也没有联系过祖母。但母亲在户籍上并不是祖母的女儿，而是与自己没有任何共同记忆的生物学上的父亲及其配偶的孩子。吉南善似乎认为，自己没有让女儿成为私生子，已经尽到了对女儿的义务。至少在户籍上，妈妈是一个正常家庭的成员，不会因为没有父亲而受到社会的歧视。

祖母希望妈妈不要憎恨自己的爸爸，所以编造了吉南善做出这种无耻行为的理由 —— "你父亲以为他的家人在战争中都丧命了，他把这些都告诉我了，所以他和我结婚不是重婚而是再婚。你父亲得知他以为去世的那些家人都还活着的时候，不得不离开我们。他想把你带走，但我没允许，于是你就跟着我了。我还求他不要再回来了，我怕你见到父亲会难过。"听了祖母的话，妈妈默默地点了点头。这是妈妈上小学四年级时的事情。

祖母和妈妈之间没有常见的母女矛盾。祖母责备妈妈时,妈妈不会说别的,只说对不起。祖母经常说妈妈是"没有感情的孩子"。妈妈没有否定这句话。妈妈不是那种叛逆的女儿,她品行端正,学习也不用人操心,从未闯过什么祸。不知从什么时候起,妈妈开始对祖母说敬语。祖母看到别的孩子惹是生非、闯了祸以后,一边喊着"妈妈,妈妈"一边挂到自己妈妈身上时,总是感到很羡慕。

祖母知道妈妈在刻意和她保持距离,但还是努力告诉自己,妈妈只是比其他孩子早熟和沉默,随着时间的流逝会有所改变的。可妈妈高中一毕业就去了首尔,在那里找到工作后,就地扎了根。她和熙岭的祖母以及曾祖母刻意保持着距离,就像在惩罚祖母,就像在示威——自己有充分的理由惩罚祖母。祖母对妈妈的这种态度感到伤心,更因为自己不够强大、承认自己受了伤害而感到愤怒,于是经常向妈妈显露出攻击性。

"一天,美仙打来电话说自己要结婚了,带着你爸爸来到了熙岭。我不太喜欢这个姓李的年轻人,可美仙喜欢,我能说什么呢?他们在家里住了一晚,走的时候李女婿说,他听说了美仙父亲的事情,说自己会好好说服父母的。'那么,你们家还没有接受美仙吗?'我问。他低下了头。当着他的面,我说,我不希望我们美仙的婚姻得不到祝福。但是没有用,婚礼照常举行了。在相见礼[1]上,我向亲家一家低头表示感谢,说感谢他们接纳了我们如此不足的女儿。"

---

1 指男女双方的父母正式见面,商讨子女结婚问题的场合。

祖母淡淡地说。

"那个时候就是这样，生了女儿就要低人一等。被婆家抓住把柄能有什么好处？父亲的问题已经成了女儿的短处，我不想因为自己让女儿变得更加难堪。我告诉自己，输也是赢，说点他们想听的话得了。我觉得那都是为了美仙。"

"反抗的话会挨两拳、三拳，而且不会赢。不反抗的话，挨一拳就可以结束。"我想起了说这话时的妈妈的脸。"输也是赢。""如果因为别人欺负你，就跟他们一样使坏的话，你也会变成和他们一样的人。""扼杀自己就可以活下去。"这些话充满了失败感，因为认定了就算反抗也不可能赢，于是早早地缴械投降。我是多么蔑视那种心态啊。为了不被那种心态影响，我挣扎了那么久。我讨厌强迫我这样想的妈妈，抗议说自己不想过那种屈辱的生活。可是，为什么我愤怒的箭头总是指向妈妈呢？为什么不是向着那些让妈妈选择屈服的人呢？如果我在和妈妈一样的环境中长大，我肯定会做出和她不同的选择吗？我能像自己想的那般理直气壮吗？我试着把自己放到妈妈的位置上，结果发现自己根本无法回答这个问题。

"虽然我在见面礼上是那样说的，但那不是我的本意。回家后我给美仙打了电话。我说，'你哪里差了，还没结婚就要俯首帖耳？你难道不应该找到尊重你的男人和家人吗？都准备结婚的人了，怎么脸色越来越差？'最后我说，'希望美仙你能幸福'。"

可是妈妈用喝醉的声音反问："幸福？"然后尖声笑了起来。祖母听着妈妈的笑声，心里不安起来。

——我也想过平凡的生活，这是我的梦想。对别人来说很简单的事情，到了我这里却这么艰难。

妈妈的话在祖母听来像是在埋怨自己。"为了抚养你，我吃了多少苦啊。你以为一个女人独自抚养孩子容易吗？"祖母心想。妈妈像是读懂了祖母内心的想法，她说：

——如果没有我，妈妈就不会那么辛苦了。您当初还不如把我送到爸爸那里呢。那样的话，妈妈和我都会轻松很多。

妈妈这样说的时候，好像已经知道自己说错话了，到最后就像在喃喃自语。

"我知道那不是美仙的真心话，但还是很伤心。她不是会说那种话的孩子，所以我才更伤心的吧。挂断电话后我哭了很久，边哭边想——从来不会流露出疲惫神色的孩子喝了酒说出那些话，是因为太累了，还是因为谁把美仙的心里搅得太乱，所以她就那么爆发了？那个人不会是我吧⋯⋯直到结婚那天我们都没有再联系。我只是寄了些钱给她，让她买被子和嫁妆什么的，买点好的。结婚典礼那天，我和你曾祖母一起去了新娘等候室，看到我们，美仙哭得像个孩子。我走到她身边，她对我说：'妈妈，对不起。我不该那么说。'因为这句话，我原谅了她。"

我想起在妈妈的相册里看到的结婚照片。可能是典礼开始之前妈妈一直在哭，虽然化了浓妆，但还是能看出来她的脸很红、眼睛充血。那时的妈妈是怎样的心情呢？在装着结婚照片的影集中，有妈妈新婚旅行时的照片和新婚时期的照片。那时的妈妈看起来很开心，不知道是因为那时候年轻，还是因为照片美化了那些瞬间，抑或妈妈真的快乐地度过了那段时光。不可否认的是，照片上的妈妈确实散发着光芒。

"美仙结婚以后，我就更难见到她了。婆婆家很近，她好像也去不了哪里。过节的时候她也回不来。李女婿是家中长孙，亲戚也多，所以偶尔美仙来一次熙岭对我来说就像礼物一样。她一年能回来一次，孩子很快也大了……"

最后祖母有些语焉不详。

"姐姐……是个什么样的孩子？"

我犹豫了一会儿，鼓起勇气小心翼翼地问。

"我叫她小土狗。"

"小土狗？"

我轻轻笑了一下。

"是啊，小土狗。她真爱感叹啊，看到小青蛙也'哇'，看大海螺壳也'哇'，总是'哇哇'的。其实你也是。不知道是不是因为你是看着姐姐长大的。说不定是从我妈妈那里遗传下来的呢。她对微不足道的事情也喜欢感叹，我常常想，她以后的人生该有多丰富啊。今后的日子里每当有好事发生，她就会说'哇'。那曾是我的希望。"

一开口似乎就要流泪，我在沉默中等待着祖母的故事。不知从哪里传来了淋浴器的水流声，水声响了一会儿停了，不久又重新响起来。水声消失后，过了一会儿，祖母接着说：

"她喜欢唱歌，有时候还会自己写歌唱。每次想到正妍，我就会想起她站在院子里一脸淘气地唱歌的样子。她喜欢以这样的方式被人关注，所以我和你曾祖母经常一起给她鼓掌，同时喊着'再来一个，再来一个！'"

里屋角落里有个放被子的地方。姐姐喜欢爬到上面，两手交握着唱歌。在胡同里奔跑的时候她也爱放声歌唱，为此还被邻居们说过。所有这些记忆对我来说都栩栩如生。都说四五岁时的记忆不可能那么具体，如果抹去童年记忆的力量真的如此强大，那么内心深处的我可能是在拼命地抵抗那股强大的力量。我非常迫切地记住了一切。

"智妍你很喜欢正妍，你以她为傲。大家都说你太小了，不懂什么……但我不这么想。"

这句话我已经等了很久了，虽然我自己一直没有意识到。

"正妍不是很像美仙吗，长相也好，说话也好，吃饭的样子也好。"

的确如此。姐姐和妈妈就像是一个模子里刻出来的一样，笑起来眼睛会变成半月形，额头窄窄的。姐姐的面孔又鲜活地浮现在我的眼前。

"我不知道美仙经历过什么。除了美仙，再没有人知道。你却对她那样说……"

祖母似乎在思考应该怎么说，停了一会儿又接着说道：

"我说，人命在天，这不是没有办法的事吗？因为美仙总是自责，所以我想告诉她，那不是她的错……"

祖母看着妈妈听完那句话的表情，终于明白，自己的女儿是不会原谅自己了。还有，是自己推开了那一瞬间女儿伸过来的手。

"从那以后我就不说话了。你也知道的。"

妈妈和祖母越来越疏远。我十岁的时候，时隔五年妈妈又带着我回到熙岭，我对熙岭的记忆就是从那时开始的。祖母非常高兴，认为和妈妈的关系迎来了新的转机。可晚上我睡着以后，妈妈告诉祖母，自己第二天要离开熙岭。

——请帮我照看十天孩子。孩子她爸知道我和智妍都来熙岭了，您不要说漏嘴。

祖母忧心忡忡地问妈妈：

——我不明白。你要去哪里？

妈妈撕下一页笔记本写了些什么，然后递给祖母。纸上写的是她在庆州的住处和电话号码，妈妈说她要在那里暂时待几天。一种不好的预感袭上祖母心头。

——去庆州做什么？

妈妈沉默了一会儿，开口说：

——我需要时间一个人思考。

——思考什么需要十天的时间？

——我不能再这样生活下去了⋯⋯

妈妈含糊地说。祖母揣测着这句话里的种种可能性，却什么都不敢问。

——你去哪里做什么都行，但是十天后一定要健健康康地回来啊。你只答应我这一点就行了。

——谢谢，妈妈。我会好好跟智妍说的。

妈妈从包里掏出我的应急药和乳液、衣服等，向祖母一一做了说明。她又拿出一个关于我的笔记本，里面写着——她不爱吃肉，不要勉强，不然吃了会呕吐；她经常肚子疼，睡觉的时候别让她凉着肚子；她行动比较慢，但没有问题，请不要一直催促，孩子会有压力的；万一抽风了，要马上叫救护车。有问题的话，请马上打电话到我的住处。

这些祖母都照做了。她带着我去溪谷、寺庙、海边，叫来朋友一起跳舞、逛市场。尽管如此，祖母的心还是一直系在庆州的妈妈身上。"我不能再这样生活下去了……"妈妈这样说着的时候，表情竟然出奇的平静。她似乎早已不是处在问题的中心，而是在某种程度上已经笃定了心意。对任何问题都心如死灰、无论如何都让自己尽量去适应的女儿，现在竟然说自己不能再这样生活下去了，这中间到底发生了什么呢？

十天后，妈妈按照当初的约定回到了熙岭。她吃着祖母准备的饭菜，一边问我作业做得好不好，日记有没有落下，一边喃喃地说："离开学还有十天……"她又决定回到那个自己满心希望能离开的地方了，祖母望着女儿，眼神苦涩。

——想回来的话，随时可以回来。

望着祖母，妈妈点了点头。我生怕错过任何细节，夸张地讲述着过去十天里发生的事情，妈妈努力地向我挤出一丝笑容。在我来熙岭之前她再也没有去过熙岭。

"我以为再也见不到你了。"

祖母轻声说。

"我也是。如果我没来熙岭……"

"我们就没有机会了解对方。"

冻僵的身体已经恢复了温度。时间过去很久了，太阳很快就要出来了。天亮了，我就更没法对祖母说出那句话了。我终于开口了：

"应该事先跟您说一声的，但我一直不知道该怎么开口。"

"什么？"

"我要去大田的研究所上班了。我，三月就要离开熙岭了。"

"大田啊，太好了。那里是大城市，住着很多年轻人，对智妍你更好。"

没想到祖母很高兴。

"谢谢您，祖母。"

"祝贺你！我就知道会有好事发生的。"

"我还会来玩的。"

"好。你随时可以回来。"

窗外渐渐亮了起来。我听着祖母的声音，进入梦乡。我要离开熙岭了，离开祖母……这里曾经是我苦苦支撑的地方，是我一直都希望能离开的地方，但和祖母相比，此刻的我对这次的离别似乎更感到沉重。

15

在祖母家过夜后不久，妈妈发来了短信。她说租房合同没能续签成，所以一个月后需要搬到隔壁洞[1]。以前我说过不如离开首尔，买一处用来养老的房子，不过妈妈一直不愿离开这个住了很多年的社区。

"这次想多扔掉一些东西。搬走之前你过来一趟吧，你自己的东西你看着扔。还有，能帮我买一本相册吗？我去文具店看过，那里没有卖的。"

我说会尽快抽出时间去首尔，又简单地传达了自己在大田找到了新工作，春天就要离开熙岭的消息。

"爸爸很高兴。祝贺你。"

第二个星期六我去了首尔。爸爸和登山会的会员们一起去雪岳山爬山了。我坐在客厅的沙发上，看着涂着玉色油漆的电视柜和天花板

---

1 洞：韩国的一种基层行政区划，相当于我国的街道级单位。

上的装饰线条。这座房子是大约二十五年前建成的，当时很流行玉色吗？我们一家八年前搬到这里，之后一共延长了三次合同，才可以一直住在这里。记得搬家后第一年的夏天，这里不但不通风，也没有空调，当时我们不知流了多少汗。我还记得搬家那天看到纱窗时简直大吃一惊，那个纱窗可能从这座楼建成以后一次都没更换过，上面全是灰尘，几乎透不了气。我提议要求房主更换纱窗，母亲说不想惹房主不高兴，就自己动手在纱窗上贴上报纸，一边用喷雾器喷着水，一边清理干净了上面的灰尘。

就是在这个家里，妈妈祝福了女儿的结婚，还盼望着能抱上孙子；查出了癌症；听到了女婿出轨的消息，祈祷着女儿不要离婚；看着女儿离婚后去了熙岭；旧病复发，接受了手术；几乎每天都到附近的烽火山散步；刷新了消消乐和跑跑姜饼人的最高游戏纪录，玩了魔兽争霸。

"房东说要回来住。"

妈妈递给我一杯水说。

"啊，那个老太太？"

"嗯。"

"我买了这个。"

我把相册递给妈妈。

"有照片要整理吗？"

"等一下。"

妈妈拿着一个印有"职业世界杯"字样的旧鞋盒走了出来。她把两手并拢放在鞋盒上，看着我，好像那是很重要的东西一样，而我不可以碰那个盒子。

"本来打算忘掉的……但我做不到。"

我把手伸向盒子，妈妈把盒子往自己面前拉了一下。

"上次和你吵架之后，我心里总记得你说的那些话。最后我想，不能把它们扔掉。"

说完过了好一会儿，妈妈才打开盒子的盖子。我看到孩子们的照片，是姐姐和我。妈妈把盒子推了过来，我把手指放到盒子上，恐惧伴随着思念的感觉涌上心头。

"按时间顺序排吗？"

我问。

"不用，就随便整理吧。"

"嗯。"

我拿起放在最上面的照片。看起来四五岁的姐姐剪着短发、穿着黄色吊带裤，在喷泉前皱着眉头。我拿近照片，想看清楚一些。

"那是爸爸公司组织家庭一起去郊游的时候。在汽车上睡着觉被吵醒了，不高兴呢。"

妈妈又递来一张照片。刚出生的姐姐包在橙色的襁褓里，睁着眼睛，嘟着嘴。除此之外，还有几张婴儿时期的照片。妈妈背上的姐姐、爬来爬去的姐姐、学步车里的姐姐、坐在玩具马上的姐姐、吹蒲公英种子的姐姐……我把它们都放进了相册里。

还有姐姐和我一起拍的照片——一起在胡同里跑的照片；因为身高差异勉强搭着肩一起走的背影照；并排坐在长椅上吃棒冰的照片；姐姐的小学入学典礼上妈妈、姐姐和我一起拍的照片……妈妈微微屈着膝盖，用双臂紧紧地抱着我和姐姐。她笑得很灿烂，看起来显得非常小，甚至有几分孩子气。在妈妈的两旁，姐姐和我可能嫌阳光太晒，用手搭着凉棚，都皱着眉头。我俩都梳着刘海，向后扎着长发。

还有一张照片是浑身被水打湿后坐在浴缸里拍的。浴室的墙上贴着狮子一家的贴纸，上面有狮子妈妈、狮子爸爸和狮子宝宝。妈妈在洗手台上一边给姐姐和我洗头，一边用狮子一家的声音和我们说话。"狮子妈妈说：'我们智妍不怕洗头呢，小狮子应该也像智妍不怕洗头对吧？'然后小狮子回答：'我怕洗头！'狮子妈妈对妈妈说：'好羡慕智妍的妈妈啊，智妍不怕洗头。'"妈妈用小狮子和狮子妈妈的声音轮流说话，我觉得妈妈一定会魔法。虽然我知道是妈妈在说话，但我还是相信那个贴纸是有生命的。狮子一家借由妈妈的声音苏醒了。

"狮子一家！"

我让妈妈看照片，妈妈瞟了一眼，什么都没说。姐姐出事之后，我们搬到了现在这个社区，狮子一家没有跟着我们来。后来，妈妈还会帮我洗头，但我能切肤感受到，对妈妈来说，现在这只是一份必须完成的工作。

"有想要放到相框里的照片吗？"

我问。妈妈的眼神晃了一下。她似乎忘了，除了相册，还可以放到其他容易看到的地方。

"挑一张放进相框里吧。"

我知道自己的提议有些过头了。因为妈妈把姐姐的照片放到显眼的地方，就等于宣布自己不会再对姐姐的事有所隐藏。妈妈静静地待了一会儿，摇了摇头。我装作若无其事的样子，把剩下的照片装进相册里。然后心想，妈妈走到这一步也花了很长时间，能做到这样，已经需要很大的勇气了。

照片整理得差不多了，我在盒子的底部看到一张有点模糊的照片。照片上几个女人坐在檐廊上。年轻的妈妈穿着一件蓝色无袖连衣裙，剪着西瓜头的我在她身边打哈欠。在我旁边，梳着两根辫子的年幼的姐姐正看着我。再旁边是年轻的祖母，她两腿伸直，身体向姐姐那边倾斜着。妈妈的左边，一个穿着白色苎麻衣服的老人坐得离妈妈很近，正在笑着。我很快就认出了这个老人是谁。

"这是曾祖母吗？"

我用手指着她问。妈妈点了点头。

"嗯。用一次性相机拍的，不太清楚。很多照片都没洗好。"

妈妈有些惋惜地说着，找出当时在熙岭拍的照片给我看。照片全都是模糊的，有些照片的一边很虚，或是因为不小心曝光，只能看到一半。还有的照片焦点对错了，人脸模糊，只有后面的树很清晰。但是妈妈没有扔掉那些照片。

"这个别放进相册。"

妈妈指的是在乌龟海岸大家站成一排拍的照片。照片可能是妈妈拍的，上面没有妈妈。最左边的是穿着苎麻单褂的曾祖母，旁边是我和姐姐，最后是祖母，大家互相牵着手，都笑着，海浪的白色泡沫浸湿了大家的脚。妈妈戴着老花镜看了一会儿那张照片，皱着眉头，后来淡淡地笑了一下。最后她把照片单独夹在了笔记本里。

我拿起在祖母家檐廊上拍的那张照片给妈妈看，说自己想要这张照片。其他的照片，我一张一张都用手机拍好保存起来。

　　妈妈把相册放进书架，开始整理衣柜。看她的态度，整理照片也像整理其他行李一样，只是应该做的事情中的一件而已。但是这种态度似乎恰恰证明，妈妈做了一件无法对我明说的大事。那些照片妈妈独自珍藏快三十年了，每次搬家的时候她都会苦恼要不要扔掉。

　　妈妈慎重地挑选着要留下和要扔掉的衣服。衣服表面上看起来差别不大，但有的被留下，有的被丢弃。扔掉的衣服比留下的要多。

　　"每天只穿那些常穿的衣服，这些也都是包袱。"

　　妈妈看着那堆衣服说道。我们抱着要扔掉的衣服出来，把它们放进回收箱，回来的路上，妈妈说起她高中毕业后一个人回首尔生活时的事情。那时，她和室友一起住在寄宿家庭，一分一分地省吃俭用。不过因为有祖母，妈妈从不缺衣服穿。而来自金泉的室友因为衣服少，冬天被冻得瑟瑟发抖。一次，曾祖母来到首尔，看到这一情景，就把自己身上的毛衣脱下来送给了室友。妈妈说着，舔了下嘴唇：

　　"你曾祖母对室友连连说着感谢，说谢谢她让自己在这里住了好几天，然后把自己的毛衣送给了她，说欠了她太多人情。你曾祖母人就是这样，她去世后，都没有留下多少遗物。"

　　看到妈妈的表情，我知道她真的非常喜欢曾祖母。

　　"不久前我梦到了祖母。"

　　妈妈又说。

　　在梦中，曾祖母深夜里坐在老家的屋顶上仰望月亮。"祖母！"

妈妈大声叫着，曾祖母却不看妈妈，只望着月亮。妈妈跺着脚又说："祖母！我是美仙啊！"然后又叫了一声曾祖母。妈妈发现，自己又变成了对曾祖母说平语[1]的小孩子。"你看看我啊，祖母！"妈妈哀求着，这时曾祖母才回过头来。曾祖母的脸在月光下面闪着光辉。"祖母讨厌我吗？"母亲问。曾祖母似乎觉得这句话很有趣，脸上露出微笑。"祖母很讨厌我吧？"妈妈哽咽着再次问道，这时曾祖母开口了。妈妈一下醒了过来。

祖母到底想说什么呢？妈妈吃饭的时候、看电视的时候、走路的时候，都在想象着梦中的最后一幕。后来她想起太阳快要落山的时候，来海边寻找坐在那里的年幼的自己时曾祖母的脸。

那时候有的老师喜欢挑那些没能被父母好好保护的孩子，折磨他们。妈妈本能地知道，要为了不被抓住把柄而努力，这是成了老师眼中钉的那些孩子的生存方法。每当妈妈想到为了不被折磨，每一刻都要拼尽全力坚持下去的时候，总觉得自己是孤身一人。心里想着"该回家了，该回家了"，脚步却总是不由自主，经常去海边。每当这时，曾祖母就会去找妈妈。妈妈还记得曾祖母在天黑的海边一边喊着"美仙啊，美仙啊"，一边走过来时的样子。妈妈记住了当时的喜悦，以及受到压抑的心情变得轻松起来的感觉。最重要的是，还有那种"我也有人牵挂"的心声。

后来妈妈长大了，曾祖母也去世了，但那句心声一直留在了妈妈的心里。

1　即非敬语。

妈妈说完这些，低下头站在那里。

"妈妈。"

我无法靠近她，只是静静地站在那里叫了一句"妈妈"。

16

李智妍小姐：

你给我发来的邮件，我一连看了好几遍。我想说的第一句话是"谢谢"。谢谢你联系我。

我有两个电子邮箱，你联系的是我的工作邮箱。退休后我就不怎么看那个邮箱了，所以几个月后我才看到你的邮件。

英玉姐姐家的电话号码很久以前就是空号了。用了那么久的号码突然消失了，我很担心姐姐是不是已经不在人世了。我还曾写信寄到姐姐家，但是被退回来了。二〇〇三年去韩国的时候，我还去过熙岭。房子还在，但里面没有人住。我问了住在周围的人，没有人知道姐姐去了哪里。当时住在那里的很多人都已经搬走了。

活到现在这个岁数，经常会遇到这样的事情。我经历过很多次无法理解的分别，也知道自己这个年龄已经可以想开很多事，内心却做不到。也许是因为，这不是我可以彻底放弃的人吧。

来德国已经五十多年了。刚来的时候，我也没想到会在这里扎根。留学期间，我的年龄已经比英年早逝的爸爸还要大。我从小就喜欢在心里和爸爸说话。那时幼小的心灵因为担心如果忘记爸爸，爸爸会难过，所以经常那样。现在这已经成为一种习惯了。看到好的东西，就会在心里说："爸爸，你看！"我希望爸爸能在我的心里体验从未有过的时光。来到国外后，我感觉自己和爸爸变得更近了。爸爸为了挣钱，也曾只身奔赴异国他乡，当时他的年纪比我还小。他应该是为了有更好的未来，才做出那样的选择的，但他的人生没能如愿。爸爸被牛车拉着送去医院的时候，我都不忍心跟在后面。"喜子啊，喜子……爸爸……"这样呼唤着我的模样是我见他的最后一面。那时我近视得厉害，只能模模糊糊地看到牛车走到村口的样子。

喜子。我的名字是"欢喜的孩子"的意思。我听父母说起过，这里面有希望我活得快乐的意思，还有就是，我对父亲和母亲来说意味着欢乐。我珍藏着这份心意，活到了现在。喜子、喜子……躺下睡觉时，我经常看着天花板，静静地叫着自己的名字。

我和妈妈长得很像。看着妈妈去世之前拍的照片，就能看到我四十多岁时的样子。看着镜子里的自己，我经常想象着，妈妈在五十多岁时会是什么样子，六十多岁时又是什么样子。妈妈是个信念坚定的人，她不愿表现出脆弱的一面。还记得晚秋时节妈妈带我去大邱避难，她浑身瑟瑟发抖，还一直开着玩笑。我知道妈妈不是因为冷，而是因为害怕而发抖。她一生都是这样，即便浑身颤抖着，也要牵着我的手往前走。妈妈是我一生中最爱的人，即使她怕得发抖，还是步履不停。我想变得像妈妈那样。

太阳升起来了。

英玉姐姐一直那样，她说"不要觉得自己是一个人，我们就是你的家人"。我不是不明白姐姐的话是什么意思。妈妈去世后，姐姐的妈妈把我当成女儿一样对待，英玉姐姐也对我很好。我知道她们的心意，但我也知道，我永远不属于那个家庭。

不管怎样，我人生中最幸福的时光就是和姐姐在一起的时候。姐姐做什么，我就跟着做什么。姐姐个子高，很能跑，还会讲有趣的故事。好几次听姐姐的故事笑得我眼泪都差点出来了。爸爸从日本回来后，我们一起在开城生活，我和姐姐一起编了故事，还在家人面前演过话剧呢。话剧的名字是《青蛙家族》，我相信姐姐也一定还记得。一起住在大邱的时候，我们还站在屋檐下，讨论战争结束后要做什么。到了人多的地方，我们总是紧紧地握住对方的手。能和我分享这些记忆的，现在世界上只有英玉姐姐一个人了。

是的，我们结束了。但是现在我知道，就算是最后一次见完英玉姐姐回来的路上我发狠做出的决心，也无法割裂英玉姐姐和我之间的情分。我们永远无法了解彼此，这曾让年轻的我一度感到绝望，但不知为何，这对现在的我来说是一种安慰。

智妍小姐，谢谢你。

希望能在韩国相见。

二〇一八年三月，金喜子于汉堡

我又读了一遍金喜子博士的邮件，这时玄米爬上了我的肩膀。已经是像模像样的成年猫了，它还以为自己是小猫崽吗？玄米是我离开熙岭之前在超市停车场里捡到的。那天非常冷，它蜷缩在角落里，看皮毛和脸的状态，应该很久没得到母猫的照顾了，眼睛也睁不开。我等了一会儿，但猫妈妈始终没有出现，这时外面下起了雨，我用围巾把小猫包起来带回了家。

燕麦死的时候，动物医院的医生说，总有一天我还会再次遇到处于困境的动物。我并不相信这句话，但把燕麦埋进土里的时候，却不禁也有了这样的想法。如他所说，如果我再次救助动物，肯定会把我想为燕麦做的都转移到它身上。虽然遇到燕麦之前我对动物没有任何兴趣，更没有想过要养动物。但燕麦改变了我。看着用自己的脸往我脸上蹭的玄米，我感受到前所未有的温暖的爱意。

和玄米一起离开熙岭来到大田已经四个月了。我以自己的速度慢慢地适应了这里的生活。养猫的同事们经常搞聚会，大家在一起互相交换信息，有人不在家的时候其他人还会替对方照顾猫咪。

一天智友来家里玩，看到书柜上相框里的照片，智友问：

"梳两条辫子的是你吗？"

"不是，是我姐姐。我是这个西瓜头。"

"仔细看确实是。那这位是妈妈吗？"

"嗯。那时的妈妈应该比我现在还小。"

"是啊，看起来真的很显小呢。姐姐旁边的这位是谁？"

"祖母。"

"啊，那这位就是曾祖母了。她笑的时候跟你好像啊，好奇妙。"

"我觉得也是。"

我笑着说。智友来回看着照片和我说：

"你看，简直一模一样啊！"

　　我经常想起新雨大婶对金喜子博士说过的话——尽可能地走远一些。这句话指的绝不仅仅是物理上的距离，大婶一定是希望自己的女儿能去另一个维度的世界。她希望在自己所感受到的现实重力无法起作用的地方，女儿能够变得更加轻松，更加自由。我久久地思考着她的这份心意。

　　发射于一九七七年九月的"旅行者一号"是迄今为止离地球最远的探测器。探测器离开地球以后，于一九七九年三月飞越木星，一九八〇年十一月掠过土星，二〇〇四年十二月抵达太阳系的边缘——日鞘，二〇一二年，它离开太阳系进入星际空间。现在，"旅行者一号"依然靠惯性，在几乎不存在重力和摩擦力的宇宙空间中滑行。

　　"旅行者一号"的内部装有一张三十厘米大小的黄金唱片。这张镀金的唱片包含来自地球的一百一十五张图像和来自地球的各种声音，加密储存。鲸的叫声、风声、狗吠声、人的心跳声、孩子的哭声、贝多芬的《第五交响乐》的前两节、五十五个国家语言的问候语……

　　如果为某个人制作一张可以无限记录的人生光盘会是怎样的呢？从出生的那一瞬间开始记录，包括小时候的咿呀声、乳牙的触感、第一次的愤怒、喜欢的东西的目录、梦想和噩梦、爱情、年老和濒死的瞬间，这会是怎样的光盘？从开始到结束，用五种感官记录一个人生活的所有瞬间，并能记录无数想法和感情……这样的光盘会拥有和人生同样的容量吗？

我认为不会。正如我们无法想象超视距宇宙的大小和形状一样，一个人的生命中也会有不可测量的部分。见到祖母，听到祖母的故事，我自然而然地理解了这一事实。

我既是现在的自己，也是三岁时的自己，同时还是十七岁时的自己。我轻易便抛弃了自己，但被我抛弃的自己并没有消失，而是一直留在我的心里。她在等着我，希望得到我的而不是其他人的关心；期望得到我的而不是别人的安慰。我常常闭上眼睛，寻找年幼的姐姐和自己。有时我会牵起她们的手，有时会坐在日落的游乐场的长椅上和她们聊天。我走近在空荡荡的家里准备独自上学的十岁的我、吊在单杠上忍住眼泪的上中学时的我、和伤害自己身体的冲动做斗争的二十岁的我、原谅了随意对待我的配偶的我，以及无法原谅这样的自己而忍不住自我攻击的我，倾听着她们的声音。是我，我在听。把你长久以来想说的话都告诉我吧。

我搬到大田以后，祖母学会了用 Kakao Talk[1]，偶尔会给我发自己拍的照片。有时候没有任何文字，只发来几张照片。我也发去玄米的照片、花的照片、树的照片等，并问候祖母。祖母说自己等喜子的这段时间买了一双漂亮的运动鞋，于是我在网上买了一件很适合祖母穿的天蓝色连衣裙，寄到祖母家里。

1　一款韩国的聊天软件。

离开大田的时候还是阴天，但随着离熙岭越来越近，天空变得晴朗起来。金喜子博士，现在我叫她喜子奶奶，我正在去迎接她的路上。喜子奶奶要从首尔坐巴士到熙岭车站，我决定先去祖母家，然后和祖母一起去车站。

祖母穿着我送她的天蓝色连衣裙高兴地迎接了我。她让我看自己给厨房柜子掉门的地方重新安好的门，说是等喜子的时候弄好的。可能刚才拾掇过生姜，屋子里都是姜的味道。记得第一次来祖母家的时候，家里也是充满了生姜味。奇怪的是，那个时候感觉就在眼前，又似乎非常遥远。

"在那坐一会儿吧，得吃点东西再走啊。"

我久违地坐到祖母家的沙发上，环顾着屋子。电视装饰柜上放着一个我第一次看到的相框。

我走过去看着那个相框。里面是我、姐姐、祖母和曾祖母在乌龟海岸手拉着手站在一起的照片。

"祖母。"

我站在水槽前，举起那个相框给祖母看。

祖母微笑地点了点头，似乎知道我想说什么。

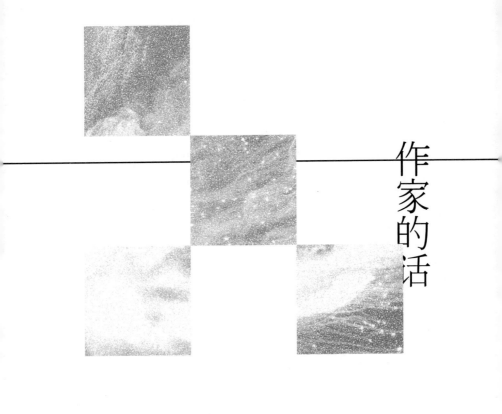

作家的话

对我来说，过去的两年是我长大成人后最艰难的一段时光。那段日子里，我有一半的时间没能写作，剩下的时间则都在写《明亮的夜晚》。那个时期的我好像不是人，而是像个被打一下就会倾泻而出的水袋。写这部小说的过程，也是我重新获得自己的身体，接纳自己的内心，成为一个人的过程。

连载在即，我仍然不知道自己会写出什么样的小说。那段时间我有机会住在作家休闲公寓。至今我还记得在房间放下行李，坐在书桌前对着笔记本电脑屏幕的那个瞬间。窗外积雪的原野，以及无边的寂静。我坐在那里，开始写《明亮的夜晚》。什么样的语言能形容那种心情呢？那天，我被重新邀请到写作者的世界，然后在那里遇到了三川。

三川这一人物的力量牵引着我，作品终于拉开序幕。害怕人的同时也想念人的温暖、手里握着小石头喊着"伙伴啊""朋友啊"的年幼的三川历历在目。寒冷的冬天，坐在石阶上狼吞虎咽地吃着三川给的煮红薯的十八岁的新雨出现了，我透过三川的眼睛望着她。

三川和新雨，英玉和美仙，喜子和明淑奶奶……我和这些人物一起度过了许多个四季。还有智妍。我想写的是智妍到熙岭后慢慢恢复的故事，为此却不得不让她直面自己的伤痛。所以有时看到智妍，我会感到非常难过。但是，与这部小说中的其他人物相比，智妍是给予我力量最多的那个人。我会记住这一点。

　　写这本小说的时候我想到了我的祖母。战争时期到大邱避难的祖母，捡回冰箱保鲜盒给年幼的我做玩具屋的祖母，让我以后走远一些、给我买地球仪的祖母，是她的心造就了这部小说的世界。我祈祷，聪明开朗的祖母郑龙灿女士永远像现在一样健康！

　　在准备这本书的过程中，我得到了很多人的帮助。向事务繁忙但每次都成为我第一个读者的智慧姐姐表示感谢。也感谢让我坐到 Art Omi 书桌前，帮助我重新开始写作的柳承庆（音）翻译家。读吴贞姬老师的小说，我得以不断编织梦想。但我到现在都不敢相信老师读了我的小说，还为我写下了珍贵的文字。在此向老师转达我的谢意。最后，从连载到出版，金内利（音）编辑和文学村编辑部深入阅读了这部小说并提出了宝贵意见，在此致以深深的谢意。

　　这是三年来我出的第一本书。每当自己的小说披上"书"的外衣时，我总会有一种离别的感觉。希望《明亮的夜晚》能够顺利地到达需要它的人身边，希望它用自己的生命在别人心中留下短暂的陪伴。写完"作者的话"，我能做的似乎都结束了。书会有自己的命运。

　　　　　　　　　　　　　　　　　　　　二〇二一年夏天
　　　　　　　　　　　　　　　　　　　　崔恩荣

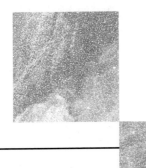

因为有光，
所以可能

二〇一六年，崔恩荣的第一本小说集《祥子的微笑》出版后，在一次采访中被问及长篇小说的创作计划时，她回答说，自己一直有个心愿，就是书写那些长久以来生活在这片土地上的女性，比如自己的妈妈、祖母……二〇一七年，作家在古巴有过一次短暂的停留，当时她正在尝试写一部中篇小说，但是写作过程中随着故事慢慢展开，发现框架太大，于是暂时搁笔。二〇一九年十一月在美国期间，她再次执笔重拾当初的故事，最终写出了《明亮的夜晚》。二〇二〇年，小说在季刊《文学村》的春、夏、秋、冬季号分四次进行了连载，二〇二一年七月由文学村正式出版。这是崔恩荣的首部长篇小说，推出后便迅速登上各大网站的小说热销榜。同年年底，《明亮的夜晚》获得第二十九届大山文学奖，二〇二二年年初又被评选为"安山之书"（安山市"一座城读一本书"项目的一环，入选图书由市民投票选出）。

作为一部女性主义文学，《明亮的夜晚》中描写了从曾祖母，到祖母，再到妈妈和"我"这四代女性在长达百年的时间里发生的故事。崔恩荣曾谦虚地表示，写诗需要天赋异禀，但是写小说不需要太高的天分，只需要勤奋和练习即可。不过读完这部小说后很多读者表示，崔恩荣作为一名三十多岁的年轻作家，能写出历史时间跨度如此之大、分量如此之重的小说，足以显示出其出众的创作实力和写作才能。

小说中，离婚后的智妍离开首尔，来到曾和祖母共同短暂生活过的小城熙岭，开始在熙岭天文台工作。在这里，她又见到了十岁以后便再没见过的祖母，在祖母家里，智妍看到了曾祖母的照片，听到了曾祖母、祖母，还有新雨大婶的故事。时间在慢慢流逝，在陪伴祖母追忆往事的过程中，智妍也慢慢走出了婚姻带来的伤痛，内心重新拾回了力量。春天的时候她就要离开熙岭了，面对最初来到熙岭时曾经问过自己的那个问题——"在好起来吗？"此刻她终于可以给出肯定的答案。

崔恩荣毕业于韩国高丽大学国语国文系。她曾表示，大学期间接触到的女性主义理论触发了自己很多思考。她的作品中有着明显的自觉运用女性主义理论进行创作的痕迹，但是，这一切是非常自然的。小说中，曾祖母生长于日据时代，因为"白丁"的身份，她地位卑微，处处受人冷眼，凡事遭人歧视。她狠心抛下病重的母亲离家，和曾祖父来到开城后，才逃离了被日军抓去做慰安妇的命运。曾祖父家中世代信奉天主教，曾祖父相信世间人人平等，但他的内心始终不曾放弃世俗的父系权力意识。名义上他为曾祖母抛弃了父母，背井离乡，但在婚姻里，他期待的爱人是这样的——她不需要有自己的思想和灵魂，但必须温顺，必须懂得感恩戴德。毕竟，是自己牺牲了大好的人生，才救她于水火之中。可是，曾祖母高高昂起的头颅和直视自己眼睛的目光始终让他感到不快。他能感受到，自己的威严受到了威胁，企图将对方置于自己作为男性的统辖之下的愿望也完全落空。也许，正因为曾祖母和曾祖父之间必须遵守的是父权制下的爱情规则，他们之间始终是有隔阂的。而身为"白丁"女儿的祖母，虽然可以继承父亲的血统，免除"白丁"的身份，却无力抗拒被父亲包办婚姻的命运。曾祖父和吉南善是一拍即合的酒友，在他们的共谋之下，南善的重婚进行得神不知鬼不觉，受到蒙骗的祖母，她的婚姻从一开始就注定了只能是一场悲剧。到了妈妈这里，由于户籍被生父夺走，在法律上她和祖母一辈子都不是母女关系。婚后的妈妈固守着自己婚姻的小天地，同时希望女儿也能像自己一样，对伴侣无限度地忍让和宽容，把婚姻和家庭看得比自己的生命还重要。可是智妍不愿意这样，她希望自己的伴侣忠诚，也不认为单身的女性一定要低人一等。可比起日日被痛苦浸泡的自己，妈妈似乎更倾向于同情被提出离婚的女婿，这让智妍更加痛苦。她和妈妈都深爱对方，却无法停止伤害对方。

需要注意的是，小说中的"曾祖父""曾祖母"和"祖母"等词指的均为母系亲属，即分别为妈妈的"外祖父""外祖母"和"母亲"。它们的韩文原文"증조부（曾祖父）""증조모（曾祖母）"和"할머니（奶奶）"三个词均去掉了意为"母系血缘关系"的前缀"외（外）"字。此类称呼问题只是管窥一斑，从整体来看，《明亮的夜晚》中的父系家庭特征在一定程度上受到了消解。传统家庭叙事中，男性一般居于家庭和社会的核心，女性则处于边缘位置。而《明亮的夜晚》中的曾祖父之死、祖父的离开、常常缺席的爸爸低微的存在感，以及丈夫的离婚等，无一不隐含着对父权秩序的颠覆和对父系血统的解构。另一方面，作品在某种程度上还暗含着母系社会的建构，虽然

这种母系社会是不以血缘关系为纽带的。作为一种隐喻，母系氏族社会经常被看作女性追求解放的理想模型。小说中，祖母一家因为战争离开开城出来避难，无奈之下投奔了位于大邱的新雨大婶的姑妈家。新雨大婶的姑妈，也就是明淑奶奶收留了他们。明淑奶奶手艺好，靠着每日辛苦踩缝纫机给人做针线活，维持着一众人的生计。曾祖父参军以后，明淑奶奶家的深宅大院里就只剩下明淑奶奶、新雨大婶、喜子、曾祖母和祖母。那日新雨大婶外出卖东西，有人拿不出钱便用一瓶酒抵账。新雨大婶把酒带回家里，和大家共饮。久违的笑声冲出围墙飘出很远，以至于第二天有迂腐的儒生找上门来抗议。在那难得轻松的氛围里，所有人都找回了长期以来被压抑、被遮蔽的，还有"她们"最原始单纯的天性。广阔的宇宙、深邃的星系、浩瀚的大海无不寄托着她们无尽的好奇与热爱。熙岭的海边，那是挣脱了权力压制和观念束缚的自然空间，在那里她们尽情玩耍着，每个人都展现出了生命最原初的样貌。曾祖母、新雨大婶、祖母、喜子、妈妈、死去的姐姐在海边拍的那张照片也被智妍永远地珍藏。现实中，女性主义研究者们认为，大部分女性由于在日常生活中均承担着养育者的角色，所以更关注环境和生态问题。所以在各国文化当中，女性与自然的关系总是亲密的、密切的。虽然女性主义最初的目的只是消除性别歧视，但发展至生态女性主义浪潮的阶段，消除对自然的歧视也成为其运动中的重要一环，因为这两者在思想和逻辑上是同构的。因此，《明亮的夜晚》除了具有明显的女性主义文学特征，还在某种程度上表现出生态女性主义倾向。这充分显示了女性作家文学创作的多元性和创造性。

有韩国网友评价《明亮的夜晚》既是一本女性间的"年代记"，

又是一本女性的"连带记"（韩语中的"年代记"与"连带记"同音，均为"연대기"）。小说里面女性之间的"连带（연대）"尤为让人印象深刻。从曾祖母和新雨大婶，到祖母和喜子，妈妈和明姬阿姨，智妍和智友，她们既是心意相通的朋友，也是互相搀扶的亲人。对于女性人物之间的情谊，崔恩荣的书写心思缜密、情感细腻，对人物心理活动的刻画十分准确。除了对女性问题的关照，在长达百年的时间里韩国社会经历的诸多沧桑巨变——天主教徒受迫害事件、日本在朝鲜半岛的殖民统治、美国在日本投下原子弹的事件、朝鲜战争等，也被极其自然地穿插在小说中。据说，为了真切地还原各段历史，作者查阅了有关韩国近现代史的很多书籍和论文，还参考了朴景利和朴婉绪作家的很多相关作品，最后结合自己的文学想象力，把那些久远的年代重新展现在读者面前。

另外关于本书的标题，作者曾表示，书中四代女性走过的长达百年的时间就像漫漫的长夜，但是，那不是伸手不见五指的漆黑的夜，而是充满隐隐光辉的明亮的夜。如果人生是长夜，照亮漫漫人生路的又是什么呢？我想，那一定是爱。是小说中那些女性人物之间的互助与友爱，支撑着彼此，走过了人生里的一程又一程。无尽的黑夜中，因为有了光，所以这一切才有可能。

感谢《明亮的夜晚》在那几个月里的陪伴。期待崔恩荣作家的第二部长篇小说。

本书译者　叶蕾

二〇二二年六月于重庆

北京市版权局著作合同登记号：图字 01-2023-0638

图书在版编目（CIP）数据

明亮的夜晚 /（韩）崔恩荣著；叶蕾译 . -- 北京：
台海出版社，2023.4（2024.4 重印）
  ISBN 978-7-5168-3526-5

  Ⅰ.①明… Ⅱ.①崔…②叶… Ⅲ.①长篇小说—韩
国—现代 Ⅳ.① I312.645

中国国家版本馆 CIP 数据核字（2023）第 051193 号

明亮的夜晚

著　者：〔韩〕崔恩荣　　　　　译　者：叶　蕾

出 版 人：蔡　旭　　　　　　　责任编辑：俞滟荣

出版发行：台海出版社
地　　址：北京市东城区景山东街 20 号　　邮政编码：100009
电　　话：010-64041652（发行，邮购）
传　　真：010-84045799（总编室）
网　　址：www.taimeng.org.cn/thcbs/default.htm
E - mail：thcbs@126.com

经　　销：全国各地新华书店
印　　刷：嘉业印刷（天津）有限公司
本书如有破损、缺页、装订错误，请与本社联系调换

开　本：880 毫米 × 1230 毫米　　　　1/32
字　数：212 千字　　　　　　　　　　印　张：9.25
版　次：2023 年 4 月第 1 版　　　　　印　次：2024 年 4 月第 10 次印刷
书　号：ISBN 978-7-5168-3526-5

定　价：52.00 元